AtV

Nino Filastò, geb. 1938, lebt in Florenz, wo er als Anwalt tätig ist. In der literarischen Tradition von Leonardo Sciascia schreibt er Kriminalromane um die Figur des Avvocato Scalzi, die immer auch eine ironische Parabel auf die italienische Gesellschaft sind (Der Irrtum des Dottore Gambassi, 1997; Alptraum mit Signora, 1998; Die Nacht der schwarzen Rosen, 1999). In »La proposta«, dem ebenfalls kriminalistisch aufgebauten vorliegenden Roman, erweitert der Autor seine Sicht unserer modernen Gesellschaft um eine bittere Zukunftsvision von ungeheurer Schärfe und Suggestivkraft.

In einer gläsernen Fahrstuhlkabine an der Außenwand eines einst noblen, nun aber verwahrlosten Hochhauses hat der *Insistente* Degrado sein Büro. Selbst etwas schlampig und heruntergekommen, aber noch nicht ganz ohne Ideale, arbeitet er, je nach Gelegenheit, als Detektiv oder Anwalt für Leute, die sich einen besseren nicht leisten können. Und das sind viele in dieser apokalyptisch anmutenden Megalopolis des späten 21. Jahrhunderts, deren »Città alta«, die Oberstadt der Reichen und Mächtigen, bereits durch Grenzkontrollen abgeschirmt ist vom dunklen Labyrinth der »Città bassa«, wo die Gesetzlosen und Parias hausen. Um so erstaunter ist Degrado über das fürstliche Honorar, das ein alter Mann ihm bietet, falls er seine Nichte und deren kleine Tochter findet, die auf der Reise zu ihm spurlos verschwunden sind. Kaum hat Degrado jedoch mit seiner Recherche begonnen, als er auch schon auf die Spur eines furchtbaren Verbrechens stößt. Er ahnt es, aber er kann es nicht benennen. Und noch weiß er nicht, daß das bisher im geheimen tätige Verbrecherkartell bereits dabei ist, seine grausigen Praktiken zu legalisieren – unter Berufung auf einen jahrhundertealten satirischen Text von Jonathan Swift.

Nino Filastò

Swifts Vorschlag

Roman

Aus dem Italienischen
von Christian Försch

Aufbau Taschenbuch Verlag

Titel der Originalausgabe
La proposta

ISBN 3-7466-1603-4

1. Auflage 2000

Umschlaggestaltung Torsten Lemme
unter Verwendung eines Fotos von y petrography, Photonica
Druck Elsnerdruck GmbH, Berlin
Printed in Germany

www.aufbau-taschenbuch.de

1
Das Büro

»Wie hält der sich nur über Wasser?« fragte sich Degrado. »Wie schlägt er sich durch? Ihm fehlt der gelbe kreisrunde Ärmelaufnäher, also ist er kein Sozialfall. Auch kein Sklave, sonst hätte er eine Plombe am Ohrläppchen, außerdem macht er einen zu würdevollen Eindruck. Zum Arbeiten ist er schon ein bißchen zu alt. Fast siebzig, über den Daumen. Und wer würde ihn schon bezahlen in dem Alter? Er kommt nicht aus dem Knast, denn er sieht gesund aus, sogar ein wenig sonnengebräunt, und wirkt wie einer, der etwas auf der hohen Kante hat. Ist es möglich, daß er sich nicht einmal einen Thermoanzug leisten kann? Schau dir mal die Klamotten an! Wer hat jemals so einen Anzug gesehen? Wie aus dem Museum. Und dann die Schuhe: voller Schlamm! Wo dieser Typ nur herkommt?«

Der verblichene Anzug war vielleicht für eine Revival-Party geeignet. Mit diesem fadenscheinigen und verstaubten Ding wäre der Alte nicht einmal im dritten Sektor über ein Bürovorzimmer hinausgekommen.

Aber der *Insistente* Degrado hatte kein Sekretariat. Er betrachtete verstohlen diesen Besucher, der auf den Stufen vor der verglasten Box saß, die ihm als Büro diente.

Die Box war die Kabine eines Aufzugs. Früher einmal hatte das Gebäude ein recht stilvolles Hotel beherbergt, vierzig Stockwerke und Aufzüge an der Außenfassade. Nachts hatte das Auf und Ab der Aufzüge, die wie fluoreszierende Schnecken über die gläserne Fassade des

Turms krochen, toll ausgesehen. Dann war das gesamte Viertel heruntergekommen, auf den absteigenden Ast gedrängt von einer Oberstadt, die man ihm auf den Bukkel gesetzt hatte. Die Aufzuganlage war ausgefallen, und niemand hatte sich die Mühe gemacht, sie zu reparieren. Drei der Kabinen, nur mehr leere Rahmen um zerschmetterte Scheiben, waren schief zwischen dem dreißigsten und dem vierzigsten Stockwerk hängengeblieben. Der makabre Anblick erinnerte an jene Käfige, die in grauer Vorzeit an die Wachtürme gehängt wurden, um darin die Leichen der Hingerichteten verdorren zu lassen.

Jetzt mußten die Bewohner des ehemaligen Hotels die Treppen rauf- und runterlaufen. Degrado hatte Glück: Büro und Wohnung lagen im siebten Stock. Aber es hieß, daß einige Alte aus den oberen Stockwerken, denen die Kraft fehlte, um aus ihrem Bau zu kommen, seit längerem nicht mehr die wöchentliche Kletterpartie zur Nahrungsbeschaffung unternommen hätten. Vom dreißigsten aufwärts kam niemand mehr herunter, außer den Räuberbanden. Man erzählte sich, es sei kein schöner Anblick, es könnte passieren, daß man eine Tür öffnete und dahinter einen der Alten vor laufendem Fernseher entdeckte. Auch stauten sich da oben nicht gerade Rosendüfte. An den wärmsten Tagen drückte sich der süß-saure Verwesungsgeruch wie ein fauliger Korken nach unten.

Als Büro hätte Degrado auch etwas Besseres finden können. Das hier war jedoch luftig, wenn auch ein wenig kühl im Winter. So im Schweben hatte Degrado an launigen Tagen die Illusion, sich von der schwindelerregenden Terrasse einer Oberstadt zu beugen. Aber an grauen Tagen blieb sein Blick immer an der alten Metrostation hängen, der Tür zur Versenkung in die Unterstadt, am äußersten Ende des absteigenden Astes. Von oben sah allerdings alles schöner aus, und dies hier war auf jeden Fall ein Fortschritt, denn vor kaum fünf Jahren mußte er die Kunden noch in den Bars des vierten Sektors empfangen.

Degrado war ein *Insistente*, eine Mischung aus verschiedenen herkömmlichen Berufen. Leute seines Schlages wurden von den Anwälten »Schakale« genannt, von den Beamten der Paläste »Nicht-Existenzen«, von den einfachen Leuten »Mistkäfer«. Es war keine brillante Karriere. Man wurde dafür bezahlt, daß man den Leuten aus der Patsche half, die sich weder das Honorar für einen Anwalt noch die Bestechungssumme für einen Polizisten oder Beamten leisten konnten. Der Insistente hängte sich an die Fersen eines Palastbeamten und ließ nicht locker, bis er nicht irgend etwas herausgeschlagen hatte. Es zählten Präsenz und Beziehungen, Hartnäckigkeit, ein überzeugendes Timbre in der Stimme, Geschmeidigkeit und Intuition in der Erfindung einer möglichen Erpressung, mit einem Wort: Fassade, und bisweilen Bescheidenheit. Im schlimmsten Fall mußte man sich in einen Bettler verwandeln und die empfindlichen Saiten von Gefallsucht und Barmherzigkeit anschlagen.

Der Verdienst war ungewiß, denn die ärmliche Klientel honorierte nur erfolgreiche Arbeit. Oft wurde Degrado in Naturalien ausbezahlt, wie viele in seiner Branche. Das konnte von Vorteil sein, solange es sich um Prostituierte des zweiten und dritten Sektors handelte (aus dem ersten kam keine zu ihm), aber in bestimmten Fällen wäre er besser leer ausgegangen. Kürzlich hatte sich ein armer Hund freigekauft, indem er sich bei ihm für eine Woche als Sklave verdungen hatte. Sieben lange Tage hatte Degrado ihn auf dem Hals gehabt. Der Mann hatte auf den wenigen Quadratmetern von Einzimmerwohnung und Büro herumgepfuscht und war ihm draußen mit der finsteren Miene eines Bodyguards nicht von der Seite gewichen. Ein Klotz am Bein, nichts weiter.

Vor einiger Zeit hatte Degrado beschlossen, die Aufträge ein bißchen zu filtern. Ansonsten lief es gar nicht so schlecht. Er besaß eine Wohnung und ein Büro. Sie waren ziemlich verwahrlost und provisorisch, aber dafür wechselten häufig deren geisterhafte Eigentümergesellschaften. Nicht selten vergingen Monate, ehe dem neuen Besitzer einfiel, die Miete einzutreiben. Degrado hatte es sogar geschafft, etwas beiseite zu legen. Kein Geld. So blöd war er nicht, sich von der Inflation oder einem Bankencrash alles wieder wegschnappen zu lassen. Nein, Wertsachen. Er hatte sich einen gewissen Sachverstand im Trödelgeschäft erworben. Soviel wie nötig war, um zu erkennen, was wertlos war, und sich nicht reinlegen zu lassen. Das Antiquitätengeschäft boomte vor allem in der Oberstadt. Die von oben kauften den geschmacklosesten Kram, er mußte nur mindestens fünfzig Jahre alt sein. Sie waren verrückt nach dem Ramsch, dem Tand und den Spielereien, die die Leute früher einmal angehäuft hatten, als es selbst in einem gewöhnlichen Haushalt noch Platz für unnützes Zeug gab.

Eine Gruppe von Jungen kam die Treppe herauf, der älteste noch keine vierzehn Jahre alt. Sie blickten finster und still und trugen schwere Einbruchwerkzeuge, einige hatten sie unter den Arm geklemmt, andere machten sich nicht einmal die Mühe, sie zu verstecken, und hielten sie seelenruhig in der Hand. Sie waren unterwegs zu einem Raubzug durch die Obergeschosse. Ohne ihn eines Blikkes zu würdigen, umringten sie den Alten und schoben ihn beiseite. Degrado dachte, daß er ihn nun seit fast einer halben Stunde warten ließ. Der Alte saß ruhig da, ab und zu warf er einen Blick durch die Fenster des Aufzugs, aber ohne Ungeduld. Degrado mußte sich entscheiden: vorlassen oder wegschicken. Er hatte sich bereits für letzteres entschieden, als er die Tasche bemerkte.

Es war eine Tasche aus Tierleder, in Ziehharmonikaform, mit verchromter Schnalle. Datierbar etwa auf 1980, komplett handgearbeitet (was man an den Nähten erkannte), und von beträchtlichem antiquarischem Wert. Die Tasche hätte genügt, um die Spesen zu decken.

Degrado erhob sich vom Tisch, wo er Büroarbeit vorgetäuscht hatte, während er in Wirklichkeit sinnlose Schnörkel auf ein Blatt kritzelte. Wie üblich verklemmte sich die Schiebetür aus Plexiglas, und wie üblich mußte er sie mit einem Fußtritt öffnen.

»Sie waren es, der mich sprechen wollte? Kommen Sie herein.«

»Ich heiße Gianni Caso und kann bezahlen«, sagte der Besucher sofort. Eine Eröffnung, aus der Degrado schloß, daß der Alte trotz seines Anzugs aus Teleplasma wußte, wie es auf der Welt zuging. Der neue Klient öffnete die Tasche und reihte, von links nach rechts, folgendes auf dem Tisch auf: einen Füllfederhalter, dann ein Objekt, das der Insistente nicht zu identifizieren wußte, ein Klappmesser mit Perlmuttgriff, einen Elektrorasierer, eine Bronzestatuette, die einen nackten Kugelstoßer darstellte, und eine Flasche mit nicht-synthetischem Whisky. Schließlich wickelte er aus einem Tuch einen letzten Gegenstand und hob den Blick, um dessen Wirkung abzuschätzen. Degrado war verblüfft: Es war eine 44er Smith & Wesson Magnum, der Griff aus Edelholz gearbeitet, Modell Classic Hunter, zum ersten Mal hergestellt Anno 1955, vor mehr als einem Jahrhundert. Degrado wußte alles über dieses Schmuckstück. Das war keine Waffe, das war ein Denkmal für den Tod in Taschenformat.

Mit der Handkante teilte der Alte den Revolver von

den übrigen Gegenständen ab und sagte: »Bis hierher als Vorschuß für die Spesen, den Revolver, wenn Ihre Bemühungen erfolgreich sein sollten.«

Degrado konnte den Blick nicht von der Waffe wenden.

»Auch die Tasche als Vorschuß«, sagte der Alte, während er die Aktenmappe auf den Tisch legte und die anderen Gegenstände hineinschob. Dann wickelte er den Revolver wieder ein und steckte ihn sich in die Jacke. Er tat das alles schnell und beiläufig. Schließlich schob er die Tasche beiseite, als wolle er den Tisch säubern. Die Geste einer Person, die materiellen Dingen keinen Wert beimißt. Danach legte er ein altes zweidimensionales Foto auf den freigeräumten Platz und schob es mit dem Nagel des Zeigefingers Richtung Insistente, als ob er Angst hätte, das Foto zu beschmutzen.

»Sie müssen die beiden hier wiederfinden«, sagte er leise.

Degrado betrachtete das Foto. Es zeigte eine junge Frau und ein Mädchen, vor einem alten Haus mit einem Baum.

»Ich wohne außerhalb des Stadtgebietes«, sagte der Alte. »Die beiden sind Mutter und Tochter. Die Frau ist die Tochter meiner Schwester. Sie hatten beschlossen, bei mir zu wohnen, und waren unterwegs zu meinem Sektor, im Gebiet der Alten Minen. Beide sind verschwunden. Vor ungefähr sechs Monaten. Auf der Rückseite des Fotos stehen ihre Personalien, Vorname, Nachname, Alter ... Was hilfreich sein könnte.«

»Gehen Sie zur Abteilung Interne Migration. Dort können Sie Informationen einholen über Leute, die umziehen.«

Aber Degrado war keineswegs überzeugt von dem, was er sagte. Er hatte schon verstanden, daß die Angelegenheit nicht so simpel war. »Lassen Sie sich ihr Reisedokument geben und bringen Sie es mir. Irgendwo muß ich ja anfangen. Wenn sie einen Unfall hatten, ist das registriert.«

»Wenn es so einfach wäre, hätte ich Sie nicht aufgesucht.« Der Alte zuckte mit den Schultern. »Es existiert kein Dokument, nirgendwo. Das Mädchen, ich meine die junge Frau, ist ohne festen Wohnsitz: eine Vagantin.«

Degrado legte das Foto auf die Tasche und schob alles hinüber zu dem Alten.

»Eine Vagantin, wie? Nehmen Sie Ihre Sachen zurück. Ich bin zwar ein Insistente des vierten Sektors, aber ich bin noch nicht so weit heruntergekommen, daß ich Honorare stehle.«

»Einigen wir uns auf das Ergebnis«, sagte der Alte, wobei er gelassen nickte, offensichtlich befriedigt von Degrados Aufrichtigkeit. »Mir reicht es, wenn ich weiß, ob ich die Sache verloren geben muß oder nicht. Vor einiger Zeit bekam ich einen Brief von der Frau, und ich hatte mich an die Vorstellung gewöhnt, daß sie bei mir wohnen würden. Nicht, daß ich mich alleine fühlte; da, wo ich wohne, kommen immer Leute vorbei, aber trotzdem habe ich eine Menge Platz. Aus dem Brief wurde klar, daß die Frau genug hatte und seßhaft werden wollte. Ich mag es nicht, im Ungewissen gelassen zu werden; mir würde es schon genügen, wenn ich wüßte, daß sie sich nie wieder melden. Oder warum sie es sich anders überlegt haben, oder was auch immer. Sie müssen mir nur die Zweifel nehmen, und der Revolver gehört Ihnen. Von dem Erlös könnten Sie ein Jahr lang leben. Oder Sie können ihn behalten, er funktioniert einwandfrei, obwohl er ziemlich alt ist. Und Sie wissen, wie schwer es ist, sich eine funktionsfähige Waffe zu beschaffen, deren Nummer nicht bei der Abteilung Sicherheit registriert ist. Ihre Arbeit ist kein Zuckerschlecken, wie man mir sagte. Ein Gegenstand wie dieser kann in Ihrem Beruf oft weiterhelfen. Wenn Sie wünschen, kann ich mich schriftlich verpflichten.«

Degrado dachte, daß dies der bestbezahlte Auftrag seit zwei Jahren war. Er nahm das Foto und betrachtete es noch einmal. Das kleine Mädchen stand neben der Mutter und schaute fest und mit einem für sein Alter zu ernsten Gesichtsausdruck in das Objektiv. Die Frau war schön, ungeschminkt, wie eine Prostituierte am Morgen. Sie lächelte nicht, ihr etwas ängstlicher Blick war ins Leere hinter dem Fotografen gerichtet. Auch auf der Fotografie wirkte sie irgendwie vorläufig, als wollte sie aus dem Bild entfliehen.

»Haben Sie eine Ahnung, wie viele Leute von der Sorte jeden Tag verschwinden?«

»Ja«, antwortete der Alte, »ich habe davon gehört. Auch von gewissen Hotels, die keine Hotels sind, wo man reingeht und nie wieder herauskommt ... Und von gewissen Leuten, die seit Jahren verschollene Freunde wiedergefunden haben. Nur waren sie nicht mehr dieselben, sie hatten keine Erinnerungen, sie benahmen sich, als wären sie gerade auf die Welt gekommen, und sie hatten eine kleine Narbe auf der Stirn ... Ich habe nicht immer auf dem Land gelebt, ich kenne die Gründlichkeit der Abteilung Sicherheit. Ich weiß, daß sie einen recht feinen Kamm verwenden, die Beamten, und daß sie mit viel Engagement entlausen. Ich weiß auch, daß die ohne festen Wohnsitz keine Magnetkarte haben und nicht im Gehirn des Identitätenpalastes registriert sind, und daß sie daher einfach verschwinden können, als hätten sie nie existiert. Gerade deswegen bin ich zu Ihnen gekommen, weil ich genug habe vom mitleidigen Lächeln der Beamten und von den Formularen, die man mir vor die Nase hält, um die beiden als vermißt zu melden. Ich will wissen, ob ich noch warten soll oder nicht. Ich verlange nicht viel, und ich zahle gut.«

Degrado hatte genug Erfahrung, um zu ahnen, daß der Alte nicht die Wahrheit sagte. Er witterte den Ärger. Er nahm sich vor, auf der Hut zu sein und sich von dem fürstlichen Honorar nicht blenden zu lassen.

»Ich behalte mir vor, den Auftrag anzunehmen«, sagte er. »Vor allem muß ich wissen, wie und wann der Kontakt abgerissen ist.«

Der Alte lieferte einen schnörkellosen Bericht der objektiven Fakten, Nachfragen erübrigten sich.

Vor etwa sieben Monaten hatte ihm die junge Frau ihre Abreise aus der nordwestlichen Megalops-Afrika angekündigt. Sie rechnete damit, im September einzutreffen, also einen Monat nach Datierung des Briefes. Sie und ihre Tochter reisten mit einem Vaganten-Hotelbus, einer Art Taubenschlag auf Rädern. Der Brief war lange im Zensurbüro liegengeblieben, weshalb die Ankunft der beiden, als er ihn schließlich erreichte, unmittelbar bevorstehen mußte. Der Hotelbus war bei der Abfahrt gemeldet und bei der Ankunft in Megalops-Mediterranea registriert worden. Wie gewöhnlich war die Reise illegal, die Reisenden waren illegal, und illegal waren die kleinen Überfälle, die die Wohnungslosen unterwegs machten. Deshalb hatte sich der Taubenschlag bei der Ankunft im Gebiet Megalops-Mediterranea, wo die Grenzkontrollen nicht so lax waren wie in der afrikanischen Megalops, im Nu verdrückt, indem er die Anweisungen der Comprehensive Traffic-Control ignoriert und sich dann im Labyrinth der Unterstadt, im unteren fünften Sektor, verloren hatte. Danach hatte niemand mehr etwas gehört, weder vom Hotelbus noch von den Passagieren, rund achtzig Personen, darunter 27 Kinder.

Degrado dachte, daß es sich um einen gewöhnlichen Fall von Straßenpiraterie handeln konnte: Aller Wahrscheinlichkeit nach waren die zukünftigen Gäste des Alten jetzt schon als Sklavinnen verkauft und wer weiß wo gelandet. Im ungünstigsten Fall waren sie in eine Strafexpedition des Lavacro geraten. Lavacro hieß die mächtige Organisation zum Schutz der integrierten Bürger der Megalops; sie setzte sich aus anonymen, gut bewaffneten Freiwilligen zusammen, die berüchtigt waren für ihre vorschnellen Methoden gegen alleinstehende Frauen, Piraten und vor allem Vaganten. In diesem Fall hatten sich Mutter und Tochter zum letzten Mal einen Gesetzesverstoß erlaubt.

Für keine der beiden Theorien würde sich leicht ein Beweis erbringen lassen, aber man konnte es versuchen. Der Insistente zählte auf einen Freund in der Abteilung Straßensicherheit: Da es sich um einen kompletten Hotelbus handelte, konnte die Sache nicht unbemerkt abgelaufen sein, zumindest einen Dienstbericht mußte es irgendwo geben.

»Lassen Sie mich noch einen Blick auf den Revolver werfen«, sagte Degrado.

Der Alte gab dem Insistente die Waffe. Auf der Handfläche fühlte sie sich beinahe lebendig an, wie ein glänzendes ledriges Tierchen.

»Natürlich«, sagte der Alte, »werden Sie auch Munition bekommen.«

»Wir sind uns einig, Herr Caso«, schloß Degrado und stand auf. »Lassen Sie mir Ihre Adresse da. Sobald ich etwas Genaues weiß, werde ich bei Ihnen vorbeikommen.«

Er meinte, alles in einer Woche aufklären zu können.

2
... Rcocozz ...

Der Chauffeur hupte zweimal kurz. Der Signore Dei Vetri starrte durch das Wagenfenster auf die Tür, wobei er darauf achtete, daß man ihn von außen nicht sah.

Sie standen neben der Brüstung auf der Ufermauer des Flusses, der bedrohlich angeschwollen war; sie hörten die Strömung rauschen und gegen die porösen, von Moos durchsetzten Steine schlagen. Der Fluß lag an dieser Stelle noch unter freiem Himmel. Eine romantische Eigenheit dieser Ecke der Metropole, faszinierend, solange der Damm hielt. Es wäre nicht das erste Mal, daß der Fluß über die Ufer trat. Im vergangenen Winter war es schon zweimal, im Jahr davor dreimal passiert. Ein ziemliches Risiko für die Bewohner von Ururbe (so hieß das Viertel). Dort sollte alles so bleiben, wie es schon vor Jahrhunderten gewesen war. Denen von oben gefiel es, hin und wieder in die Vergangenheit einzutauchen und in die Gräben zu beiden Seiten des Flusses hinabzusteigen, wo es noch Sehenswürdigkeiten gab: Kirchen voller Kunstschätze, Massen von antikem Gestein, und das alte volkstümliche Viertel, wo der Putz großflächig von den Häusern fiel. Dahinter kamen Ziegelsteine mit einer Patina aus grünem Schimmel zum Vorschein, und alles weste in einem Zustand pittoresken Zerfalls vor sich hin. Es war, als würde der Palascio, der antike Gerichtshof, der seit einiger Zeit als Markt für alten Plunder und weniger harmlose Dinge genutzt wurde, weiterhin die Stadt mit Rissen durchziehen. Sein schrittweiser Verfall hatte begonnen, als man ihn, das war vor über zweihundert Jahren, aus den Baugerüsten befreit hatte. Jetzt trieb er seine Spalten in alle Richtungen weiter, diesseits und jenseits des Flusses, wie ein Spinnennetz. In den Straßen zeigten sich Sprünge, in den Palästen und den alten Häusern der Armen: Das ganze Viertel von Ururbe wurde antiken Ruinen immer ähnlicher. Und die Feuchtigkeit ließ überall eine dunkelviolette Flechte wachsen, die dem Bluterguß um eine Wunde glich. Aber Ururbe war in Mode. Die von oben achteten nicht auf den Schimmelgestank, außerdem kamen sie, um den Kitzel von Gefahr und Illegalität zu spüren.

Es goß in Strömen, und das Haus war in der dunklen Straße kaum zu erkennen. Über der Tür am Ende des Treppchens hing eine nackte Glühbirne. Sie beleuchtete den Schriftzug ... *Rcocozz* ... auf einem alten, zur Hälfte abgeblätterten Holzschild. Signore Dei Vetri seufzte und änderte seine Stellung auf den Samtkissen. Während er sich bewegte, rumorte sein gewaltiger Bauch unisono mit der Federung des Wagens, der exakten Reproduktion eines Isotta Fraschini A. N. 30 HP aus dem Jahr 1909.

Auf sein Zeichen hin hupte der Fahrer ein weiteres Mal. Endlich öffnete sich die Tür, und eine Gestalt in Schwarz glitt die Stufen herab. Der Bursche schützte sich mit einem halb zerfetzten Schirm, auf der Schulter trug er eine fettige Serviette. Signore Dei Vetri preßte eine Hand auf sein klopfendes Herz, ließ dabei ein Fenster herunter und streckte den Kopf hinaus, während die Regentropfen auf seine dunklen Brillengläser fielen. Der junge Mann trat heran: »Der schon wieder ...«, brummte er vor sich hin. »Der Chef hat es Ihnen doch bereits gesagt ... Auch für heute abend ist nichts da ...«

»Was soll das?« keuchte der Signore, »seit zwei vollen Wochen ...«

»Kommen Sie mit hoch und sprechen Sie mit ihm, wenn Sie mir nicht glauben.«

»Nein. Sag ihm, er soll kommen.«

»Nein. Der Chef sagt, er geht nicht vor die Tür. Gehen Sie hinein, wenn Sie wissen möchten, wieso und weshalb. Am besten, Sie kommen zum Lieferanteneingang.«

»Ich komme morgen wieder.«

»Was soll ich Ihnen sagen? Dann versuchen Sie's morgen. Aber ich habe das Gefühl, daß weder morgen ... noch übermorgen, noch in einem Monat. Die Bewegung ist blockiert, wollen Sie das nicht einsehen?«

Signore Dei Vetri senkte den Kopf. Ein Tropfen fiel von der Brille auf sein Kinn.

»Was ist blockiert?«

»Die Bewegung. Ende. Aus. Der Chef hat gesagt, es tut ihm leid.«

»Ach, es tut ihm leid? Und das Geld, das er bisher eingesteckt hat? Und die ganzen Kunden, die ich ihm mitgebracht habe? Was glaubt er, mit wem er es zu tun hat, dein Chef? Sag ihm, daß es mir egal ist, wie leid es ihm tut! Daß ich ihn, wenn ich will, wieder in die Unterstadt scheuche! Er wird es schon merken, wenn er alle Türen verschlossen findet. So benimmt man sich nicht in unseren Kreisen! Es genügt nicht, einem Kunden zu sagen, die Bewegung sei blockiert! Er hat Pflichten, dein Chef! Mir gegenüber hat er Verpflichtungen! Das sollte er bedenken. Und er soll nicht vergessen, wer ich bin. Ihr alle miteinander, das Personal, bitte etwas weniger Anmaßung, mein Lieber! Ich lasse euch alle auf die Straße setzen.«

Signore Dei Vetri trocknete sich wütend die Brillengläser mit einem violetten Taschentuch, das er aus der Brusttasche seines gelben Anzugs gezogen hatte.

»Als wäre es unsere Schuld ...« Der Bursche scharrte mit hängendem Kopf auf dem nassen Pflaster herum.

»Wer ist denn dann schuld? Dein Chef?«

»Nein. Der auch nicht.«

»Wer dann?«

Der junge Mann schüttelte den Schirm und strich sich durch das lockige Haar. Dann rieb er, Mittelfinger, Zeigefinger und Daumen der rechten Hand aneinander, als müßte er sie säubern. Der Isotta bebte, und zwei Wurstfinger mit lila lackierten Nägeln ließen eine Banknote herabhängen. Nachdem er das Geld hatte verschwinden lassen, steckte der Bursche den Kopf zum Fenster herein.

»Ich habe nichts gesagt, klar? Der Chef hat mir befohlen, den Mund zu halten. Da ist doch diese Sache passiert, oder? Mit der Tochter der Nichte dieses gewissen Herrn, nicht wahr? Das wissen Sie selbst ... Sie waren doch auch da, als diese Irre herkam und verrücktspielte ... Erinnern Sie sich an das Affentheater, das sie aufgeführt hat?«

»Äh ...«, Dei Vetri schnappte nach Luft, »meinst du diese Geschichte von vor einem Jahr? Die etwa?«

»Welche denn sonst?«

»Die ist tot und begraben, diese Geschichte! Da sind alle mundtot gemacht worden.«

»So schien es. Für eine Weile war alles wieder in Ordnung. Dann allmählich sind, einer nach dem anderen, die Zulieferer verschwunden. Es ist keine Frage des Preises, verstehen Sie? Sie wollen einfach nicht hier in der Gegend arbeiten. Der Chef hat mit Hamm Bosco gesprochen, der am häufigsten lieferte. Und Bosco hat ihm gesagt, daß für ihn, wie für alle anderen, in dieser Megalopolis kein Auskommen mehr ist. Man hat ihn gezwungen. Hier ist Schluß! Andernfalls: Gerichtsverfahren und Knast. Der Chef will schließen. Und auch Fritz meint, er werde weggehen.«

»Fritz will weg? Wohin denn?«

»Keine Ahnung. Irgendwo anders hin. Wo er in Ruhe arbeiten kann ...«

»Wer hat sich denn erlaubt, von Knast zu faseln?« fragte der Signore kalt.

»Ich weiß nicht«, antwortete der junge Mann und zog den Kopf aus dem Fenster zurück. Eine Hand packte ihn am Aufschlag des schmierigen Fracks.

»Spuck den Namen aus!«

Der Bursche befreite sich mit einer flüchtigen Geste. Er wartete lächelnd und schaukelte auf den Füßen. Er hob die Augen zum Himmel und streckte eine Hand unter dem Schirm hervor, als wollte er prüfen, ob es noch regnete. Das Auto bebte erneut. Zwei weitere Banknoten flogen heraus und blieben patschnaß auf dem Pflaster kleben. Nachdem der Bursche am Boden herumgefingert hatte, um die Scheine abzulösen, steckte er wieder den Kopf durchs Fenster und flüsterte einen Namen.

Signore Dei Vetri rutschte auf den Kissen nach vorn und packte die Sprechanlage:

»Sofort weg hier!« sagte er dem Fahrer.

3
Der Palascio und das »Don Jean«

Degrado hoffte, die Statue des nackten Mannes mit der Kugel beim Palascio absetzen zu können. Er brauchte Geld und wollte von den Gegenständen, die der Alte ihm als Anzahlung gelassen hatte, den sperrigsten und nutzlosesten einlösen. Der größte Teil des Trödels, der beim Palascio ge- und verkauft wurde, zeichnete sich durch sein großes Gewicht aus. In den heruntergekommenen Räumen dieses Marktes gab es Platz in Überfülle für all den unvergänglichen und pompösen Ramsch, der den Leuten für alle Ewigkeit im Weg herumstehen würde.

Algen und Moos verliehen den Travertinquadern, aus denen der Palascio gebaut war, einen grünlichen Schimmer. Es regnete seit drei Tagen. Feuchtigkeit sickerte aus allen Ritzen des Baus, der kurz davor schien, sich wie ein aufgequollenes Butterhörnchen in seine Bestandteile aufzulösen und auf den Flechtenteppich zu bröseln, der die Piazza und den Treppenaufgang vor dem Eingang bedeckte.

Die wenigen Kunden des Altwarenhandels stiegen die Stufen hinauf und hinunter und gaben acht, daß sie nicht ausrutschten. Sie bewegten sich, zur Seite geneigt, denn ein Spalt, breit wie ein Graben, teilte die Treppe in zwei Hälften und die Stufen waren längs der Spaltenränder angehoben.

Degrado ging durch die Korridore am Innenhof entlang. Über ihm hingen ausladende Bronzeleuchter in Form von Geschossen, die niemand hatte stehlen können:

Sie waren zu schwer und zu mühsam abzunehmen. Durch den gelblichen Alabaster der riesigen Schalen sah man flüchtige Schatten huschen. Graue Mäuse, die wahren Herrscher des Palascio, bauten im Innern ihre Nester; andere marschierten, ruhig und gleichgültig, in geordneten Reihen auf den Stuckrahmen der Decken entlang.

Degrado betrat einen der ehemaligen Verhandlungssäle, wo sein Freund, der Antiquitätenhändler Gianni Ozzo, einen Verkaufsstand hatte.

»Es regnet«, Ozzo deutete mit einem Grinsen auf das zerbrochene Oberlicht. Der Regen prasselte auf den Boden, wo sich eine Pfütze bildete. Die Verkäufer hatten sich längs der Wände untergestellt. Es tat sich nichts, und die wenigen Kunden standen an die Mauern gepreßt und warteten darauf, daß der Regen nachließ.

»Du bist pleite.« Ozzo starrte neugierig auf das Bündel in Degrados Händen. »Höchstens eine Hungersnot kann dich bei so einem Wetter in diesen neoklassizistischen Mäusebau getrieben haben.«

Degrado nickte, wickelte die Statue aus und stellte sie auf den Verkaufstisch. Gianni Ozzo hob sie hoch und hielt sie sich in Augenhöhe vors Gesicht.

»Kugelstoßer. Erstes Regime. Zwischen 1937 und 1940, würde ich sagen. Sportsgeist, Männlichkeit, Kampfbereitschaft. Schau dir mal die Verbissenheit an. Das roch schon nach Krieg. Mit diesem Genre handle ich nicht, aber das ist kein Problem.«

Ein anderer Trödler hätte sofort behauptet, daß es sich um eine Geschmacklosigkeit handle, die überhaupt nichts wert sei, aber das war nicht Ozzos Stil. Sie einigten sich schnell auf eine Summe, ohne zu feilschen. Degrado steckte 50 Mittelmeer-Scudos ein, ein anständiger Preis. Die lebhaften Augen des Freundes fixierten ihn wieder.

»Was treibst du so?« fragte er. »Ziemlichen Mist, nehme ich an. Aber ordentlich bezahlt ...« Ozzo betrachtete zufrieden den Kugelstoßer.

»Ich suche Gonzales«, sagte Degrado.

»Dieser Blutsauger auf zwei Rädern kreuzt nicht mehr in diesen Gewässern.« Gianni Ozzo bedeutete ihm, daß sich jemand aus dem Staub gemacht hatte. »Er ist gerade noch rechtzeitig umgezogen, nachdem er es auf eine Gruppe von Afrikanern abgesehen hatte, die mit Erotikware aus Rhinozeroshorn handelten. Hat er doch ein wirklich überzogenes Schweigegeld verlangt dafür, daß er den Handel nicht bei der Naturschutz-Abteilung anzeigt. Den Schwarzen blieb praktisch keine Verdienstspanne mehr; sie gaben aber trotzdem nach. Dann stellte Gonzales Forderungen bezüglich der Mädchen des Stammes. Die Afrikaner sind gutmütig und freundlich zu jedermann, aber auch sie haben eine Gewerkschaft. Und wenn es zuviel wird, rebellieren sie. Ihre Gewerkschaft versteht keinen Spaß. Sie hatten ihm eine mystische Zeremonie vorbereitet, deinem Freund Gonzales. So in dem Stil: Trommeln, Blut von massakrierten Hühnern, Fackeln unter den Fußsohlen und so weiter. Ich hatte davon erfahren und ihn gewarnt, weil er dein Freund ist. Nur deswegen habe ich es getan.«

»Er ist nicht mein Freund«, berichtigte Degrado. »Ab und zu gibt er mir eine Information. Und nie umsonst. Wo kann ich ihn finden?«

»Probier's mal im Rotlichtviertel des dritten Sektors. Er hat sich in der Gegend dort verkrochen. Ich habe gehört, daß er als Rausschmeißer in einem Lokal in der Via Venùz arbeitet. Und wenn du ihn findest, sag ihm ruhig, daß du von mir erfahren hast, wo er steckt. Und erinnere ihn an den Dienst, den ich ihm erwiesen habe. Diese Zecke ist mir etwas schuldig.«

Degrado fand Gonzales am Anfang der Via Venùz, vor dem »Don Jean«, einem Lokal mit Simulationserotik. Die Silhouette des Beamten wurde von 3-D-Fotos eingerahmt, die neben dem Eingang unmögliche Balanceakte darstellten.

Gonzales saß rittlings auf seinem Motorrad im Regen. Unter den changierenden Lichtern des Leuchtschildes wechselte er seine Farbe und verschwamm mit den Reflexen auf dem Asphalt. Das Regenwasser lasierte die Ledermontur, die ihn von Kopf bis Fuß bedeckte.

Es war kurz vor Öffnungszeit an einem Donnerstag abend, und es herrschte kaum Betrieb. Gonzales schien damit beschäftigt, die wenigen hartgesottenen Kunden zu mustern, die das Lokal betraten. Er gehörte zu jenem Sammelsurium fauler und alkoholisierter Streuner, die im Palast der Sicherheit großspurig »Mobile Abteilung zur Unterdrückung der Straßenkriminalität« genannt wurden und dafür sorgen sollten, daß die Raubzüge der Straßenpiraten nicht über den Rand des Dritten Sektors schwappten. Wenn man von den raren Verhaftungen irgendwelcher zahnloser, von den Organisationen ausgestoßener Wölfe absah, taten die *Ohren*, wie sie im Palast genannt wurden, in Wirklichkeit nichts anderes, als Schweigegelder für halbseidene Geschäfte einzustreichen, wobei sie kreuz und quer durch die Megalopolis ihr Spionagetalent ausspielten.

Gonzales lebte in Symbiose mit seinem Motorrad, einer Art Polstersessel auf Rädern; das Plexiglas, die verchromten Rohre und die Rückspiegel schienen genauso mit dem Gefährt verschweißt zu sein wie Gonzales' dikker Bauch und das in einen hellblauen Helm eingekapselte Gesicht.

»Ich habe gehört, du bist gerade noch mit heiler Haut davongekommen«, begann Degrado.

»Gehört von wem?«

»Gianni Ozzo. Er hat mir gesagt, wo ich dich finde.« Mit einem Blick in die Runde wies der Insistente auf einen überfüllten Müllcontainer, das flackernde und abgeblätterte Neonschild sowie auf die beiden überalterten, vertrockneten Prostituierten, die in quietschenden Schuhen die Straße rauf- und runtermarschierten.

»Ein ganz schöner Abstieg. Das hat nichts mehr mit der Welt antiker Kunst zu tun.«

Gonzales lehnte sich über den Lenker, um den Bordfunk lauter zu stellen. »Hier gefällt's mir besser. Die antike Kunst, die kann mir gestohlen bleiben. Ein Misthaufen aus Mäusepopeln, dazu ein großkotziges Getue. Dein Freund Ozzo inbegriffen. Ein aufgeblasener Wicht.«

»Er war's doch, der dich gewarnt hat, oder? Du solltest nicht so von ihm reden.«

»Dann sage ich dir jetzt, daß der Knabe den Gesandten der Bagage gespielt hat, er hat den Schwarzen den Arsch gerettet.«

Gonzales klappte das Visier des Helms hoch, um Degrado zu mustern.

»Ich scheiß auf die Gewerkschaft der Farbigen. Die steck ich mir sonstwohin, wenn mir danach ist. Aber ich laß' es gut sein. Ich will mir nicht die Hände schmutzig machen. Hat dich Ozzo geschickt? Sag die Wahrheit! Hast jetzt du die Erpressung übernommen?«

Degrado dachte, daß er die Sache falsch angegangen war. Gonzales hatte nicht genug Abstand zu der ausgestandenen Gefahr und saß noch wie auf glühenden Kohlen. Außerdem war er nicht der Typ, der sich in irgend jemandes Schuld fühlte.

»Nicht doch. Was glaubst du? Ich bin zu dir gekommen, weil ich eine Information brauche. Eine Kleinigkeit.«

»Um so besser.« Gonzales entspannte sich auf seinem Sattel, klappte das Visier herunter und drehte den Funk noch lauter.

»Diese Sprüche haben mir nicht gefallen, haben mir ganz und gar nicht gefallen.«

Das Funkgerät rauschte und krächzte, dann ertönte eine vulgäre Lache, und eine gutgelaunte Stimme verkündete: »Anhänger des Sufi Pir Vilayat Khan, eine Sekte mit Selbstmordpraktiken. Diesmal ein dickes Ding: 106 Tote. Zyklon B im Meditationstempel verströmt, während die Gläubigen ihr Loblied sangen. Hört euch das an, Kollegen, hahaha, das ist wirklich ein Brüller: anwesend ein Journalist, der hinter einem Skandalbericht her war, auch er ausgeblasen, trotz mangelnder Überzeugung. Ein herber Schlag für die Abteilung Kirchen und Kulte. Amtsenthebungen vorauszusehen.«

Gonzales ließ sich auf seinem motorisierten Sofa nach hinten fallen und stimmte in das Gelächter der Kollegen mit ein, so daß sich über Funk ein Chor der Heiterkeit zusammenfand.

Die Beamten der Straßensicherheit wurden *Ohren* genannt, weil sie ständig Hunderte von Stimmen abhörten. Der Äther der Megalopolis schwirrte vom Jargon der Jugendbanden, den Lockrufen alleinstehender Frauen und den exhibitionistischen Ausbrüchen einsamer Seelen von der Unterstadt an aufwärts; und auf derselben Frequenz kamen die Funkrufe von Beamten anderer Abteilungen herein. Die *Ohren* kannten jeden Trick, um die Funkfrequenzen aller vier Sektoren aufzufangen. Nur die Oberstädte blieben immun gegen ihre Indiskretion. Gonzales zum Beispiel nannte sich selbst »Beichtbruder der Megalops«. Er bewahrte ein Geheimnis aber nur, wenn die Ware zu heiß war, um abgesetzt zu werden.

Degrado, der geduldig unter dem Vordach des Lokals

wartete, wagte sich einen Schritt weiter vor: »Ich brauche eine Information über einen verschwundenen Hotelbus, irgendwas mit Vaganten ...«

Wieder das Krächzen. Gonzales schraubte an dem Gerät herum. »Vorrang, Vorrang«, schrie das Funkgerät. »Hier Grenzposten Unterstadt, West-Südwest-Rand. Es spricht Sonderagent Tolone. Anfrage an die *Ohren* unter euch. Sende aufgezeichnete Botschaft, vor fünf Minuten abgefangen auf Frequenz 3027. Verdient euch ausnahmsweise mal euer Gehalt! Erbitte Übersetzung. Bitte Inhalt und Ursprung übermitteln. Wiederhole: absoluter Vorrang! Es folgt die aufgezeichnete Botschaft ...« Eine Reihe von Pfeif- und Kratztönen, dann eine weibliche Stimme: »Zerb! Zerb! Azzuiato zazet zanguizù marchettaro ziek. Zontan ze zett. Zott zanzere zebb.«

Gonzales ergriff das Mikrophon.

»Räumt die Frequenz, Kollegen. Tolone! Du meinst, daß ausgerechnet du dein Gehalt verdienst? Dechiffriere elementare Botschaft. Es sind die Alleinstehenden Frauen der Gruppe Jezabel, die eine Plünderung im Gebiet Ontani im dritten Sektor vorbereiten. Blackout an dem Ort, vorübergehende Unterbrechung der Stromversorgung. Der ›marchettaro cieco‹ ist ein Supermarkt. Dort haben sie sich zum Beutezug verabredet. Ich rate, in großer Anzahl dort aufzukreuzen, lebhafte Mädchen, wütende Katzen: die kratzen. Ist aber lauschiger, im Dunkeln zu arbeiten. Viel Vergnügen. Phelipe, bitte lös mich beim Abhören ab. Ich habe einen *Nonsistente* hier, der um Audienz bittet. Ende.«

Gonzales stellte den Funk ab und ließ den Motor an. »Steig hinten auf. Ich brauche Treibstoff.«

Degrado warf die feuchte Zigarette auf den Gehsteig. Der Regen wurde stärker. Gonzales machte einen Kavalierstart und übersprang die Stufen des Eingangs, er fuhr im Zickzack am Rande eines Pools entlang, in dessen hellblau erleuchtetem Wasser sich zwischen künstlichen Seerosen eine gemischt-geschlechtliche Menge beim Gruppensex abmühte. Vor allem bei den Männern konnte man ziemlich gut erkennen, daß es sich um eine Simulation handelte. Dann bahnte Gonzales sich einen Weg durch eine kleine Orgie von Pestkranken des 17. Jahrhunderts (bei der Klientel der Privatclubs stand diese Epoche zur Zeit hoch im Kurs), sie waren alle halbnackt und realistisch geschminkt, mit Beulen, die unter den Lumpen hervorsahen. Das Motorrad fuhr wieder in Schlangenlinien um das Schwimmbecken, in dem die Wasserartisten jetzt ein kompaktes Knäuel gebildet hatten, das wie ein Krake zuckte, sich ausbreitete und zusammenzog. Gonzales steuerte auf die Bartheke zu.

In dem Lokal staute sich ein Geruch von billiger Handseife. Die Reihe der Barhocker war komplett besetzt. Gonzales schob seinen Motorradscheinwerfer zwischen eine Hofdame in karmesinrotem Samt und ihren schwarzen Pagen, dessen riesiger Turban ihm bis über die Ohren hing. Sie fütterten abwechselnd ein stumpfnasiges Hündchen, das auf dem Tresen saß.

»Schaff das Zeckennest weg und verschwinde«, brüllte Gonzales der Hofdame ins Ohr. »Mein Freund hier und ich, wir haben etwas zu bereden.« Er ließ den Motor noch einmal aufheulen, ehe er ihn abstellte.

Die Dame wandte sich dem Pagen zu und zwinkerte, sie kniff die Augen zusammen und schob die Zungenspitze zwischen die Lippen, was in der Sprache der Nachtschwärmer »Bulle von der übelsten Sorte« bedeutete. Sie nahm den Pekinesen auf den Arm und ließ sich wie eine Schlange vom Barhocker gleiten, der Page folgte ihr, wobei er seine schwankende Kopfbedeckung krampfhaft festhielt. Ohne sich vom Motorrad herunterzubemühen, streckte Gonzales eine Hand aus und ließ den Turban auf den Tresen fliegen. Dann hielt der Zentaur den Mohren am Ärmel fest und zog ihn zu sich heran. Mit einer weiteren Handbewegung flog das silberne Käppchen weg, und die Haare kamen zum Vorschein: schwarz und schulterlang. Gonzales hielt den Pagen um die Taille gefaßt und schob das Revers des langen Überrocks beiseite, der einen schlanken Körper verhüllte. Er kniff in eine kleine wohlgeformte Brust, ließ die Hand zum Hals gleiten und klimperte an der Ohrplombe herum.

»Ich habe dir drei Monate Berufsverbot auferlegt, Pierre.« Gonzales befingerte immer noch den Pagen. »Ich habe dir für 90 Tage die Lizenz zum Sklavenverkauf gesperrt, und wir sind gerade mal in der ersten Woche. Es ist das fünfte Mal, daß du diesen Artikel verkaufst. Appetitlich und allererste Wahl, keine Frage. Aber zu treu und anhänglich. Er haut jedesmal ab und kehrt wie ein Hündchen zu seinem alten Herrn zurück. Ich war nachsichtig mit dir, Pierre, ich hätte sie dir ganz entziehen müssen, die Lizenz. Statt dessen habe ich sie für eine Weile gesperrt. Ist das die Art, wie du meine Nachsicht honorierst?«

Die Dame im Karmesinsamt umrundete das Motorrad, bis sie ans Ohr des Beamten reichte. Obwohl sie leise sprach, entging Degrado, der direkt daneben saß, nicht, was sie mit einem Baßtimbre sprach, das wenig zu ihrer Aufmachung paßte:

»Ich warte da auf einen bestimmten Typen, der hinter uns her schleimt. Er ist bereit, dreihundert Scheine hinzublättern. Und diesmal ist es ein definitiver Verkauf. Wirklich, ich schwöre es. Bisher habe ich sie immer nur verliehen.«

Gonzales schüttelte seinen großen eingekapselten

Kopf und sagte leise: »Ich habe ein Polizeimandat erlassen und es an die Öffentlichkeit gegeben. Willst du mich lächerlich machen, Pierre?«

»Absolut nicht, Herr Beamter, absolut nicht. Alles wird daher unter strenger Geheimhaltung verhandelt. Der Kunde ist diskret. Und wir waren getarnt, niemand hat uns erkannt. Was meinen Sie, Herr Gonzales, reichen hundert?«

Mit einem Blick streifte Gonzales Degrado, der wie geistesabwesend auf die ausgestellten Flaschen starrte.

»Hundert, aber sofort. Mein kleiner Marder wird mir das gerupfte Küken gleich hier in die Hand setzen,« flüsterte er. »Ich gehe kein Geschäftsrisiko ein. Und verschwindet aus diesem Club. Warte am Eingang auf deinen Kunden!«

»Und wenn er nicht kommt? Wenn er sich's anders überlegt hat?«

»Dein Problem.«

»Dann sagen wir fünfundsiebzig.«

»Hundert, oder ich beschlagnahme die Ware. Du weißt, daß ich das kann.«

»Das ist kein Leben«, seufzte die Dame, während sie aus ihrem Handschuh eine Banknote hervorholte. Die Hand von Gonzales streifte die ihre, und das war's. Der Page hob den Turban auf und pflanzte ihn sich auf den Kopf. Sie gingen im Gänsemarsch zum Ausgang. Gonzales lächelte Degrado zu: »Diskretion, klar? Was trinkst du? Geht aufs Haus.«

Degrado machte eine vage Geste: Sie konnte bedeuten, daß er keine Ohren hatte oder daß ihm jedes beliebige Getränk recht war.

»Den hausgemachten Likör für den Herrn, und für mich das übliche«, trug Gonzales dem Barmann auf. »Also, womit kann ich dienen?«

Degrado nippte an dem Gebräu und erklärte die Angelegenheit. Er schloß damit, daß ihm eine glaubwürdige Kopie des offiziellen Berichts genügte. Der Alte würde die Sache abhaken, und das Honorar war gesichert. Ohne den Revolver zu erwähnen, versprach er Gonzales für seine Mitarbeit einen Teil der Belohnung.

Während Degrado redete, schweiften die Augen des Beamten gelangweilt und zerstreut umher, und als der Insistente seinen Anteil erwähnte, machte Gonzales eine abfällige Geste; dann stellte er den Funk an und beugte sich hinab, um mit demonstrativem Interesse zu verfolgen, wie sich die wilde Keilerei zwischen den Grenzposten und den Amazonen von Jezabel entwickelte. In dem finsteren Viertel schienen die Ordnungshüter in eine bedrohliche Lage zu geraten. Degrado kippte den Likör hinunter und streckte, als er fand, daß er lange genug gewartet hatte, eine Hand aus, um den Funk abzustellen. Noch bevor der Insistente den Mund geöffnet hatte, ließ Gonzales mit solcher Wucht die Faust auf den Tresen fallen, daß die Gläser zitterten.

»Das ist nichts für dich, Degrado!« sagte er. »Ganz und gar nicht. Das ist keine Sache für Mistkäfer. Hättest den Auftrag ablehnen sollen. Rate dir, Vorschuß zurückzuzahlen. Oder leg den Alten aufs Kreuz, wenn du's dir zutraust. Erzähl irgendein Märchen, aber ohne meinen Namen zu verschleudern. Ende.«

»Vielleicht habe ich mich nicht verständlich gemacht«, sagte Degrado. »Mir reicht ein Dienstbericht. Weiter will ich nichts. Irgendwo muß es doch so einen Wisch geben.«

Gonzales runzelte die Stirn und setzte eine grimmige Miene auf, die Degrado nur zu gut kannte: von den Palastbeamten, die mit den Zähnen knirschen und zubeißen, wenn du nicht nachgibst.

»Wiederhole Durchsage: kein Fall für Nonsistenten.

Riskant selbst für Anwälte. Schaff dir diese Scheiße vom Hals, kapiert? Sofort fallenlassen. Ende des vertraulichen Berichts. Empfang bestätigen. Bitte kommen.«

»Verstanden«, seufzte Degrado. Aber bevor er aufgab, versuchte er es noch einmal mit dem unterwürfigen Ton, den er in schwierigen Fällen den hohen Chargen vorbehielt: »Ich bin zu dir gekommen, weil ich dich seit langem kenne. Ich weiß, wenn du willst, hast du auch Zugang zu den Geheimarchiven. Ich werde niemals irgend jemandem verraten, daß die Einflüsterung von dir kommt. Ich kann auf den Bericht verzichten. Mir reicht eine kleine Indiskretion, eine Fährte. Dem Kunden sind sowieso schon die Flausen vergangen, er hat selbst kapiert, daß die Sache heiß ist. Mir reicht ein Hauch, um ihn davon zu überzeugen, daß es keinen Sinn hat, sich die Hacken ...«

»Die Einflüsterung hast du schon.« Gonzales strich ihm väterlich übers Knie. »Auch ich kenne dich seit langem. Und ich weiß, daß du ein feines Näschen hast, um Angebranntes herauszuwittern. Wie lange gilt deine Lizenz schon? Fünfzehn Jahre, glaube ich, oder? Wie kommt es, daß sie nie gesperrt oder eingezogen wurde? Weil du ein anständiger Kerl bist, der weiß, wo er hingehört. Fünfzehn Jahre ohne eine einzige Suspension sind ein Zeichen von Intelligenz. Paß mal auf, wie dir dein Freund Gonzales hilft: Er sagt dir, bleib bei deinem Leisten, komm nicht vom Weg ab. Ein Insistente aus dem vierten Sektor ist einer aus dem vierten, er kann nicht in fremden Revieren wildern. Was würdest du ohne deine Lizenz anfangen? Nichts anderes, als in den Behörden wegen lausigem Scheißkram herumzuwimmern. Der Rat eines Freundes: Vergiß es. Verstanden?«

Degrado spielte die letzte verzweifelte Karte aus: »Von Gianni Ozzo soll ich dir ausrichten ...«

»Fickt euch doch ins Knie, du und dein Gianni Ozzo!« Gonzales war plötzlich wild geworden und warf die Maschine an. Mit aufheulendem Motor entfernte er sich vom Tresen, dann kam er mit einer Kehrtwende zurück: »Noch eins, Freundchen. Komm mir nicht mehr mit dieser Geschichte in die Quere, sonst wirst du es bereuen! Und noch was: Über diese Sache haben wir nie miteinander gesprochen. Haben wir jemals über einen Hotelbus von Vaganten gesprochen? Antworten! Bitte kommen!«

»Fick dich doch selbst ins Knie«, antwortete Degrado. »Nie darüber gesprochen.«

»So ist's recht. Ende.«

Gonzales gab mehrmals Gas, bis er zum Ausgang gelangte.

11.9.01

4
Der Konvent

Die Straße, die Venùz genannt wurde, führte in einer senkrechten Geraden von der Küste bis zu den Bergen. Sie war breit, stark befahren und leuchtete wie ein brennendes Band. Auf zehn Kilometern Länge war sie von Nachtclubs, Freudenhäusern und Spielkasinos flankiert, bevor sie am Berghang in einem engen, finsteren Loch verschwand. Auf ihrem unterirdischen Abschnitt wurde sie von wenigen, sehr luxuriösen Autos frequentiert. Im felsigen Kern der Berge und auf dem Gipfel befanden sich die teuersten und exklusivsten Bordelle der Megalopolis.

Der Isotta Fraschini fuhr in den Tunnel ein; nach der Kirmesbeleuchtung der Via Venùz war es dort so dunkel, daß der Fahrer sich nicht sofort auf das schwache Licht der Scheinwerfer einstellen konnte. Der Wagen geriet ins Schleudern und schrammte gefährlich an den Felsspitzen entlang.

»Paß doch auf, du Idiot!« zischte Signore Dei Vetri, »halte dich dicht an der Wand und fahr Schrittgeschwindigkeit!«

Der Signore studierte die Graffitis an den Wänden. Er gab einen Befehl, und der Isotta blieb vor einer Rune stehen, die in einen Kreis gezeichnet war. Dei Vetri streckte seinen Arm aus dem Fenster und richtete eine Fernbedienung auf die Zeichnung. Im Felsen öffnete sich von unten nach oben ein Spalt, der breiter wurde und den Blick auf einen Lastenaufzug freigab. Der Isotta fuhr hinein, das Gitter schloß sich, und die Plattform schwebte nach oben.

»Hier unten kriegt man keine Luft«, hüstelte der Signore in sein Taschentuch.

Der Aufzug stieg sehr langsam, während von oben immer lauter ein Walzer herunterschallte.

Diese Tunnels, die mit ihren unterirdischen Vorhallen und Grabnischen den Berg wie einen Schwamm durchlöcherten, hatten früher einen Ringbeschleuniger für Elementarteilchen mit den dazugehörigen Diensträumen beherbergt.

Der Schacht öffnete sich zur Vorhalle der Maison Française, die mit Keramik aus Faenza gefliest und mit Murano-Lüstern prunkvoll erleuchtet war. Diese senkten sich auf den Aufzug nieder, dem nun die Seitenwände fehlten. Der ausladende Puff aus rotem Samt hatte die Form einer zweistöckigen Torte und war so bevölkert wie das Gestänge einer Vogelvoliere. Es präsentierten sich Rentnerinnen in schwarzen Strümpfen, darüber dicke Hintern, die von kurzen cremefarbenen Unterröcken nur unzureichend kaschiert wurden. Füllige Brüste hingen über die gelockerten Träger. Eine reife Dame fixierte den Signore durch die Scheiben des Isotta, riß die schwarzgeschminkten Augen auf und warf ihm einen verschwommenen Blick zu, während sie den halb aufgelösten Dutt auf ihrem Kopf zurechtrückte und dabei ein Haarbüschel unter der Achsel sehen ließ. Während der Wagen langsam an ihr vorüberglitt, ließ sie die Zunge zwischen die Lippen schnellen.

»Geschmacklos«, empörte sich Signore Dei Vetri, »und trotzdem gibt es Leute, die dieses abgehangene Zeug mögen.«

Wieder verschwand die Plattform für kurze Zeit im Dunkeln, die Musik wurde urtümlicher: Ein Gong skandierte Flötenklänge, bis der Königspalast von Kreta erschien. Neben ziegelroten Säulen posierten Priesterinnen in Rosa und Himmelblau. Sie standen still, die Hände in die Seiten gestützt, und zeigten runde feste Brüste über strammen Leibchen.

»Adrett«, lobte Signore Dei Vetri, »sehen aus wie Teekannen.«

Anschließend passierten sie, von unten nach oben, das römische Triklinium, eine persische Orgie und ein japanisches Badehaus. Während zwei kräftige, kahlgeschorene Samurai auf einem öligen Tisch ein Mädchen mißhandelten, beschlug der Dampf die Scheiben und nahm die Sicht.

»Das ist schon besser«, seufzte der Signore, indem er die Augen halb schloß und sich auf den Kissen entspannte. »Und ich bezahle diesen ganzen Krempel ...«

»Ich hätte nichts dagegen, die da ein bißchen umzukrempeln.« Der Chauffeur hauchte seine Erregung ins Mikrofon.

»Wer hat dich um deine Meinung gebeten?« bellte der Signore zurück. »Daran brauchst du keinen Gedanken zu verschwenden. Das ist außerhalb deiner Reichweite. Weißt du, wie viele Scudos eine magere halbe Stunde in diesem Etablissement kostet? Und bleib schön brav vor der Tür, wenn wir oben sind, verstanden?«

Der Isotta tauchte inmitten einer Hochebene unterhalb des Berggipfels aus dem Boden auf. Der Himmel war sternklar, und der aufgehende Mond versilberte den Bergkamm, über den der Wind pfiff. Ein gepflasterter Weg, der von Pfählen mit den kabbalistischen Symbolen einer schwarzen Messe gesäumt war, führte zum Eingang eines finsteren Monumentalbaus. Der Isotta schaukelte bis zu einem Marmorportal hinauf, das zwei Türflügel aus Eichenholz einrahmte. Ein Klosterbruder, eingemummt in eine schwarze Kutte, stürzte herbei, um die Tür zu öffnen: »Einen wunderschönen guten Morgen«, flüsterte er. »Wenn Sie mir folgen möchten. Die Novizinnen sind im Chorraum.«

Der Mönch löste einen großen Schlüssel von dem Bund, den er am Gürtel trug, und öffnete das Tor.

»Wenn es gestattet ist«, flüsterte er dem Signore zu, der neben ihm die Schwelle überschritt, »Schwester Irina ist seit einer Woche in Abstinenz und von atemberaubendem Liebreiz.«

»Atemberaubend sind die Scudos, die ihr mich kostet, ihr alle miteinander«, sagte der Signore. »Bring mich unverzüglich zu Scollacchia, du Schwachkopf. Ich weiß, daß er hier ist.«

»Oh! Sie sind es?« Der Mönch riß den Mund auf, als er im schwachen Schein einer rauchenden Fackel, die in der Vorhalle in einem Metallring steckte, den Signore erkannte.

»Ja, ich bin's. Ihr verblödet mir noch in dieser mystischen Kloake. Zu Scollacchia, und zwar sofort!«

»Aber ... aber ... Das geht nicht.« Der Bruder preßte beide Hände an die Schläfen. »Die hochehrwürdige Mutter hält gerade die Andacht ...«

Die Hand des Signore Dei Vetri legte sich auf des Pfortenbruders Hals, der dem eines gerupften Gockels glich, und nötigte ihn zu einer Art Verbeugung. »Ich kenne die Andachten der hochehrwürdigen Mutter. Dieser Schwuchtel werde ich eine wahrhaftige Buße auferlegen, wenn sie mir in einer bestimmten Sache nicht haargenau Auskunft gibt. Beweg dich, du Scheißkerl!«

Der Bruder nahm eine Öllampe von seinem Gürtel und zündete sie an. Er trat in einen Korridor. Der Signore stolperte: »Gibt es hier denn kein richtiges Licht?«

»O nein, Signore«, sagte der Bruder. »Die hochehrwürdige Mutter hat letzten Monat Anweisung gegeben, den Generator abzustellen ...«

»Verstehe«, sagte der Signore. »Er hat sich hier häuslich eingerichtet und spielt auch noch den Herrn. Der kriegt was zu hören.«

Vom Ende des Korridors her drangen Gelächter und das angeregte Getuschel zahlreicher Frauenstimmen zu ihnen. Der Bruder räusperte sich und hustete laut, während er geschwind weiterging. Einen Augenblick lang hörte man nur Sandalengetrappel und die schweren Schritte des Signore, dann verwandelte sich das Gemurmel in einen devoten und fast klagenden Chorgesang. Der Bruder öffnete eine Tür, und sie betraten eine halbkreisförmige Apsis mit Chorgestühl. Die Novizinnen beendeten die Strophen der Litanei, indem sie lange einen Zischlaut modulierten: »... *spititus-s-s-s-s.*« Die Öllampe beschien eine nach der anderen; sie alle waren weiß gekleidet, mit Kapuzen bis zu den Augenbrauen. Die haushohe Kuppel verschluckte den Gesang. Der Bruder zögerte, als er die Lampe vor ein Gesicht hob.

»Das hier ist Irina«, sagte der Pförtner mit einem komplizenhaften Grinsen.

Die junge Novizin legte die Kapuze ab. Der Schädel darunter war kahl und ihr Gesicht fast weißer als der Halsschleier. Sie erhob sich leicht schwankend von ihrem Chorstuhl und verbeugte sich, wobei sie die verschränkten Hände so fest in den Schoß preßte, als ob sie dort ein Schmerz quälte.

»Seid herzlich willkomen, Monsignore«, hauchte sie und schloß dabei vor Entkräftung die Augen.

»Hoppla, mein Kind«, kicherte der Signore. »Hast du denn wirklich gefastet? Nehmt ihr euch nicht allesamt ein bißchen zu ernst?«

Irina riß die Augen auf.

»Hey! Mädels! Es ist der alte Fettwanst Devitt!«

Der Chor löste sich in einem Durcheinander aufgeregter Stimmen auf. Die Novizinnen umringten den Signore in Festtagslaune.

»Devitt! Du hattest uns im Stich gelassen. Wie lange schon ...«

»Laßt uns in den Kapitelsaal gehen und feiern!« schlug eine Novizin vor, hob die Kutte bis zum Kinn und ließ die darunterliegende Blöße erstrahlen.

»Jetzt nicht.«

Der Signore befreite sich aus all den neckischen Händen und zog sich zum Ausgang der Apsis zurück.

»Nachher vielleicht«, sagte er zu dem Mönch. »Und bring mich jetzt zu Scollacchia, ohne mir eine neue Falle zu stellen, klar?«

Der Mönch folgte ihm eilig in den Korridor und schloß hinter ihnen ab. Während sie eine Wendeltreppe um eine Säule emporstiegen, klopften die Novizinnen und riefen lockend nach ihnen.

Der Mönch stellte die Öllampe auf den Boden und probierte einen Schlüssel nach dem anderen aus. Er fuhrwerkte am Schloß einer getarnten Wandtür herum, wobei er sich bemühte, so wenig Lärm wie möglich zu machen.

»Sie haben sich eingeschlossen«, erklärte er dem Signore, der zunehmend ungeduldiger wurde.

Nachdem er die Tür geöffnet hatte, trat er mit angewiderter Miene zur Seite. Dei Vetri tat einen Schritt in den großen Raum und blickte angestrengt in das schummrige Licht, das von einem Kohlenbecken und einigen wenigen Kerzen ausging. Was er sah, mißfiel ihm. Er zog sein Taschentuch aus der Brusttasche und führte es an die Nase. Dann machte er kehrt und trat eilig auf den Gang hinaus. Ein mehrstimmiges Stoßgebet aus Obszönitäten war zu hören.

»Geh du hinein«, befahl er dem Mönch. »Und sag dieser ... uäh! *Hochehrwürdigen*, daß ich sie erwarte ... Gibt es einen stillen Ort, wo man unter vier Augen mit diesem Schwein sprechen kann?«

»Im Refektorium.«

Der Mönch hob die Lampe und wies auf eine Tür, die größer war als die anderen. Der Signore nahm ihm das Licht ab und ging durch den Korridor.

»Schick ihn augenblicklich zu mir«, befahl er. »Nein, sag ihm, er soll sich erst ein bißchen säubern.«

5
Scollacchia

»Scollacchia«, sagte der Signore Dei Vetri, »du bist ein perverser Widerling.«

Scollacchia trug ein Priestergewand. Der Halsschleier rahmte ein zierliches Gesicht ein, das vor Schweiß glänzte und die hektischen Flecken der Choleriker zeigte. Die weiße Soutane war blutverschmiert. Scollacchia keuchte und verströmte einen beißenden Geruch nach Adrenalin und Exkrementen.

»Mich wundert«, der Signore betrachtete die *Hochehrwürdige* mit einer Grimasse des Abscheus, »daß du Komparsen für deine ekligen Spektakel findest, die in ein Sado-Maso-Video zum Jahrhundertende passen würden.«

»Ich bezahle sie«, sagte Scollacchia schmollend.

»Und mit welchem Geld bezahlst du sie?«

»Mit meinem Verdienst.«

»Du meinst, du verdienst etwas? Wie lange schon hat sich die *hochehrwürdige Mutter* nicht mehr bei der Abteilung gemeldet, die ihr ein Gehalt von zehntausend Scudos im Monat zahlt?«

»Oh, hör mal, Devitt«, Scollacchia leckte sich die trockenen Lippen, »du wirst doch nicht heraufgekommen sein, um mir eine Moralpredigt zu halten? Jeder hat seine ... irgendwelche kleinen Laster ...«

Signore Dei Vetri, der am Klostertisch saß, nahm die zerknirschte Miene eines zu Unrecht gescholtenen Knaben an. Dann machte er es sich bequem und öffnete sein kanariengelbes Jackett. An einer Goldkette, die sich quer über seinen Bauch spannte, war ein Anhänger befestigt; der Signore zog ihn aus der Weste und fing an, mit ihm herumzuspielen.

»Ich war es, der dich an die Spitze der AIAV gesetzt hat«, sagte er und brachte mit kleinen Stößen des Zeigefingers den Anhänger zum Kreiseln; er stellte eine Sichel dar, die im Licht der Öllampe aufblitzte. »Und du bist sicher, daß ich dich für so etwas protegiert habe?« Die Stimme des Signore tönte, sie war plötzlich scharf geworden. »Daß ich dich ganz oben auf die Leiter gesetzt habe, auf einen der wichtigsten Posten der Megalops, nur damit du die Möglichkeit hast, Tag und Nacht als Pensionär in einem meiner Bordelle zu hocken und den Göttlichen Marquis zu spielen?«

»Ich!« Scollacchia wurde ebenfalls lauter. »Im Moment bin ich ... Schließlich steht mir auch ein bißchen Erholung zu. Ich bin erschöpft ...«

»Was passiert in deiner Abteilung?«

»Was dort passiert?«

»Weißt du nicht, was da passiert?« Der Signore fixierte ihn lange. »Weißt du es wirklich nicht?«

»Die kommen bestens ohne mich zurecht.«

»Sie laufen in der Gegend herum und sprechen Drohungen aus. So gut kommen sie zurecht.«

»Ich verstehe nicht. Was für Drohungen?«

»Tom Tango ist dein Stellvertreter, oder?«

»Er ist ehrlich und fleißig. Ein Arbeitstier ... wenn auch nicht sehr helle ... Was gibt's zu Tango zu bemerken?«

»Tom Tango und drei weitere Handlanger von dir sind in den letzten zwei Wochen abwechselnd im *Rcocozz* und anderswo aufgetaucht, um den Leuten mit Knast zu drohen, wußtest du davon?«

Scollacchia lächelte zweideutig: »Ah, ich verstehe, dein Lieblingslokal ...«

»Es gehört mir nicht, das *Rcocozz*! Vorsicht, Scollacchia! Es kostet mich nicht viel, ich brauche nur ein bißchen am Stamm zu rütteln, um dich von deinem Ast zu werfen. Du bist so schmierig, daß von dir nur ein Fleck am Boden übrigbliebe.«

Die Stimme war kaum hörbar. Der Signore hob die kleine Sichel auf Augenhöhe und öffnete die Hand. Der Anhänger fiel klirrend auf den Tisch.

»Einen Moment!« Scollacchia war blaß geworden. »Ich weiß davon nichts.«

»Vielleicht ist es wahr. Vielleicht gehörst du nicht dazu. Aber damit bist du nicht aus dem Schneider. Deine Männer verbreiten eine solche Angst, daß man den Nachschub eingefroren hat. Sie haben die Quelle ausgetrocknet, so eine Meisterleistung haben sie zuwege gebracht. Das *Rcocozz* ist praktisch geschlossen, Fritz ist auf dem Absprung von dieser Megalops.«

»Das ist kein Grund zur Panik.« Scollacchia schnaubte beschwichtigend. »Das ist nur eine Entschlackung, die Vorbereitung einer kleinen Privatauslese. Man sieht, daß der Chef ein bißchen habgierig geworden ist, und jetzt tun sich die Jungs zusammen. Ich wundere mich über Tango, aber er muß sich auch schlau gemacht haben ...«

»Neeeiiin!« bellte Dei Vetri. »Die Sache sieht anders aus! Sie sind nicht nur ins *Rcocozz* gegangen. Sie haben die ganze Branche verseucht, und sie nehmen keine Trinkgelder an. Sie benehmen sich, als ob es ihnen ernst damit wäre.«

»Vielleicht ist es ihnen ernst.« Scollacchia nahm die Kapuze ab, um sich den Kopf zu kratzen.

»Und wer hat sie darum gebeten?«

»Ich bestimmt nicht. Glaubst du mir, daß ich's nicht war?«

Signore Dei Vetri musterte ihn und blieb mit dem Blick an den Flecken auf seiner Kutte hängen.

»Ich glaub's. Du würdest hier nicht schmarotzen und mir obendrein ein klasse Lokal in Verruf bringen, wenn du die Finger mit im Spiel hättest. Woher kommt also der Befehl?«

»Über mir steht noch eine Person: der Assessor.«

»Falco?«

»Falco, jawohl, Chef. Nur er kann es gewesen sein.«

»Ohne dir etwas davon zu sagen?«

»Das kann er machen. Die absolute Vertraulichkeit des Dienstes erlaubt dem Assessor, Befehle an einzelne Beamte zu vergeben, auch über den Kopf des Verantwortlichen hinweg.«

»Und warum sollte Falco so etwas getan haben? Er ging auch ins *Rcocozz*: nur gelegentlich, aber ich habe ihn selbst dort getroffen. Und daß mir die Aktion nicht gefallen würde, das wußte er ebensogut wie du. Warum sollte er mir mit dieser linken Tour kommen?«

»Das überlege ich gerade«, sagte Scollacchia nachdenklich.

Der Signore setzte wieder die Miene eines Kindes auf, dem man unrecht getan hat: »Erinnerst du dich an den Aufstand vor einem Jahr?«

»Welcher Aufstand?«

»Das Mädchen, das ins Lokal kam. Der Nervenzusammenbruch. Die Tische, die umgeschmissen wurden, und all das. Man hat durchblicken lassen, daß da eine Verbindung bestehen könnte.«

»Das ist unmöglich. Ich habe damals alles persönlich geregelt, nach deinen Anweisungen.«

»Das heißt?«

»Das Mädchen haben wir in einen Ashram gesteckt, ein hübsches Luxusplätzchen.«

»Und der Anwalt?«

»Dem Anwalt wurde klargemacht, daß ihm nicht nur das Honorar flöten geht, wenn er nicht sofort den Köder wieder ausspuckt.«

»Und hat er das kapiert?«

»Und ob! Eine Warnung hat gereicht, eine kleine Explosion in seiner Kanzlei, bloß ein paar beschädigte Möbel, und er hat die Flucht ergriffen. Seither hat ihn niemand mehr gesehen; er soll die Megalops verlassen haben.«

»Und wer bezahlt den Ashram? Du sagst, es sei ein Luxusschuppen. Wer unterhält dort diese Nervensäge?«

»Ich dachte, du.«

»Ich? Bin ich vielleicht der Schutzpatron der gefallenen Mädchen?«

»Pffh ... Dann habe ich wirklich keine Ahnung. Ich weiß nur, daß sie in dieses Institut aus Samt und Seide eingeliefert wurde, das ist alles.«

»Das Mädchen hat irgendeinen Heiligen da oben. So ist das gelaufen. Und Falco ist ein Hosenscheißer. Gut, an die Arbeit, Scollacchia, und zwar sofort. Erstens: Schaff dir diesen Tango vom Hals. Ich hab dir hundertmal gesagt, laß dich nicht mit ehrlichen Leuten ein! Zweitens: Versuch herauszubekommen, wer Falco Feuer unterm Hintern gemacht hat. Drittens: Frier den Status Quo ein. Es kann noch eine ähnliche Beschwerde im Umlauf sein. Von heute an hast du nur noch eine Aufgabe: alle zum Schweigen zu bringen, mit jedem Mittel. Ich brauche drei Monate absolute Ruhe, bevor ich ein neues Projekt starten kann. In diesen drei Monaten darf man nicht einen Hauch von dieser Geschichte hören. Nicht einen Pieps. Und wenn Gras über die Sache gewachsen ist, räumst du das Mädchen endgültig aus dem Weg, auch ihren Anwalt und ihren Mentor, egal was für ein hohes Tier er ist. Aber das nicht sofort: ich gebe den Startschuß. Spätestens morgen will ich das Papier mit Falcos Befehl in der Hand haben. Es muß auf jeden Fall eine schriftliche Order gegeben haben. Jetzt geh und zieh dir diesen Fummel vom Kostümverleih aus!«

Scollacchia machte kehrt, zackig wie ein Soldat.

»Warte«, rief ihn Dei Vetri zurück. »Laß mir etwas zu essen bringen. Eine Fastenmahlzeit: Gemüsesuppe, Brot, Käse und leichtes Bier. Und sag dem Mönch von der Pforte, er soll diese Irina ins Refektorium schicken, und noch ein paar weitere Novizinnen.«

6
Die Siedlung

Degrado wachte mit schwerem Kopf und einem klebrigen Geschmack im Mund auf. Er wußte genau, daß man in bestimmten Lokalen nichts trinken sollte, aber er fiel jedesmal wieder herein, wenn er in Gesellschaft war. Der Barkeeper des »Don Jean« mischte dem *hausgemachten Likör*, neben Palmwein und Rum, mysteriöse Schweinereien bei, die einem die ganze Nacht im Schädel hämmerten und finstere Träume verursachten.

Degrado stand eine Weile unter der Dusche, bevor ihm einfiel, daß das Wasser seit einigen Tagen nicht mehr in den siebten Stock gelangte. Er schaffte es gerade, sich die Haare mit einem mageren bräunlichen Rinnsal zu benetzen, ehe auch das mit einem hohlen Gurgeln versiegte. Auf der Monitor-Wand, die bald ebenfalls versagte, erschienen die dreidimensionalen Bilder einer Fernsehreportage über das letzte Terror-Attentat der Rubraf. Die Kamera verweilte auf den Folgen der Explosion: abgerissene Gliedmaßen, Augäpfel, die aus Stirnhöhlen hingen, blutgetränkte Kleiderfetzen und ein schreiender Greis, dem die Schädeldecke fehlte.

Im obersten Fach des Kühlschranks hatte eine Polarmaus ihr Nest gebaut. Degrado sah, wie sie in ihrem weißen, eisverkrusteten Pelz da hockte und zähneblekkend ihre Stellung verteidigte. Er plazierte einen Volltreffer mit Bleistück und Steinschleuder, die er für diese Art der Jagd bereithielt, ein Blutspritzer landete in der Flasche mit synthetischer Milch, dem einzigen Nahrungsmittel, in das die Maus noch nicht ihre Schnauze gesteckt hatte. Den Rest hatte sie weggeknabbert.

Degrado rieb sich den Körper mit After-Shave ein, was er zu spät bereute. Er ging die Treppen hinunter, wobei er von einem Haufen Arbeiter geschubst und eingeklemmt wurde, die zur Brotpresse gingen, einer Fabrik für synthetische Lebensmittel im Erdgeschoß. Der Geruch des After-Shaves war widerlich. Degrado wurde übel bei der Vorstellung, daß er ihn den ganzen Tag einhüllen würde. Wenn es stimmte, so dachte er, daß ein guter Tag sich schon am Morgen zu erkennen gab, dann würde er bis zum Abend nichts zu lachen haben.

Er stieg ins Auto, warf die Tasche mit dem Vorschuß des Alten auf den Beifahrersitz, legte vorsichtig die Whiskyflasche daneben und fuhr Richtung Autobahn. Als er im Wegfahren die zehntausend Fenster des ehemaligen Hotels sah, das jetzt die Grundmauern der Oberstadt bildete, wirkten sie auf ihn wie ein Karomuster, ein Ornament, das den Bau würdevoller erscheinen ließ als das, was er stütze.

An der Basis des großen Ypsilons, das von der Küste ins Landesinnere führte, zeigte der Pfeil der Automatischen Verkehrskontrolle eine Umleitung nach links an, während Degrado nach rechts in eine Tunneleinfahrt mußte. Das hieß: eine weitere Warteschleife auf dem Umgehungsring, bevor die Reihe an ihn kommen würde.

Das Auto wurde vom Zentralcomputer auf 30 Stundenkilometer gedrosselt und schleppte sich wie ein verletztes Insekt dahin. Die Fahrbahn war voll mit elektrischen Kleinwagen wie dem seinen, den klappernden Kutschen der einfachen Leute: Verkäufer, Programmierer, Animateure, kleine Werbeleute, Vermittler und sonstige Komparsen, das gesamte Fußvolk, das von Verwaltung und Produktion ausgeschlossen war und von den

Wirtschaftsexperten »osmotisches Fluidum« genannt wurde, mittelmäßig nützlich zu Zwecken der Kommunikation. Dies war ihre Stoßzeit auf der Suche nach dem täglichen Kontakt.

Wieder vor dem Tunnel – diesmal zeigte der grüne Pfeil geradewegs auf die Einfahrt. Jetzt war Degrado dran. Am Tunnelende erschien der Automatische Pilot auf dem Monitor. Die Impulse der elektromagnetischen Leitungen, die unter dem Asphalt lagen, würden ihn in die gewünschte Richtung dirigieren, technische Störungen und die Irren ausgenommen, die plötzlich in seinen Wagen krachen konnten, nachdem sie die Steuerung blockiert hatten. Aber an diesem miesen Morgen war Degrado in fatalistischer Stimmung, und er hatte eine üble Nacht hinter sich, zermartert von den psychedelischen Alpträumen des Likörs. Er nahm einen kräftigen Schluck aus der Whisky-Flasche, programmierte das Ziel, kippte den Sitz nach hinten, streckte sich möglichst behaglich aus und schlief ein.

»Hier Zentralkontrolle. Sie haben die zulässige Haltefrist überschritten. Wollen Sie einen Notfall melden? Geben Sie das Rufsignal für das Rettungsfahrzeug ein ... Hier Zentralkontrolle. Sie haben die zulässige Haltefrist ...«

Die Stimme vom Band leierte den Aufruf schon eine ganze Weile herunter. Degrado wachte nur mit Mühe auf, denn der monotone und entspannende Ton wirkte eher einschläfernd. Er schaute nach vorn und wollte seinen Augen nicht trauen: die asphaltierte Fahrbahn endete nach wenigen Metern. Dort war eine doppelte gelbe Linie und ein blinkendes Schild, das auf das Ende der Traffic-Control hinwies. Dann nichts mehr. Er war am Ende der Welt angekommen. Das hieß, nein. Jenseits des Asphalts begann ein alter Feldweg. Er war voller Schlaglöcher und führte bergauf. War das vielleicht die Schotterstraße, von der der Alte gesprochen hatte?

Degrado fluchte leise. Die Piste wand sich in Serpentinen den Hügel hoch. Auf beiden Seiten Bäume und Sträucher, ein regelrechter Wald. Er schaute auf die Uhr. Er hatte vier Stunden geschlafen, war dabei weitergefahren und bis ans programmierte Ziel gelangt. Er war versucht umzukehren. Die Schotterstraße und der Wald wirkten fremdartiger und bedrohlicher auf ihn als ein Grenzposten der Unterstadt. Dort versuchten zumindest die Beamten, die die Grenze überwachten, den Tollkühnen die Weiterfahrt auszureden. Er trank einen Schluck aus der Flasche, schaltete die Steuerung durch die Traffic-Control ab und überwand mit einem beherzten Tritt aufs Gaspedal die doppelte Linie. Er war kaum auf dem Feldweg, als schlagartig das hellblaue Licht des Richtungsmonitors erlosch. Degrado empfand ein stechendes Gefühl von Verlorenheit. Er fuhr vorsichtig weiter, das Brummen des Motors war kaum zu hören. Aus einem Busch kam ein Geräusch, und der Insistente schrak zusammen, als ein großer Vogel aufflog, eine Parabelbahn wie ein Stein beschrieb und den Himmel vor der Windschutzscheibe durchmaß. Es war ein klarer Morgen, weiße Wolkenfetzen zerfaserten den blauen Himmel ...

Nach den Angaben des Alten mußte er zehn Kilometer auf dieser Straße fahren, dann käme er in ein Dorf. Dort sollte er sich nach dem Weg zur *Sozialsiedlung* erkundigen. Es gab keine andere Möglichkeit, als sich von der Stimme eines lebenden Menschen leiten zu lassen. Auf einem kleinen Pfad mußte er einen Wald durchqueren, hatte der Alte gesagt, das Auto müsse er im Dorf lassen und drei, vier Kilometer zu Fuß marschieren, vielleicht mehr ... *Dorf, Pfad, Wald,* gab es denn wirklich noch derartige Dinge? Und die Sozialsiedlung? Was für ein Ding war die *Sozialsiedlung*?

An den Steigungen stotterte der Motor. Auf Gefällstrecken holperte das Auto über die Schlaglöchern und quietschte jämmerlich. Nach jeder besonders tiefen Senke rechnete Degrado damit, daß der Wagen auseinanderfallen würde.

Endlich wurde die Straße ein bißchen flacher. Auf einem Hügelkamm begann eine langgezogene gewellte Gerade, und im Hintergrund erkannte man die Dächer einiger Häuser.

In der Ferne tauchte aus der Gegenrichtung plötzlich ein Wagen auf. Er war in voller Fahrt und schien den Boden kaum zu berühren; vor einem Augenblick war er noch ein schwarzer Fleck auf einem Hügelrücken gewesen, und schon war er so nah, daß Degrado ein Turbinenauto mit getönten Scheiben erkannte. Es hatte die typische abgeplattete Form, wie der Rückenpanzer einer Küchenschabe.

Plötzlich schoß es auf ihn zu. Es steuerte von der Straßenmitte in seine Richtung. Degrado riß das Lenkrad mit aller Gewalt nach links. Das Turbinenauto zuckte wie ein dunkler Blitz vorbei, so nah, daß der Insistente für einen Sekundenbruchteil sah, wie sich der weiße Fleck seines Gesichts auf der dunklen Scheibe eines Seitenfensters spiegelte. Ein harter Stoß, und das Elektroauto übersprang den Straßenrand. Am Heck des getönten Wagens leuchteten die Rammsporne, die Raketen blitzten auf und blendeten Degrado im Rückspiegel. Der Wagen entfernte sich pfeifend, fast über dem Boden schwebend. Degrado bremste, aber er hatte den Wall bereits überwunden, und auf der steilen Böschung war keine Kontrolle mehr möglich. Der Kleinwagen schlitterte im Sturzflug über das Gras. Degrado umklammerte das Lenkrad und versuchte mit aller Kraft, die Räder gerade zu halten, damit er sich nicht überschlug.

Ein weiterer Stoß folgte, und nach einem gewaltigen Satz – es schien sich in die Lüfte schwingen zu wollen – blieb das Auto mit einem Schlag stehen. Der Elektromotor surrte im Leerlauf. Degrado stellte ihn ab und stieg aus. Die Vorderräder hingen frei über einem kleinen Graben und drehten sich noch. Vor ihm lag ein Trampelpfad, die Straße war hinter ihm. Das letzte Stück des Abhangs schien von zwei parallelen Furchen durchschnitten, sie waren präzis, wie von einem Mähdrescher gezogen. Einen Meter von diesen Spuren entfernt saß ein Mädchen im Gras und schaute mit weit aufgerissenen Augen herüber. Degrado ging zu ihr.

»Hast du vorhin schon hier gesessen?« fragte er.

»Nein«, antwortete das Mädchen. »Vorhin stand ich.«

Der Insistente hatte den Geschmack von Blut im Mund. Er faßte sich an die Lippe und spuckte aus. Er mußte mit dem Kopf irgendwo angeschlagen sein.

»Hast du dir weh getan?« Das Mädchen war aufgestanden und strich ihr kurzes dünnes Kleid an den Hüften glatt.

»Nichts Ernstes«, antwortete Degrado, obwohl er ein Schleudertrauma vermutete; sein Kopf fühlte sich leicht an. Aber vielleicht lag das an der Luft an diesem Ort; sie war frisch und prickelnd, wie der Geruch, den das Mädchen ausströmte: nach Sonne und Sauberkeit. Ein hübsches Gänschen saß da wenige Zentimeter von ihm entfernt, ganz Friede, Freude, Eierkuchen, mit einer Schleife am Zopfende. Sie hatte die Augen aufgerissen und schaute verträumt, als ob sie noch nie ein männliches Wesen gesehen hätte. Wußte sie nicht, daß man sich in ihrem Alter vor Unbekannten hüten sollte? Vor allem an einem Ort wie diesem: keine Menschenseele, so weit das Auge reichte. Degrado wandte den Blick von den stark entwickelten Brüsten, denen das leichte Kinderkleidchen nicht mehr angemessen war. Am Ende des Feldwegs sah man die ersten Häuser. Das Dorf lag in einem Kessel inmitten bewaldeter Hügel. Es war schon vor langer Zeit zugrunde gegangen. Die Häuser waren einstöckig, mit eingebrochenen Dächern, umgestürzten Zäunen und ausgerissenen Türen und Fenstern. Die Gebäude waren mit Gestrüpp und Dornensträuchern überwuchert. Sie standen um zwei imposante, auf den ersten Blick intakte Bauten herum: einer war hoch, eine Art Turm, der andere breit und schwerfällig, in der Form eines Elefantenfußes. In beiden waren die Betonteile in gewollter Unordnung mit Glas, Stahl und Plastik durchsetzt. Degrado wollte sich das Ganze aus der Nähe anschauen, das Mädchen folgte ihm.

Unter der Brücke zwischen den beiden Gebäuden sprudelte eine Quelle, das Wasser versickerte im Boden. Die Verschwendung tat beim bloßen Zusehen weh. Degrado spülte seinen Mund aus, dann trank er lange. Das Wasser war frisch und schmeckte nicht nach Desinfektionsmittel. Auch das Mädchen bückte sich, um zu trinken. Degrado betrachtete ihre geraden Beine und den Hintern, um den sich das Kleid spannte. Er deutete auf das Doppelgebäude.

»Wohnst du hier?«

»Nein, da wohnt niemand mehr drin.«

»Wo dann?«

»In ... Hier in der Gegend.« Das Mädchen begann, ihn mißtrauisch zu betrachten.

»Bist du allein?«

»Nein, wir sind mehrere.«

»Und die anderen? Wo stecken die?«

»Sie sind auch hier in der Nähe. Du bist doch wohl kein Polizist?«

»Weißt du, wo die *Sozialsiedlung* ist?«

»Nein.«

»Es müßte hier in der Gegend sein. Kennst du einen alten Mann, der in der *Sozialsiedlung* wohnt?«

»Wer bist du denn?«

»Ich komme aus der Megalops. Ich muß diesen Alten treffen. Man nennt ihn Bürgermeister.«

»Du bist ein Polizist.« Das Mädchen kehrte ihm den Rücken und lief auf einen Weg, der im Gehölz verschwand.

»Hey!« rief ihr Degrado nach. »Ich hab' dich nur um eine Auskunft gebeten!«

Das Mädchen blieb mitten auf dem Weg stehen.

»Ich kenne keinen Bürgermeister«, sagte sie mit einem Kopfschütteln. Dann zog sie ihr Kleid glatt und begann zu rennen; sie verlor die Schleife, ihr Haar löste sich auf. Sie war barfuß und sprang wie ein Hase über Steine und Gestrüpp, bis sie zwischen den Bäumen verschwunden war.

Degrado klopfte an das Tor des hohen Gebäudes, doch wie erwartet kam keine Antwort. Über dem Türsturz sah er eine Steinplatte mit einer Inschrift:

Aber die Menschen mühen sich ab, weil sie von falschen Prinzipien ausgehen. Der beste Teil des Menschen wird sofort als Dünger in den Boden gepflügt. Durch diesen Umstand, der gemeinhin Notwendigkeit genannt wird, wird der Mensch gezwungen, Schätze anzuhäufen, die bald von Motten und Rost zerfressen und von Räubern geschändet und gestohlen werden. Das ist ein Leben für Verrückte ...

Henry D. Thoreau

»Wirklich für Verrückte«, sagte Degrado im Weggehen.

Er hatte keine andere Wahl, als sich auf den Spuren des Mädchens in den Wald zu wagen. Aber er fühlte sich wie eine Fliege in einer Flasche guten Likörs. All dies üppige Grün bereitete ihm Unbehagen, und in der dünnen Luft kam er außer Atem. Die Tasche des Alten schien immer schwerer zu werden. Zwischen den Bäumen erkannte man ein Gebirgsmassiv.

Nach einem Marsch von fast einer halben Stunde führte der Weg auf eine Lichtung. Auf dem Platz befand sich, zwischen zerstreuten Felsen und grasbewachsenen Erhebungen, eine Ansammlung von Wellblechhütten, die auf den ersten Blick wie ein Schrottplatz aussah.

Auch hier, wie im Dorf, schien nichts dem Zufall entsprungen zu sein, obwohl alles nur notdürftig und mit ärmlichen Mitteln hergerichtet war. Alles schien sich in der passenden Farbe am rechten Ort zu befinden, und selbst Bäume und Felsen wirkten so, als wären sie nach einem Gesetz der Harmonie angeordnet worden. Im Zentrum hatte man die Rümpfe zweier Frachtkähne wie Nußschalen aufgerichtet und durch eine mit Glas bedeckte Stahlkonstruktion verbunden. Ein bißchen weiter stand ein uralter Lastwagen, den man in ein Wohnmobil verwandelt hatte. Das gelbe Blech war mit bunten Arabesken verziert. Aus den umliegenden Erdhügeln ragten die Schornsteine unterirdischer Behausungen. Eine Reihe rot und grün gestreifter Zelte schlängelte sich über den ganzen Platz zwischen den Bäumen hindurch; den Abschluß bildete ein Liegewagen, den man erst vor kurzem in einem gefälligen Dunkelblau gestrichen hatte. In einer Ecke schließlich waren auf einer felsigen Anhöhe mehrere Autowracks übereinandergeschichtet; man hatte anderen Schrott dazwischengeschoben und eine Art Turm gebaut.

Je weiter er auf den Platz zuging, desto deutlicher

nahm Degrado den Geruch eines Holzfeuers wahr; die Stille wurde vom Knattern eines Traktors unterbrochen, der mit laufendem Motor etwas abseits stand, auf dem Fahrersitz lag ein zurückgelassener Strohhut.

Im Zentrum der Glaskonstruktion zwischen den beiden Schiffshälften war ein offener Eingang. Degrado trat ein und sah, daß links in dem Raum alles durcheinanderlag, zwei Regale waren leer, eine große Menge Bücher auf dem Boden verstreut. Das Mädchen, das er im Dorf getroffen hatte, wärmte etwas auf dem Herdfeuer. Aus dem rechten Zimmer kam ein gedämpftes Raunen, das an eine Totenwache erinnerte.

»Sieh mal an, wen wir da haben«, sagte Degrado hinter dem Mädchen. Sie drehte sich ruckartig um, ließ den Löffel in den Topf fallen und stürzte in den Raum zur Rechten. Gleich darauf erschien sie, begleitet von einem großen kräftigen Burschen, wieder auf der Schwelle und zeigte auf Degrado: »Der hat mich nach dem Bürgermeister gefragt, unten im Dorf.«

Der junge Mann wog in der rechten Hand einen schweren Schraubenschlüssel und trat auf den Insistente zu. Degrado wich bis zum Feuer zurück und packte das Ende eines großen brennenden Astes: »Hey«, sagte er. »Was hast du vor?«

»Raus!« brüllte der Bursche.

Degrado befand sich in einer unangenehmen Lage, die Flammen begannen seine Waden zu erhitzen. Vorsichtig wich er zur Seite aus und stellte sich mit dem Rücken zur Wand. Er streckte die brennende Astspitze aus, bis er fast die Brust des Mannes berührte. Ein Schlag mit dem Schlüssel trennte feinsäuberlich den verkohlten Teil ab und ließ einen Funkenregen sprühen. Ein weiterer gezielter Schlag brach den Ast in der Mitte durch.

»Hey! Hausbewohner!« schrie Degrado. »Haltet diesen Irren fest!« Auf der Schwelle des rechten Zimmers erschienen ein Mädchen mit schmutzigem Gesicht und ein weiterer Bursche mit nacktem Oberkörper, der sich durchsichtige Plastikhandschuhe von den Händen streifte.

»Hau ab, oder ich schlag dir den Schädel ein«, sagte der kräftige Kerl.

»Crash!« rief eine schwache Stimme. »Was ist da los?«

Degrado war es gelungen, das Messer aus der Ledertasche des Alten zu ziehen, er hatte es aufspringen lassen und hielt es nun dem Angreifer unter die Nase.

»Vorsicht«, sagte er. »Das ist zwar Trödel, macht aber trotzdem Löcher.«

Dann schob er sich an der Wand entlang, bis er die Tür sehen konnte, aus der er die Stimme gehört hatte. Mit einer Bewegung des Messers gab er dem Mädchen und dem anderen Burschen zu verstehen, daß sie den Blick freigeben sollten. Auf einer Pritsche gegenüber der Tür lag der Anzug, der in einem Büro des dritten Sektors nicht übers Vorzimmer hinausgekommen wäre. Aber etwas war sonderbar an diesem Anzug.

»Hey, Bürgermeister!« sagte der Insistente. »Ich bin's, Degrado! Ich hab' Ihnen die Anzahlung zurückgebracht. Sagen Sie diesem Rambo, er soll aus dem Weg gehen.«

Die Stimme des Alten gab eine Anweisung, und der junge Mann ließ den Schlüssel sinken. Degrado betrat das Zimmer, die anderen folgten ihm auf den Fersen.

Auch hier lagen Gegenstände und Bücher über den Fußboden verstreut. Die Schubladen einer alten Kommode waren alle geöffnet, einige hatte man herausgerissen und auf den Boden geworfen. Degrado erkannte sofort die Spuren der *Phönix*, jener Napalmwaffe, die von einigen Sondereinheiten verwendet wurde. An einer Wand reichte die Brandspur bis an die Decke, die linke Hälfte des Anzugs war komplett verschmort, und auch das Gesicht des Alten hatte etwas abbekommen. Das Bett stand unter dem Fenster. Im Licht der untergehenden Sonne sah das Antlitz des Bürgermeisters bis zum Haaransatz so aus, als hätte man ein verkohltes Steak daraufgelegt. Ein leichter Geruch nach verbranntem Fleisch und Aluminiumchlorid hing im Raum.

Ein Mädchen in Hot Pants kniete neben dem Bett, tauchte ein Tuch in einen Bottich mit Eiswasser und betupfte vorsichtig die Verbrennung.

»Was ist hier passiert?« fragte Degrado.

»Das fragen Sie mich?« Der Alte jammerte und schob das Tuch vom Gesicht weg. »Die haben Sie mir auf den Hals gehetzt.«

»Ich habe niemanden aufgehetzt, Herr Bürgermeister oder Gianni Caso, oder wie zum Teufel Sie heißen mögen.«

Degrado stellte einen Stuhl auf und legte die Tasche darauf.

Der kräftige Kerl nutzte den Augenblick der Unachtsamkeit, packte die Hand des Insistente, drehte ihm den Arm auf den Rücken und zwang ihn, das Messer fallen zu lassen. Degrado reagierte mit einem Ellbogencheck in die Magengrube, dann traf er mit einer Geraden das Kinn des Angreifers. Der Bursche schwankte grunzend. Degrado setzte noch einmal nach und stellte einen Fuß auf das Messer, nachdem er aus dem Augenwinkel gesehen hatte, daß der andere Kerl sich danach bückte. Er versetzte ihm einen Fußtritt, beugte sich hinunter und hob das Messer auf. Gut sichtbar hielt er es vor sich und stellte sich mit dem Rücken zur Wand.

»Bürgermeister, diese erhitzten Gemüter brauchen

ein wenig Abkühlung«, sagte er. »Sie sind keine Profis und werden sich am Ende weh tun.«

»Wenn sie nicht eingegriffen hätten, vorhin«, sagte der Alte, »hätten die mich umgebracht.«

»Ganz sicher nicht, Bürgermeister.« Der Insistente schüttelte den Kopf. »Wenn die Sie hätten umbringen wollen, hätten sie keine *Phönix* verwendet. Das ist nur heiße Luft. Eine schlichte Warnung. Beim nächsten Mal, womöglich. Wie auch immer, das geht mich nichts mehr an. Das haben Sie jetzt von Ihrem Versteckspiel.«

Der Alte setzte sich stöhnend auf und blickte sich mit dem linken Auge um; das rechte sah erbärmlich aus unter seiner geschwollenen Augenbraue.

»Die haben alles auf den Kopf gestellt«, sagte er. »Haben Sie das Foto noch?«

»Ich habe es Ihnen zurückgebracht, mit allem übrigen.« Degrado zeigte auf die Tasche. »Mit fast allem. Die Spesen abgezogen.«

»Heißt das, Sie machen einen Rückzieher?«

»Genau das«, sagte Degrado, während er den Inhalt der Tasche auf den Stuhl leerte. »Sehen Sie selbst nach. Es fehlt das Monster von Kugelstoßer, die Whiskyflasche ist noch zu drei Vierteln voll. Dreißig Scudos, großzügig gerechnet. Ein bißchen weniger als die Spesen, die bisher angefallen sind. Vermeiden wir Diskussionen, und trennen wir uns in Freundschaft. Okay?«

Der Alte willigte ein und ließ seinen Kopf wieder auf das Kissen sinken.

»Crash«, sagte er. »Begleite ihn bis ins Dorf. Nehmt die Abkürzung, dann kommt ihr noch vor Einbruch der Dunkelheit an. Und ihr anderen, laßt ihn gehen! Mit dem, was vor kurzem hier geschehen ist, hat er nichts zu tun. Dieses Messer, behalten Sie es, wenn Sie wollen ...«

»Warum heißt du Crash?« fragte Degrado das Mädchen, das auf einem Weg voranging, der steiler als der Hinweg war und sich durch die dichte Macchia zog.

»Weil ich alles kaputtmache«, antwortete sie.

»Wie ist dein richtiger Name?«

»Weiß ich nicht. Ich glaube nicht, daß ich jemals einen richtigen Namen hatte.«

»Und wie bist du hier gelandet?«

»Ich weiß es nicht und erinnere mich nicht. Vielleicht bin ich schon immer hier gewesen.«

»Glaube ich kaum.« Degrado zeigte auf das Ohrläppchen, wo man deutlich die Narbe von der ausgerissenen Plombe sah.

»Du solltest die Haare offen tragen. Es würde weniger auffallen.«

Das Mädchen erhob stolz den Kopf. »In der Siedlung bin ich frei. Es kommen nicht viele Leute hier herauf.«

»Wie viele seid ihr?«

»Ungefähr siebzig, alles in allem, Jungen und Mädchen.«

»Und wovon lebt ihr?«

»Wir treiben Ackerbau. Und wir züchten ein paar Tiere.«

»Willst du mich auf den Arm nehmen? Ihr ernährt euch wirklich von dem, was aus dem Boden kommt?«

Degrado konnte sich nur mit Mühe vorstellen, daß es noch derartige Wilde gab.

Er marschierte schon eine Weile den dornigen Weg hinunter, als sich plötzlich der Blick über das Tal öffnete. Degrado sah wieder den Turm und den Elefantenfuß inmitten der baufälligen Häuser. Sein Auto war immer noch dort und balancierte mit schwebenden Rädern über dem Graben.

»Schau«, sagte Crash und zeigte auf eine Stelle, die

durch ein Haus gegen die Straße abgeschirmt war. »Da haben sie auf der Lauer gelegen.«

»Wer hat auf der Lauer gelegen?« fragte Degrado.

»Nachdem sie auf den Bürgermeister geschossen hatten, habe ich sie verfolgt«, fuhr Crash fort. »Ich habe gesehen, wie sie ins Auto gestiegen und dorthin gefahren sind. Sie haben über eine Stunde gewartet, bis dein Auto aufgetaucht ist. Dann sind sie plötzlich losgefahren und haben dich angegriffen.«

»Du willst also sagen, daß die, die auf den Bürgermeister geschossen haben, mit einem Turbinenauto heraufgekommen sind?« Degrado hätte von selbst darauf kommen müssen. Er warf sich seine Blindheit vor. Mitten in einem solchen Urwald tauchten sicher nicht viele Autos diesen Typs auf.

»Zur Sozialsiedlung sind sie natürlich zu Fuß gekommen«, ergänzte das Mädchen. »Aber sie hatten ein schwarzes Turbinenauto mit getönten Scheiben im Dorf zurückgelassen. Das hat dich von der Straße gedrängt. Zwei brutale Gorillas, die behauptet haben, sie seien von der Polizei.«

Degrado drehte sich um und schaute auf den Pfad. Er seufzte angesichts der Steigung.

Kaum war er in die Behausung des Alten zurückgekehrt, ging er schnurstracks auf ihn zu.

»Hören Sie«, sagte er. »Wem sind Sie auf die Zehen getreten?«

Crash bewegte sich Richtung Tür. »Ich hole die anderen.« Degrado hielt sie am Arm fest.

»Bleib du hier. Ich habe genug von diesen Komplikationen.«

»Crash«, sagte der Bürgermeister mit müder Stimme. »Laß es sein. Es ist nicht nötig.«

Sie hatten ihn allein vorgefunden, wie zuvor lag er auf dem Bett ausgestreckt. Der Gesichtsverband leuchtete weißlich im Halbdunkel.

»Es ist nicht ratsam für Sie, hierzubleiben«, sagte der Alte zu Degrado, wobei er auf das Fenster zeigte: das Wolkenband, das über den Bergkämmen lag, nahm einen immer dunkleren Blauton an.

»Der Weg ist unangenehm in der Nacht.«

»Die Kerle, die Ihnen diesen Dienst erwiesen haben, wollten auch mich versorgen ... hinterher.« Degrado nahm sich einen Stuhl und setzte sich neben das Bett. »Ich denke, daß ich das Recht habe, den Grund dafür zu erfahren. Ich habe nur einen Schritt unternommen, und der ist mißglückt. Deshalb habe ich Ihnen die Anzahlung zurückgebracht. Die Angelegenheit ist zu heiß für mich. Aber ich möchte jetzt genau wissen, wie heiß sie ist. Ich kenne diesen Autotyp. Er wird von der AIAV verwendet, der »Abteilung des Inneren. Absolute Vertraulichkeit«. Die haben ihre Finger überall drin und müssen niemandem Rechenschaft ablegen. Ich möchte wissen, warum sie sich wegen einiger Vaganten so ins Zeug zu legen.«

»Deshalb hatte ich Ihnen diesen Auftrag gegeben«, sagte der Alte. »Um das zu herauszukriegen.«

»So geht das aber nicht.« Degrado wurde allmählich gereizt. »Sie haben mich mit ihrer Geheimniskrämerei auf eine Fährte gesetzt, ohne mich über die Risiken aufzuklären.«

»Was wollen Sie wissen?« Der Alte schloß die Augen, als wollte er einnicken. Im Zimmer war es inzwischen ganz dunkel.

»Zum Beispiel: Was treibt jemand wie Sie hier oben in den Bergen? Wer sind die halbwüchsigen Kartoffelfresser, die hier wohnen? Einige waren ziemlich flink mit den Fäusten, eben. Sie haben nicht zufällig mit dem Feuerwerk der Rubraf zu tun? Und was sind Sie, werben Sie Rekruten an?«

»Nein. Die jungen Leute und ich, wir halten uns fern von diesem unwürdigen Chaos von Mördern und Henkersknechten, in dem ihr da unten euch herumschlagt.« Der Alte zeigte erneut auf das Fenster. Nachts war der Himmel über Megalops von rötlichen Dunstschleiern verhangen. »Ab und zu schafft es einer von den Jungs, Kopf und Beine ein bißchen zu gebrauchen und aus diesem Labyrinth zu entkommen, die Autobahn zu verlassen und sich auf solche Wege hier zu wagen. Ich suche nicht nach ihnen, und wenn sie hier ankommen, stelle ich keine Fragen. Das liegt mir nicht. Was sie hinter sich gelassen haben, interessiert mich nicht. Wer sich an die magere Kost gewöhnt, bleibt hier. Die anderen kehren in die Kloake zurück. Wir schlagen uns seit mehreren Jahren so durch. Die Megalops hatte uns vergessen. Unser Glück war, daß ihr Stadtmenschen praktisch das Gehen verlernt habt.«

»Irgend jemand hat allerdings den Weg gefunden«, dachte Degrado laut. »Und die sind keine streunenden Hunde. Das mußte nicht zwangsläufig passieren. Der Ort ist abgelegen.«

»Leider ist es doch passiert.«

»Weihen Sie mich in die Gründe ein.«

»Seinerzeit lebte auch ich in der Kloake. Und ich war nicht der armseligste Wurm im Getümmel. Ich war Architekt. Ich stand an der Spitze der Pyramide. Ich war derjenige, welcher die ersten Oberstädte gebaut hat. Sagt Ihnen der Name Walter Also etwas?«

Beim ersten Treffen hatte der Alte gesagt, er heiße Gianni Caso. Der Insistente hatte durchschaut, daß es sich um einen Decknamen handelte, der aus dem Stegreif erfunden war. »Ich frequentiere zwar nicht die Kreise der Kulturschaffenden, bin aber auch nicht so ungebildet, daß ich nicht wüßte, wer Walter Also ist.«

Crash hatte eine Petroliumlampe angezündet, die einen gelblichen Schein im Zimmer verbreitete. Degrado blickte sich um: es waren noch immer Spuren der Verwüstung zu sehen. Der Raum hatte eine hohe Decke, man konnte den Schiffsbug erahnen. Die Wände bestanden aus Holzbrettern, das einzige Fenster war klein. Der Alte lag unter einer Wolldecke aus bunten Romben, die einzeln zusammengenäht waren.

»Sie wollen doch nicht behaupten, daß sie Walter Also sind?« Degrado konnte nicht glauben, daß der Architektenkönig der Megalops-Mediterranea so weit heruntergekommen war, daß er hier in den Wäldern Erdschollen hackte.

Aber er war es tatsächlich. Der Alte begann mit schwacher und ein wenig mürrischer Stimme zu erzählen. Er hatte eines Tages den Eindruck gewonnen, daß ein einziger zusätzlicher Balken, ein einziger Sockel genügen würde, um alles, was in den Himmel der Megalops wuchs, zum Einsturz zu bringen wie ein Kartenhaus. Mehr als nur ein Eindruck, war es eine Erwartung gewesen, lebendig und wirklich, so wie man nach dem ersten Vorboten eines Erdbebens auf den zweiten, mörderischen Stoß wartet. Sein Gewissen hatte ihn dazu gezwungen, sich nicht mitschuldig zu machen an dem Schlund, der sich eines Tages öffnen würde, um die ständig wuchernde Kruste aus Beton und Glas zu verschlingen. Und das Gewissen kann manchmal eine unerträgliche Last sein, eine erdrückende Macht. Er hatte alles hingeschmissen und sich in das verlassene Feriendorf geflüchtet (das er selbst Jahre zuvor für eine Gemeinschaft von Naturaposteln gebaut hatte, die es jedoch schnell satt gehabt hatten). Dann hatte er noch weiter oben, mitten im Wald, aus Schrott diese Art Campinglatz gebaut, den sie die *Sozialsiedlung* nannten. Die jungen Leute waren tröpfchenweise gekommen, aus der Bahn geworfene, orientierungslose Kinder. Einige, wie Crash, die jetzt am Fuß des Bettes saß und eingeschlafen schien, waren flüchtige Sklaven.

Nachdem die Frau mit ihrer Tochter nicht eingetroffen war, hatte Walter Also ein paar einflußreiche Freunde aktiviert – einige waren ihm geblieben, hohe Tiere in den unterschiedlichen Verwaltungen der Megalops. Er wollte herausfinden, was aus den beiden geworden war. Von einem Beamten der Sicherheitsabteilung hatte er erfahren, daß es bereits ähnliche Fälle wie diesen verschwundenen Hotelbus gegeben hatte. Und daß die gewöhnliche Kriminalität damit nichts zu schaffen hatte, auch die Piraten nicht, noch die Banden der Alleinstehenden Frauen oder die Fanatiker der Geheimsekten. Aber niemand ermittelte. Der Funktionär, der sich eine Weile mit dem Fall beschäftigt hatte, wurde in eine andere Abteilung versetzt. Und in diesem Augenblick hatte der Ärger angefangen. Zunächst hatte ein Feuer die Ernte vernichtet. Eines Nachts hatte eine Bande einen Überfall versucht. Bei einem weiteren Brandanschlag waren zwei Wohnungen der Siedlung zerstört worden. Dann hatten Polizisten überall herumgeschnüffelt, und die Sklaven hatten sich verstecken müssen, teilweise viele Tage lang. Es war ein auffallend eleganter Herr erschienen (wenn auch sein Anzug vom Marsch durch die Macchia ein bißchen zerknittert war), von fast schmieriger Höflichkeit. Er hatte darum gebeten, direkt mit Also zu sprechen, und darauf hingewiesen, wie ermüdend der Aufstieg bis hierher gewesen sei. Und daß er sich die Mühe nur gemacht habe, um ihm zu bedeuten, daß es manchmal wenig ratsam sei, in den Verwaltungsbehörden herumzulaufen und Fragen zu stellen.

»Dabei hatte ich mich fast schon der Illusion hingegeben«, seufzte der Alte, »daß da unten niemand mehr wäre. Daß eine Pestepidemie euch allesamt hinweggerafft hätte, mitsamt eurem Lärm und eurem Gestank, mit eurer Logik von Folterknechten und Untertanen. Ich habe mich wie ein Trottel aufspüren lassen. Und jetzt muß ich meinen Frieden zurückgewinnen.«

»Ich verstehe nicht«, sagte Degrado. »Sie sitzen hier gemütlich herum und spielen den weisen Mann aus den Bergen. Dann stecken Sie eines Tages einen Stab in den Bienenstock und ärgern die Königin. So wollen Sie Ihren Frieden finden?«

»Ich muß allen klarmachen, was für eine stinkende Leiche diese Bienenkönigin im Keller hat. Da, wo ich jetzt angekommen bin, bleibt mir nichts anderes mehr übrig.«

»Vergessen Sie es, das ist besser, glauben Sie mir.«

»Herr Degrado, ich erinnere Sie daran, daß Sie auf den Auftrag verzichtet haben und Ihre Ratschläge daher nicht mehr vergütet werden.«

»Was das angeht, so ist auch das Risiko gratis.«

Also schüttelte den Kopf, schloß die Augen und streckte sich erneut auf den Kissen aus, um zu verdeutlichen, daß das Thema beendet sei.

»Einen Moment, Herr Architekt.«

Degrado verlor allmählich die Beherrschung, zwang sich aber zur Selbstkontrolle.

»Bis vor wenigen Minuten«, sagte er, »dachte ich, Sie wären ein etwas exzentrisches Landei. Ich erklärte mir Ihre Unbekümmertheit mit mangelnder Erfahrung. Jetzt weiß ich, daß Sie in der Megalops gelebt haben. Und wie Sie dort gelebt haben! Sie sind nicht wie ein Insistente aus dem vierten Sektor herumgekrochen – sie waren an der Spitze der Pyramide, wie Sie sich ausdrücken. Daher wissen Sie genau, daß ab einer gewissen Stufe aufwärts keine Überschneidungen mehr geduldet werden. Die Personen, die über die Macht verfügen, die Beamten der AIAV zu beauftragen, können Sie an den Fingern einer Hand abzählen. Und das sind Leute, die sich mit einer Warnung erst dann zufriedengeben, wenn der Betroffene beweist, daß er seine Lektion gelernt hat. Das heute ist die letzte Drohung gewesen. Ich kenne die Methode. Und Sie kennen sie ebenfalls. Das nächste Mal werden sie nicht herkommen, um mit der *Phönix* ein bißchen herumzukokeln. Sie werden mit Hubschraubern und Nervengas aufkreuzen.«

»Die Sache betrifft Sie nicht mehr.«

Also gab dem Mädchen ein Zeichen.

»Crash«, sagte er, »leuchte ihm bis zur Tür. Herr Degrado verläßt uns jetzt.«

»Jetzt hören sie doch mit diesem Getue auf!« Der Insistente hielt sich nicht mehr zurück. »Wir sitzen inzwischen im selben Boot, wollen Sie das verstehen, ja oder nein? Und es ist vollkommen zwecklos, daß ich aufgebe, wenn Sie nicht auch aufgeben.«

»Aufgeben.« Der Alte zeigte die Zähne in der Lücke des Verbands und grinste verächtlich. »Wie gut Sie dieses Verb konjugieren können. Ich gebe auf, du gibst auf ... Ihr jämmerlichen Stadtbewohner! Was anderes könnt ihr schon nicht mehr. Eines ist sicher: ihr verdient diesen ganzen Abschaum der Megalops; nein, es ist noch zu wenig für euch.«

Degrado wies auf die Regale, die die Wände bedeckten. Die Bücher waren, wenn auch ein bißchen provisorisch, wieder eingeräumt, und auf dem Boden standen einige Stapel verkohlter Bände.

»Hier stehen zu viele alte Romane herum«, sagte er. »Sie sollten sich auf den neuesten Stand bringen. Es gibt niemanden mehr, der mit dem Kopf durch die Wand geht.«

»Tun Sie mir einen Gefallen.« Also tauschte einen Blick des Einvernehmens mit Crash. »Gehen Sie. Ihre Dienstbotenweisheit ekelt mich an.«

Crash nahm die Petroleumlampe und stellte sie auf das Fensterbrett. Degrado sah, daß sie die Flamme hoch- und runterdrehte.

»Dienstbote?« Der Insistente ging auf die Provokation ein. »Bis vor kurzem waren auch Sie in der Megalops. Und zwar mit einem großen Löffel in der Hand, um sich Ihr Stück von der Torte in den Mund zu schaufeln: ein schönes dickes Stück, nicht nur Krümel. Heute erlauben Sie sich den Luxus, diese kleine entlaufene Sklavin zu verstecken. Sie geben ihr ein Dach über dem Kopf und gestatten ihr, Kartoffeln zu harken. Aber als das Gesetz über die Wiedereinführung der Sklaverei verabschiedet wurde, wo waren Sie da? Sie genossen die Aussicht von einer Oberstadt aus. Korrigieren Sie mich, falls ich mich irre: Wir sprechen von vor zehn Jahren. Wer hat denn die Wände gebaut, die die Leute mit dem Kopf einrennen sollen? Ihre Pose des desillusionierten Helden zieht bei mir nicht, verehrter Bürgermeister. So werden Sie doch von diesen verblendeten Kindern genannt, oder? Also, Sie spielen mir etwas vor, aber das schlucke ich nicht: Sie haben hier eine kleine Komödie inszeniert. Sie haben Ihr Gewissen freigekauft und tun so, als hätten Sie die Rechnungen mit Ihren alten Spießgesellen beglichen. Dabei werden solche Rechnungen niemals ad acta gelegt, das müßten Sie wissen. Das ist es, was Ihnen jetzt präsentiert wird: eine kleine offene Rechnung.«

»Es ist gut, Macker«, sagte eine Stimme, »du hast dich

ausgetobt. Leg jetzt die Hände auf den Kopf, heb deinen Hintern hoch und komm hier rüber. Und immer schön langsam.«

In der Tür stand der kräftige Kerl von vorhin. Der Schein der Lampe erreichte ihn kaum, aber Degrado konnte trotzdem seinen Strohhut und ein Gewehr mit abgesägtem Lauf in seinen Händen erkennen. Noch ein Stück alter Trödel, aber Degrado kannte sich mit antiken Waffen gut aus und wußte, daß die Flinte ihm auf diese Entfernung ein Loch von zehn Zentimetern Durchmesser in den Leib reißen würde.

Also zog sich an Crashs Schulter vom Bett hoch. Er stand mit Mühe auf, ging auf den Burschen zu und nahm ihm das Gewehr aus der Hand. »Das reicht jetzt, Rok-Bum«, ordnete er an.

Der Alte ließ die gespannten Hähne zurückschnappen, dann wandte er sich dem Insistente zu.

»Ich gebe es nur widerwillig zu«, sagte er, »aber Sie haben recht, Degrado. Ich denke nicht, daß ich irgend jemandem Ratschläge zu erteilen habe. Aber nun antworten Sie mir mal ehrlich: Wenn ich jetzt aufgeben würde, wie Sie mir nahelegen, glauben Sie wirklich, daß die Probleme, für Sie und für mich, dann aus der Welt wären?«

»Um Ihnen eine zuverlässige Antwort geben zu können, müßte ich wissen, wieviel Sie herausbekommen haben.«

»Ich weiß, wie die Dinge liegen. Wer, wo, wann und weshalb.«

»Was soll das? Und wozu brauchten Sie dann einen Insistente, zum Henker? Warum haben Sie mich in diesen Schlamassel hineingezogen?«

»Ich brauche eine Bestätigung. Ich brauche Zeugen. Es ist die finsterste Affäre unter all den schmutzigen Geschäften, die je in dieser verfluchten Kloake geblüht haben. Da unten wissen viele davon. Aber bisher ist niemand so mutig gewesen, die Sache aufs Tapet zu bringen. Ich bin überzeugt, daß ein kleiner Anstoß, ein kleiner Happen, den man den Medien hinwirft, genügen würde, und alles würde platzen wie eine pralle Eiterbeule. Das war meine Vorstellung. Und dabei bin ich geblieben. Deswegen habe ich Sie aufgesucht. Jetzt antworten Sie auf meine Frage: Wenn ich alles fallenlassen würde, könnte ich mich dann sicher fühlen?«

»Nein.« Degrado schüttelte den Kopf. »Ehrlich gesagt, nicht. Viel hängt vom wer und warum ab. Sie aber machen weiter mit Ihrer Geheimniskrämerei. Es wäre Zeit, damit aufzuhören.«

»Ich kann aus verschiedenen Gründen nicht reden«, sagte Also. »Ich habe versprochen, das Geheimnis zu wahren. Wenn ich Ihnen alles sagte, was ich weiß, würden Sie mich für einen Geisterseher halten. Und wenn Sie auf dem laufenden wären, gingen Sie dasselbe Risiko ein wie ich ... Ja, ich weiß, Sie stecken inzwischen selber mit drin, aber bis jetzt haben Sie noch nicht genug mitbekommen, um wirklich in Gefahr zu sein.«

Degrado zündete sich eine Zigarette an, um seine Nerven zu beruhigen.

»Was müßte ich Ihrer Meinung nach tun?« fragte er.

»Das scheint mir auf der Hand zu liegen«, antwortete Also, der sich wieder auf dem Bett ausstreckte und das Gewehr neben sich stellte. »Das, was Sie schon getan haben: Sie haben den Auftrag zurückgegeben, oder? Bringen Sie das in Umlauf.«

»Das ist nicht so einfach.« Degrado spürte, wie die Wut in ihm hochstieg. »Sie haben mich in eine schlimmere Klemme gebracht, als ich dachte. Glauben Sie wirklich, die Leute ließen sich davon überzeugen, daß ich nichts weiß? Daß ich aus Versehen, im Dunkeln, mit verbundenen Augen in so eine Geschichte geraten bin?«

»Das ist Ihre Sache«, sagte Also. »Geben Sie sich Mühe, überzeugend zu wirken.«

Degrado trat wütend die Zigarette aus.

»Hören Sie auf, mich zu verarschen, Also«, sagte er trocken, »ich verliere langsam die Geduld ...«

Er merkte, daß Rok-Bum hinter ihm versuchte, sich in seine Nähe zu manövrieren. Mit einem schnellen Griff packte der Insistente das Gewehr und spannte die Hähne.

»Du gehst mir auf die Nerven«, sagte er zu dem Burschen, der mit geballten Fäusten stehenblieb. »Du rückst mir zu dicht auf den Leib. Sieh zu, daß du dich beruhigst. Also gut, Bürgermeister. Sie halten einen Zündsatz in der Hand. Ich denke, daß die Kerle mit dem nächsten Schritt warten werden, um sicherzugehen, daß Sie keinen Zeitzünder gelegt haben. Deshalb hat man Sie bisher nicht umgebracht. Aber mit mir wird man weniger Umstände machen. Auch vorhin, unten beim Dorf, sind sie nicht gerade zimperlich mit mir umgesprungen. Machen Sie Platz, ich spiele auch mit! Soweit ich die Sache überblicke, bleibt mir nichts anderes übrig. Ich habe keine Alternative, wenn ich mit heiler Haut davonkommen will. Erinnern Sie sich, wie es in der Megalops läuft? Vorsicht! Ich kann auch stechen! Du hast zwar einen Stachel, ich aber auch. Ein anderes Gesetz gibt es nicht. Ich brauche Informationen, Geld und eine wirkungsvolle Waffe.«

»Ich bin erfreut, daß Sie mich verstanden haben«, sagte Also plötzlich heiter. »Ich bin einverstanden. Wieviel brauchen Sie?«

Degrado beschloß, hoch zu pokern, der Alte konnte es sich leisten: »Keine halben Sachen, verstanden? 20000 Mittelmeer-Scudos. Und die 44er Magnum.«

Also pfiff leise: »Für einen Insistente des vierten Sektors kein lumpiger Tarif. Noch etwas?«

»Diesmal stelle ich die Unwägbarkeiten mit in Rechnung. Ich möchte auch die Munition für die Smith & Wesson.«

Also ließ sich von Crash beim Aufstehen helfen.

Während das Mädchen ihm leuchtete, machte er sich an einer Wand zu schaffen. Degrado sah, wie er einen Balken verschob. Darunter erschien eine dunkle Nische. Dann hörte der Insistente das Klicken eines Tresors. Als der Alte sich umdrehte, hielt er ein Bündel Banknoten in der rechten Hand, in der linken hatte er das Tuch, das er im Büro ausgewickelt hatte, sowie einen schweren Beutel. Er deutete auf das Gewehr, das Degrado in der Hand hielt.

»Stellen Sie das Ding weg«, feixte er. »Sonst sieht es aus wie ein Überfall.«

Degrado legte die Flinte auf den Tisch. Also packte die Banknoten daneben, zog den glänzenden Revolver aus dem Stoff und ließ die Kugeln im Beutel klingen.

»Bestens«, sagte der Insistente und steckte die Banknoten ein.

»Jetzt muß ich wissen, wo ich anfangen soll.«

Der Alte beobachtete Degrado aufmerksam, während dieser den Revolver lud und die Trommel rotieren ließ.

»Ich sehe, Sie wissen, wie man bestimmte Gegenstände zu behandeln hat«, sagte er. »Denken Sie daran: was auch immer passieren sollte: das Spielzeug hat mir nie gehört. Jedenfalls wird es Sie freuen zu hören, daß es so präzise ist wie eine Atomuhr. Es ist perfekt ausbalanciert und hat eine minimale Streuung: ein Kinderspiel.«

»Okay«, sagte Degrado. »Fahren Sie mit den Informationen fort.«

»Das, was meiner Nichte und ihrer Tochter zugestoßen ist, passiert vielen Vaganten ... Man hat mir von einem gewissen Farolff erzählt, einem Anwalt am Gerichtshof der Megalops-Mediterranea, nicht gerade der größte Stern am Himmel, aber dennoch ein Profi, der als äußerst fähig und abgebrüht gilt. Dieser Fuchs begann vor einem Jahr, sich mit aller gebotenen Vorsicht eines Mädchens anzunehmen. Sie hatte ebenfalls eine Reise mit einem Hotelbus der Vaganten unternommen, gemeinsam mit ihrem dreijährigen Sohn. Der Hotelbus war auf der Durchfahrt durch die Unterstadt verschwunden, unter ganz ähnlichen Umständen, wie ich sie Ihnen geschildert habe. Das Mädchen, ich weiß nicht wie, hatte es geschafft, in den höheren Ebenen wieder aufzutauchen, allerdings ohne ihren Sohn. Es scheint, daß sie aus einer recht wohlhabenden Familie stammt, wenn sie auch bis auf das Niveau der Vaganten heruntergekommen war. Die Familie wird auch die Spesen für Farolff bezahlt haben, die, nebenbei bemerkt, gesalzen waren. Der Anwalt war dabei, in der Sache des vermißten Sohnes rechtliche Schritte einzuleiten. Da verschwanden von heute auf morgen alle beide, Anwalt und Mandantin. Wo das Mädchen steckt, weiß man nicht, aber über den Anwalt erzählt man sich, er habe sich in Pesteville, der Vagantenstadt, verkrochen. Niemand weiß, wo diese Stadt liegt. Bisher haben die Vaganten vor der ganzen Welt geheimgehalten, wo ihr Rückzugsort ist, irgendwo jenseits des Gebiets von Megalops-Mediterranea, heißt es, weiter im Süden. Es ist bekannt, daß sie sich reihum dorthin begeben, um ihre Wunden zu lecken und zu feiern. Meine Quelle versichert, jemand habe Farolff soviel Feuer unter dem Hintern gemacht, daß er es vorgezogen hat, sich dort lebendig begraben zu lassen. Bitteschön, mehr weiß ich nicht, abgesehen von einigen Dingen, über die ich nicht sprechen kann. Ich denke, wenn Sie mit einer Gruppe von Vaganten Kontakt aufnehmen könnten ...«

»Mit Vaganten Kontakt aufnehmen ... Und womöglich nach Pesteville gelangen, um Farolff aufzuspüren.« Degrado schüttelte den Kopf. »Ist Ihnen klar, was Sie da von mir verlangen, Also? Ich nehme an, Sie wissen, wer die Vaganten sind. Niemand ist mißtrauischer als sie. Und man kann's verstehen, wenn man sieht, wie sie überall behandelt werden.«

»Was wollen Sie denn sonst tun?« fragte der Bürgermeister. »Die Archive irgendwelcher Behörden filzen? Wollen Sie mittelmäßige Beamtenwürstchen bestechen? Sie haben 20000 Scudos von mir verlangt, und ich habe sie Ihnen gegeben. Doch wohl nicht dafür, daß Sie Luftlöcher schlagen. Farolff hat Beweise für die ›Bewegung‹. Und wir haben keine Zeit, um einen anderen Weg auszuprobieren.«

»Ich nehme an, Sie haben recht«, sagte Degrado. »Ich hätte aber lieber trotzdem noch eine andere Perspektive. Wenn Sie sich durchringen könnten, mir alles zu sagen, was Sie wissen ...«

»Nein. Das haben wir schon besprochen. Ich habe ihnen viel mehr gesagt, als ich eigentlich dürfte. Nehmen Sie das Foto zurück.« Der Alte zeigte auf den Tisch. »Es kann nützlich sein.«

Degrado hatte den Verdacht, daß ihn jemand mit großem Geschick manipulierte. Er fühlte sich wie ein Komparse, der schon das Ende des Drehbuchs kennt. Das Gewicht des Bündels in der Tasche tröstete ihn ein bißchen. Bevor er ging, fragte er Also: »Aus reiner Neugier: Wer ist Henry D. Thoreau?«

»Wer war er«, erwiderte der Alte. »Er ist seit über zweihundert Jahren tot. Ein amerikanischer Philosoph.«

Degrado dachte, daß dieser starrköpfige Alte ihm letzten Endes doch eine Lektion erteilt hatte.

7
Der Künstler

Ein Geräusch hatte ihn geweckt. Er drehte den Kopf auf dem Kissen und schaute Laila eine Weile beim Schlafen zu.

Laila, hungrig nach Schlaf, kostete die Stille des Sonntagmorgens aus. In ihrem Lächeln, ihrem leichten Schnarchen spürte man eine gewisse Gier.

Ihretwegen hatte Fritz Le Bret dieses Apartment gewählt; es war klein und unkomfortabel, aber ruhig, denn es lag in einer Satellitenstadt für betuchte Pensionäre, die sich auf ihr Lebensende am Rande der Megalops einstellen.

In der momentanen Stille vergaß Laila die Erschütterungen und Vibrationen, unter denen die Bunkerwände von New-Baghd gezittert hatten. Laila hatte nie gelächelt, solange sie zusammen da unten im Bunker waren. Nicht einmal in den seltenen Augenblicken, in denen sie Schlaf fand. Über ihren Köpfen lagen die Trümmer der zerstörten Stadt, die der Wüstenwind unter Sanddünen begrub. Aus fernen Tiefen übertrugen die Felswände ein unaufhörliches Beben, das die Betonmauern knirschen ließ. In der ewigen Nacht flammten künstliche Lichter auf, dann entluden sich die Detonationen in ihren Knochen wie in Blitzableitern. In dieser Beklemmung hatte Laila sich schlafend gestellt und die Augen mit solcher Macht zugepreßt, daß sich ihr ganzes Gesicht mit Falten überzog.

Sie hatten sich im Bunker kennengelernt und drei gemeinsame Jahre dort verbracht, die ihnen damals kurz erschienen waren, jetzt aber in beider Erinnerung wie eine Ewigkeit wirkten.

Fritz war ein Sträflingssoldat gewesen, der verzweifelt auf seine Rehabilitierung wartete, die nichts weniger als wahrscheinlich gewesen war, da er in der alliierten Armee zur niederen Truppe gehört hatte. Als er schon zu allem bereit war, nur um zu überleben, hatte er unter der Erde von New-Baghd ›die Kunst‹ erlernt. Er hatte niemals besondere Skrupel gehabt, aber Gefangenschaft und Krieg hatten ihn noch weiter abgestumpft. Der Ruf seiner Könnerschaft war von der unterirdischen Stadt nach oben und bis nach Megalops-Mediterranea gelangt. Dort hatte das Echo auf die mysteriösen und unsagbaren Ereignisse, die sich im Dauerkrieg im Schatten der Bunker abgespielt hatten, die unterschiedlichsten Reaktionen hervorgerufen. Die Berichte über sonderbare Geheimriten, die in der vergrabenen Welt von New-Baghd zelebriert wurden, gelangten durch Händler und freigekaufte Kriegsgefangene in die westlichen Megalops, wo sie von den Medien allerdings heruntergespielt wurden. Einige sprachen von Übertreibungen, von Legenden, die sich dadurch gebildet hätten, daß die beiden Kriegsparteien gleichermaßen versuchten, den Feind auf der grandiosen Fernsehbühne in den finstersten Farben, als unerschöpflichen Erfinder und Vollstrecker immer komplizierterer und grausamerer Greueltaten darzustellen: nur die Erfindungen der Kriegspropaganda seien dagegen authentisch. Besonnenere Meinungsmacher hielten die Gerüchte für unwahrscheinlich, wonach ein unbeugsames Volk seit über einem halben Jahrhundert einen okalen Krieg überlebte, ohne jemals aus Tiefen, die zwischen 50 und 500 Metern schwankten, an die Oberfläche zu gelangen. Aber die Mundpropaganda, die von Menschen gespeist wurde, die den Kriegsschauplatz aus eigener Erfahrung bestens kannten, beharrte auf der These, daß die Horrorszenarien nur allzu wahr seien, ja daß man die grausamsten Details in den Informationen, die an die Oberfläche gelangten, sogar bereits zensiert habe.

Gegen Ende des dritten Jahres der Gefangenschaft hatte ein Geschäftsmann, einer jener Waffenhändler, für die die Kriegsfronten so durchlässig waren wie warme Butter, Fritz davon erzählt, daß die Bräuche von New-Baghd in der dekadenten und opulenten Welt der Megalops auch an der Oberfläche Fuß gefaßt hätten. Sie verbreiteten sich in Form von schändlichen und heimlichen Delikatessen, ähnlich mysteriösen Epidemien, die, von Vitamin- und Lichtmangel verursacht, phasenweise auch im Westen ausbrachen und Tausende von Opfern forderten. Und daß man da oben alles von ihm wisse, von Fritz Le Bret, dem Sträflingsgefreiten des alliierten Heeres, vormals Mitarbeiter der Regimentsküche, und wie der obskure Truppensoldat zum Künstler geworden sei, den man so hoch schätze, daß er in den persönlichen Dienst des Raìs gestellt worden sei.

Der Händler hatte Fritz zur Flucht verholfen und ihm eine glänzende Zukunft versprochen. Er hatte ihm enorme Einkünfte, Ansehen und ein luxuriöses Leben in Aussicht gestellt. Fritz müßte nur die Kunst, die er unter Tage im flimmernden Halbdunkel der Bunker auf so rohe Weise erlernt hatte, in einen Goldesel verwandeln, indem er sie in Megalops-Mediterranea kultivierte. Seine Tätigkeit würde ihm schlagartig die Freiheit einbringen, denn zu dem Vertrag, den er unterschriebe, gehörten auch ein Fluchtplan mitsamt den Mitteln zu seiner Ausführung. In der Megalops würde er eine Lebensfülle vorfinden, die sich einer wie er nicht einmal vorstellen könne, da er auch vor dem Krieg nur die demütigende Pseudofreiheit der Armee gekannt habe.

Fritz war also geflohen und hatte seine Laila mitgeschleppt, die in der vibrierenden Gebärmutter der Unterwelt mittlerweile so abgestumpft und deformiert war, daß sie mit ihrer Angst vor möglichen Gefahren auf der Flucht das größte Hindernis dargestellt hatte. Und in Gefahrensituationen, sogar in die extremsten, waren sie tatsächlich geraten. Sie wurden in einem Container unter Schlacken begraben, die im Meer entsorgt werden sollten. Ein Frachtschiff hatte sie aus den Wellen gefischt. Sie waren am Ende gewesen, die Körper durch den Kontakt mit den Abfällen und dem Salzwasser eine einzige Wundflechte, die Augen verbrannt vom Sonnenlicht, das nach dem Halbdunkel der Unterwelt unbarmherzig und wie Nadeln stach.

Fritz und Laila fühlten sich wie Zuchthäusler, die eine unerhoffte Amnestie plötzlich aus der Zelle an die frische Luft befördert hatte. Nur mit Mühe hatten sie sich an die Weite, den schwindelerregenden Verkehr und die schrillen Geräusche der Megalops gewöhnt. Und sie hatten immer noch Schwierigkeiten. Laila lebte in einer Art Lethargie und war nur glücklich, wenn nichts sie zum Aufwachen zwang, so daß sie übergangslos einen Traum mit dem nächsten verbinden konnte. Fritz hatte sich in das *Rcocozz,* dessen Wände von der Patina der Jahrhunderte und dem Kerzenlicht geschwärzt waren, im antiken Viertel Ururbe versenkt. Die dunklen, engen Gassen dort erinnerten an die Bunkerwände. Nur am Wochenende verließ er eilig diese Zufluchtsstätte und zwang sich, die Straßen unterwegs nicht wahrzunehmen, bevor er sich wieder in seiner engen Wohnung in der Satellitenstadt verkroch. Dort traf er dann Laila im Bett an, und er beneidete sie um ihre unerschöpfliche Fähigkeit, sich an der Unendlichkeit des Schlafs zu laben.

Diesmal war das Geräusch deutlicher. Ein zweifacher Laut: zuerst das Öffnen des Vorratsschranks, dann das dumpfe Geräusch der Gummidichtung, wenn die Tür geschlossen wurde.

Fritz warf noch einen Blick auf Laila. Sie schien nichts bemerkt zu haben; sie drehte nur den Kopf von rechts nach links, und über ihr lächelndes Gesicht huschte eine Spur von Irritation. Fritz schlug langsam die Decke zurück und stand vorsichtig auf, damit die Bettfedern nicht quietschten. Das Zimmer war dunkel, nur der helle Rahmen um die absolut lichtundurchlässigen Fensterbespannung verriet, daß draußen Tag war. Er schaute auf die Nachttischuhr: das leuchtende Zifferblatt zeigte kurz nach acht. Im Zimmer war es warm, nicht die Spur eines Luftzugs kam herein. Bis vor zwei Tagen hatte es wie aus Eimern gegossen, dann war in einer dunstgesättigten Schwüle der Sommer ausgebrochen.

Er tastete sich zur Tür, die er beim Hinausgehen schloß. Er sah, daß das Sonnenlicht in die Küche flutete; die Tür stand sperrangelweit offen. Fritz und Laila mochten die Dunkelheit sehr, und er erinnerte sich ganz genau, daß er vor dem Schlafengehen die Läden der Glastür, die zum Garten hinausging, geschlossen hatte. Ein zischelndes Geflüster erinnerte ihn daran, daß er nackt war. Er nahm ein altes Arabergewand, ein Souvenir aus harten Zeiten, von der Wandgarderobe im Flur und zog es an.

Einer der beiden Männer saß am Tisch, er war starr dem geöffneten Fenster zugewandt und schien Fritz nicht zu bemerken. Ein Thermoanzug mit Kapuze, der bis zum Kinn geschlossen war, hüllte ihn vom Scheitel bis zur Sohle ein. Die Augen waren hinter einer verspiegelten Sonnenbrille versteckt, die so breit wie eine Maske war. Der andere trug ein kurzärmliges T-Shirt, der Latz des Overalls war am Hosenbund zusammengerollt. Er kam vom gekühlten Vorratsschrank her an den Tisch, in der rechten Hand hielt er drei Eier. Mit einem Blick streifte er Fritz, der auf der Schwelle stehengeblieben war, dann lächelte er und reihte die drei Eier vor dem anderen Mann auf.

Auf dem Tisch lagen, in bürokratischer Ordnung, die Vorräte für die Mahlzeiten des Wochenendes. Die Eier wurden hinter den fünf Broten eingeordnet, die der Größe nach aufgereiht waren; dazu kamen sieben Kartoffeln, vier Entenbrustfilets auf ihrer Verpackung aus Butterbrotpapier, zwei Lachsforellen, ein paar Spaghetti-Tüten, zwei Salatköpfe und ein Päckchen Kaffee.

»Ist das alles?« fragte der Mann mit Brille.

»Der Rest ist o. k.«, antwortete der andere, wobei er sich mit den Händen über die Unterarme strich, als müsse er sie säubern.

»Treten Sie näher.« Der Mann mit Brille zeigte auf den Hocker vor sich, auf der gegenüberliegenden Seite des Tisches. »Setzen Sie sich.«

Fritz gehorchte schweigend. Der Mann im Overall deutete auf die Eier. »Was ist das?« fragte er.

»Eier«, antwortete Fritz.

»Und das?« Der Mann berührte mit einer Geste eine Ecke des Butterbrotpapiers.

»Entenbrustfilets.«

»Und sehen Sie hier: das ist Brot, wenn ich mich nicht irre. Und auch der Rest: alles verbotene Sachen«, sagte der Mann mit einem Kopfschütteln, »das ist Ihnen doch bekannt, oder?«

»Es ist mir bekannt«, seufzte Fritz. Er überschlug, wieviel ihn diese Überraschung kosten würde: zwei Beamte, tausend Euroscudos pro Kopf, vielleicht 1500 für den, der wie der Chef aussah, also 2500 insgesamt. Er stand auf, um ins Schlafzimmer zu gehen und das Geld zu holen.

»Halt! Keine Bewegung«, sagte der Mann im Overall. Der andere trat schnell hinter Fritz und legte ihm eine Hand auf die Schulter. Sie war schweißnaß; Fritz spürte das Gewicht, das ihn wieder zum Sitzen nötigte. Der Mann im T-Shirt war ein Koloß.

»Wir nehmen ein Protokoll auf«, sagte der Chef. »Danach werde ich Sie festnehmen müssen.«

»Nicht doch«, antwortete Fritz in einem ungezwungenen Ton, obwohl er sich im Grunde allmählich Sorgen machte. »Was reden Sie? Das ist eine bescheidene Menge und für den persönlichen Gebrauch gestattet.«

»Ganz im Gegenteil. Wenn man die Preise auf dem Schwarzmarkt zusammenrechnet«, der Mann pfiff voller Bewunderung, »Magret de canard, Entenbrust, mein lieber Mann! Die ist allein 10000 Euroscudos wert. Jemand wie Sie, wie kann der sich das leisten?«

»Machen wir es kurz, und sagen Sie mir, wieviel«, schnitt ihm Fritz das Wort ab. »Das Spiel langweilt mich allmählich. Heute ist mein freier Tag, und ich würde gerne weiterschlafen.«

»Sie arbeiten im *Rcocozz*?«

»Das geht sie nichts an, wo ich arbeite.«

»Ich brauche ein paar Informationen.«

In den Brillengläsern verdoppelte sich das Ei, das sich der Chef vors Gesicht hob.

»Mit ein bißchen Geplauder sind Sie aus dem Schneider. Gratis.«

Fritz schüttelte den Kopf. »Nein. Ich bezahle lieber.«

»Wir stehen nicht zum Verkauf. Ich könnte Sie schon für den Versuch der Bestechung verhaften.«

Der Chef legte das Hühnerei unsanft auf den Tisch zurück; es zerbrach und hinterließ eine klebrige Flüssigkeit an seinen Fingern. Er rieb Daumen und Zeigefinger aneinander und machte ein angewidertes Gesicht.

»Sie sagen mir, wer die Lieferanten des *Rcocozz* sind, und wir verschwinden so schnell, wie wir gekommen sind. Wir beschlagnahmen nicht einmal diese illegalen Leckereien. Einige Namen habe ich bereits, aber ich möchte ein umfassendes Bild.«

»Das *Rcocozz* ist geschlossen«, sagte Fritz. »Dafür habt ihr gesorgt. Was wollt ihr noch?«

»Ich möchte das Unkraut ausrotten. Mit Stumpf und Stiel. Ein geruhsamer Sonntag wartet auf Sie, mit Ihrer Bauchtänzerin und der Schlemmerei, die Sie mit diesen Zutaten im Sinn hatten. Sie haben ja nun einmal den Gaumen für das eine wie das andere. Morgen werden Sie losziehen und sich eine andere Arbeit suchen. Ein paar Namen, vielleicht drei: das reicht mir schon.«

Fritz überlegte. In Megalops-Mediterranea war seine Arbeit beendet, auf ein Wiederaufleben brauchte man nicht zu hoffen, das hatte der Chef ihm klargemacht. Und letzten Endes wollte er weggehen, die Entscheidung hatte er bereits vor dieser letzten Nötigung getroffen. Unter dem Ziegelstein war Geld, genug für einen Neuanfang irgendwo anders. Und vielleicht würde er die Kunst sogar aufgeben. Das hing davon ab, was ihm das hypothetische »irgendwo anders« bieten würde. In der letzten Zeit begannen seine Erinnerungen an das Leben im Untergrund von New-Bahgd zu verblassen. Langsam fing er an, sich wieder an die Normalität zu gewöhnen. Der Krieg und die entsprechende Einstellung erschienen ihm immer ferner und unschärfer. In den letzten Monaten hatte er auch einen leichten Widerwillen bei der Ausübung seiner Kunst verspürt. Keine Skrupel, eher eine Art Langeweile, wie die eines Malers, der einen kreativen Impuls ausgeschöpft hat und seiner Wiederholung überdrüssig ist. Unter diesem Gesichtspunkt war es nicht von Nachteil, der Erpressung des Polizisten nachzugeben und ihm zu sagen, was er wissen wollte: Das würde ihm einen trübseligen Sonntag ersparen, an dem er die frischen Lebensmittel mit legalen synthethischen Speisen ersetzen und am Herd herumphantasieren müßte, um sie einigermaßen schmackhaft zu machen. Außerdem war nicht auszuschließen, daß der Beamte mit seiner Drohung nicht nur bluffte und sie ihn tatsächlich festnehmen und ein paar Tage in Sicherheitsgewahrsam nehmen würden.

Wenn er andererseits auspackte, ging er ein tödliches Risiko ein. Er wußte genug über das *Rcocozz* und seine Drahtzieher hinter den Kulissen, um sich darüber im klaren zu sein, daß ihn mangelnde Diskretion teuer zu stehen kommen würde. Aber vielleicht war dies die Gelegenheit, einen Schlußstrich unter alles zu ziehen, unter die Kunst und die Vorgesetzten des neuen Bunkers, in dem er sich nach der Flucht wiedergefunden hatte: Tyrannen, die zwar weniger exhibitionistisch und rhetorisch waren als die, die ihn drei Jahre lang gefangengehalten hatten, aber nicht weniger absolutistisch und gewissenlos. Wenn er die Namen aussprach (vier waren es, um genau zu sein), war er gezwungen, alle Brücken hinter sich abzubrechen und wieder die Flucht zu ergreifen. Wer wußte, ob er ohne den Ansporn, seine Haut zu retten, je den Mut dazu haben würde.

»In Ordnung«, sagte Fritz. »Ich hoffe, daß Sie ein Ehrenmann sind und Ihr Versprechen halten.«

Im Ausschnitt der Glastür, wo vorher die falschen und übertrieben grünen Zweige eines Busches aus Polyvinyl geschwankt hatten, sah Fritz plötzlich die Silhouette eines schmächtigen, affenartigen Mannes, der in einem so engen dunkelblauen Overall steckte, daß er wie nackt aussah.

Es ertönte ein trockener Knall, und aus einem silbrigen Rohr, das der Mann vor sich hielt, schoß ein klebriges Sekret. Es legte sich wie Speichel auf die Hand des bebrillten Beamten, der sich ans Herz gefaßt hatte, um sein Versprechen zu bekräftigen.

Fritz sah, wie die Hand sich mit milchigen Blasen überzog und dann schrumpfte, bis das Blau der Uniform durchschimmerte. Der Chef, dem es nicht gelang, die Hand von der Brust zu ziehen, betrachtete sie entsetzt. Vom Stoff der Uniform stieg eine Rauchspirale auf, wie von einer Zigarette. Auf der Brust formte sich ebenfalls ein heller Fleck. Der Chef schwankte, legte auch die linke Hand auf die Brust, riß sie mit einem Schrei wieder weg und fiel über den Küchentisch. Der andere Beamte hatte sich mit erhobenen Händen an der Wand postiert.

»Ich habe damit nichts zu tun, Scollacchia«, sagte der Koloß. »Ich war nicht damit einverstanden; er hat mir den Befehl gegeben, nur deshalb bin ich hier.«

»Mit dir rede ich später«, sagte Scollacchia, während er um den Tisch ging und sich vorbeugte, um den am Boden liegenden Beamten zu betrachten. Der Mann stieß ein gleichmäßiges Röcheln aus, das sich mit einem Zischen mischte, sanft wie Geflüster, während der weiße Fleck auf seiner Brust immer größer wurde.

»Ich hatte es dir gesagt, Tom Tango«, grinste Scollacchia befriedigt. »Vom Tage deines Dienstantritts an habe ich dir gesagt: bloß keinen übertriebenen Eifer! Aber du wolltest auf eigene Faust handeln.«

Dann trat er auf Fritz zu und legte ihm mit vertraulicher Miene einen Arm um die Schulter.

»Wie geht's, Fritz?« fragte er. »Immer im Einsatz, wie?« Er deutete auf die aufgereihten Vorräte auf dem

Tisch. Wie zufällig ließ er das silberne Rohr in Fritz' Hand gleiten.

»Fühl mal«, sagte er. »Sogar ohne Wärmeentwicklung. Lautlos und perfekt. Kein Getöse, und man muß sich nicht einmal ums Zielen kümmern. Wo auch immer der Spritzer landet – er kennt kein Pardon, er frißt sich ins Innere: eine Nährbrühe und ein Virus mit Sofortwirkung, schneller als Kurare. Als erstes lähmt es die Nervenzentren. Genial, was? Ich bin gerade noch rechtzeitig gekommen; ich habe den Eindruck, daß du drauf und dran warst, aus dem Nähkästchen zu plaudern, teurer Fritz.«

Scollacchia ließ das Rohr achtlos über den Tisch rollen. Es wurde von einem Brotstück gestoppt.

»Also«, er lächelte, »man sagt mir, du seist im Aufbruch begriffen. Sehr gut. Hier draußen steht ein Turbinenauto, das auf dich wartet. Weck dein kleines Murmeltier, und wir gehen.«

»Nein.« Fritz rieb sich mit einer Serviette die Hand, mir der er gezwungenermaßen das Rohr berührt hatte. »Mit dir fahre ich nirgendwohin, Scollacchia. Ich verlasse diese Megalops, aber auf meine Art.«

»Ts, ts, ts«, zischte Scollacchia mit einem Kopfschütteln. »Das ist leider nicht mehr möglich.« Er zeigte auf das Rohr, zog einen Gummihandschuh aus und ließ ihn vor Fritz' Augen baumeln. »Darauf sind deine Fingerabdrücke. Nur deine, natürlich. Und auf dem Fußboden deiner Küche liegt der arme Tom Tango, ehemals Sonderagent der AIAV. Siehst du?« Er schloß die Augen, als ließe er eine Delikatesse auf der Zunge zergehen. »Das Virus ist an den Nervenenden der Augenlider angekommen, sie haben sich geschlossen. Tom ist völlig bei Bewußtsein, aber seine Nerven lassen ihn im Stich. Sie sind in Auflösung begriffen, einer nach dem anderen. Er ist wie in einem Käfig eingeschlossen, dem Käfig seines eigenen Körpers. Er kann die Muskeln von Brustkorb und Zwerchfell nicht mehr kontrollieren, und gleich wird er die Atmung einstellen. Man lebt aus einer Willensentscheidung heraus, wußtest du das, Fritz? Man lebt weiter, weil man atmen will. Ich wette, er möchte auch gerne, armer Tom ... Und du, du mußt Vernunft annehmen, Fritz, dort auf dem Tisch liegt die Begründung, feinsäuberlich ausgebreitet. Tom Tango, das ist allseits bekannt, war ein Mann von Recht und Ordnung, mit weißer Weste. Er wollte dir das Zeug beschlagnahmen, und du bist cholerisch geworden. Du hast ihn mit diesem Spielzeug erledigt ... Wer weiß, wo du so eine raffinierte Waffe herhattest? Man wird denken, daß du sie auf der Flucht aus diesem Spukloch, wo du vorher warst, mitgenommen hast. Ich sehe nicht viele Alternativen: Entweder kommst du aus freien Stücken mit, oder ich bin gezwungen, dir Handschellen anzulegen, mit einer blitzsauberen Mordanklage dazu. Ich bin immerhin der Chef der AIAV. Und statt dessen, stell dir vor: Einer meiner Bekannten hat einen Narren an dir gefressen. Er bietet dir eine Suite im ›Babel‹ an. Ist dir klar, was das heißt, Fritz? Das ›Babel‹: das feinste vom feinsten aller Hotels der Megalops.«

Er schaffte es nicht, Laila ganz wachzubekommen, und so mußte er ihr beim Anziehen helfen. Sie saßen auf dem Bett, und während er versuchte, ihr einen Ärmel überzustreifen, entschloß sie sich, die Augen zu öffnen.

»Warum?« sagte sie. »Was ist denn los?«

»Wir gehen fort«, antwortete Fritz.

»Wohin?« Laila gähnte genüßlich. »Egal, sag's mir nicht. Ein Gefängnis ist so gut wie das andere.«

Die Küche sah bereits so aus, als wäre sie Teil einer verlassenen und verwüsteten Wohnung. Schwarze Ratten beherrschten das Satellitenstädtchen, und die herumliegenden Lebensmittel verbreiteten einen unwiderstehlichen Geruch. Als Fritz und Laila mit ihrem Gepäck in die Küche traten, schoben drei oder vier umsichtige, aber entschlossene Ratten mit ihren Schnauzen das Brot und die anderen Speisen an die Tischkante. Dann ließen sie sie auf den Boden fallen, wo ein schemenhafter Teppich aus Tierleibern um Tom Tangos angeknabberte Füße zuckte.

8
Der Palast der Sicherheit

Vor einem halben Jahrhundert hätte niemand voraussehen können, daß dieser pompöse, irrationale Architekturstil sich schließlich überall durchsetzen würde. Die Epoche, in der die öffentlichen Gebäude, zumindest im Westen, in einer gewissen Nonchalance daherkamen (als wollte sich die Staatsmacht den Anstrich von Alltäglichkeit geben), war zu Ende. Diese imposanten und klobigen, steifen und strengen Formen, die so wuchtig erschienen, daß es aussah, als müßte der Untergrund jeden Moment nachgeben, waren aus Regionen übernommen worden, deren herrschende Systeme nicht auf die Zurschaustellung der Staatsmacht verzichten konnten. Und jetzt bestimmten sie überall das Bild, mit der Kälte des Marmors und der Feindseligkeit der unzähligen kleinen Fenster, die die Vielzahl der Büros dahinter verrieten.

Der Palast der Sicherheit erhob sich frei inmitten eines großen offenen Platzes auf einer leichten Anhöhe. In rechteckigen Blöcken, die sich nach oben verjüngten, waren 120 Stockwerke aufeinandergeschichtet. Oben lief er spitz zu wie die Stufenpyramiden von Sakkara und endete in einer Laterne, über der ein Pfahl drohend in den Himmel ragte.

Der Oberassessor für Sicherheit, Kommandant Falco, ließ seinen Drehsessel bis zu der Panzerscheibe rotieren, die oberhalb des 120. Stockwerks in die Laterne eingebaut war. Er genoß die Verteilung der Überschüsse, den alltäglichen Akt der Barmherzigkeit, der ihm das Gefühl gab, seinen Tag gut zu beginnen. Er lehnte sich zurück und stellte das Fernglas scharf, bis er die kreisrunden gelben Ärmelaufnäher der Sozialfälle, die schon hinter einer Kette aus Sicherheitsbeamten stampften, genau erkennen konnte. Die Beamten lockerten die Reihen, und die Almosenempfänger stürmten durch den Innenhof. In der Mitte des Platzes, wo drei Sattelschlepper ihre Ladung abwarfen, hielt eine zweite Kette von Beamten die Flut auf.

Wie üblich lief die Identitätskontrolle in unbefriedigender Weise ab: zu hektisch und unpräzise, unter dem Diktat der Ungeduld. Dann wurde die Kette aufgelöst, und die Sozialfälle drängten sich um den großen Warenberg. Einige Haushaltsgeräte von alter Bauart ragten daraus hervor, und das Zellophan gefrorener Sojabrotlaibe glitzerte. Rot schimmerten die Dosen mit UP, einem Aufputschmittel für Fans volkstümlicher Tänze; im Gedränge wurden einige von ihnen zertreten, das scharlachrote Pulver stieg aus der Menschenmasse auf, während die Armen einander schubsten, und viele sich die hohle Hand füllten, um das Mittel zu inhalieren.

Falco schüttelte den Kopf. Er hatte Anweisung gegeben, das UP von der Verteilung der Überschüsse auszunehmen. Es erhitzte die Gemüter zu sehr und hatte auf dem Speiseplan der Armen so wenig zu suchen wie Kaviar. Offensichtlich hatte sich einer seiner Beamten bestechen lassen. Falco kannte die Suchtwirkung von UP. Von wegen Überschüsse! Die Herstellerfirma warb gerade neue Kunden an, da unten im Hof, auf Kosten der Abteilung! Er ließ das Fernglas über die Menge gleiten. Die Stimmung gärte, das UP löste eine unkontrollierbare Gier aus. Falco runzelte die Stirn, als er sah, daß die ersten Prügel verabreicht wurden: eine Frau fiel hin und machte keine Anstalten, wieder aufzustehen. Die

Beamten griffen ein und ließen die Schlagstöcke wirbeln. Falco richtete das Fernglas auf den Fuß der Mauer im Hintergrund des Hofes.

Da bitte, sie standen schon bereit: eine weißliche Linie, kompakt und geschmeidig wie der Schaum auf einem Bächlein Jauche. Unglaublich, daß kein Mittel sie stoppen konnte, daß sogar jeder Versuch, sie wenigstens aus dem Palast fernzuhalten, fehlgeschlagen war. Es handelte sich nicht um Jauche, sondern um graue Ratten. Sie warteten in Reih und Glied (viel ordentlicher und disziplinierter als die Menschen, dachte Falco bedauernd), bis das Gerangel zu Ende wäre und sie sich auf die Reste stürzen könnten. Im Handumdrehen würden sie alles wegfegen, selbst das Ungenießbare.

Die Beamten hatten Mühe, den Tumult niederzuringen. »Nur ruhig«, sagte Falco vor sich hin. »Es ist genug für alle da.«

Das Videophon gab ein optisches Signal, und auf dem Monitor glänzten die Fragmente aus Malachit und Silber, die die Augen seiner Ersten Sekretärin umrahmten.

»Signore Dei Vetri bittet um eine persönliche Audienz.« Sie flüsterte und blinzelte schmeichlerisch.

»Er steht nicht im Terminkalender, wie mir scheint.«

»Nein. Soll ich ihm sagen, daß er gehen soll?«

Der Oberassessor dachte einen Moment nach. Dann legte er das Fernglas hin, der Tag begann.

»Schick ihn herein«, sagte er.

Fast augenblicklich öffneten sich die beiden Türflügel, sie drehten sich bis zum Anschlag in den Scharnieren, und der Signore trat ein. Keuchend erreichte er mit einer Reihe von Trippelschritten das Sofa, das gegenüber dem Schreibtisch stand, und ließ sich langsam, mit einem Seufzer hineinsinken.

»Du bist noch dicker geworden«, sagte der Assessor.

Signore Dei Vetri strich sich den Zweireiher aus weißem Leinen über dem Bauch zurecht.

»Kaum möglich«, grunzte er. »Du müßtest wissen, daß ich seit einiger Zeit auf Diät bin.«

Falco musterte ihn lächelnd, um einen Anflug von Ekel zu überspielen. Dieser Schmierenkomödiant, dachte er, legt Wert darauf, sich auch noch durch seine Kleidung als Gangster darzustellen. Als ob es nicht so schon bekannt genug wäre. Und schau, wie er beieinander ist ... Noch ein Kilo, und er platzt.

Falco schämte sich noch immer dieser Überbleibsel aus seinen elenden Jugendjahren, und er verfluchte den Fehler, solche Bekanntschaften über jedes sinnvolle Zeitmaß hinaus fortgeführt zu haben.

»Du bist auf Diät, seit ich dich kenne«, sagte er halblaut. Der alte Freund zeigte ihm mit einem Lächeln die Meisterleistung seines Kieferchirurgen.

»Du dagegen«, sagte er, »hälst dich wie ein Mannequin.«

Falco spielte mit den Fingern, als ob er die bläuliche Uniform streicheln wollte, die wie angegossen an seinem hageren Körper saß. Die goldenen Rangabzeichen der Beamten mit absoluter Verfügungsgewalt glänzten.

»A propos«, fragte Signore Dei Vetri, »wie läuft unsere *Nachtwache*? Ich muß zugeben, daß du deinem Bild gleichst. Eine großartige Idee, diese Sendung. Wer ist dein PR-Mann? Ich wäre versucht, ihn dir auszuspannen. Meiner ist nur mäßig kreativ. Und der Vorspann ist sympathisch. Wie du von einer Stufe aus die Schloßwache auf ihrem Rundgang beobachtest: ›Es ist Mitternacht und alles ist ruhig!‹ Zoom. Da bist du, in Nahaufnahme: fester Blick, beruhigender Tonfall. Wenige Nachrichten, viele Ratschläge und Gebote. Das Bollwerk, der Fels in der Brandung der Hexensabbate der Unterstadt, er mahnt und beruhigt. Wer weiß, wie viele besorgte Hausfrauen sich unter der Bettdecke das Bärtchen kitzeln, während sie an die *Nachtwache* zurückdenken!«

Der Oberassessor stürzte zum Videophon und schaltete es ab.

»Laß das!« tobte er. »Wir sind hier in meinem Büro, nicht in einem deiner Bordelle!«

»Wie du dich verändert hast«, seufzte der Fettwanst. »Du warst nicht so eingebildet, als du noch zu meinen Eintreibern gehörtest: der geleckteste, aber auch der hinterfotzigste. Knickerig und mit nervöser Hand. Ach, wie die Zeit vergeht! Und wie schlecht einem das Alter bekommt!«

Dei Vetri strich sich lange über Kehle und Wangen, dann richtete er die Augen auf den Assessor, ohne etwas hinzuzufügen. Sie blieben einige Sekunden so sitzen und blickten einander an, während die Kommandorufe aus dem Hof, durch den Höhenunterschied gedämpft, die Stille füllten. Nach und nach verlor Falcos Miene an Härte, und in sein Lächeln mischte sich eine dümmliche Unterwürfigkeit.

»Hör mal, versteh mich nicht falsch, aber ich muß gewisse Formen wahren ...«

»Wie lange bist du schon nicht mehr in unserem kleinen Lokal gewesen?«

»*Unser* kleines Lokal, welches?«

Das Mondgesicht des Signore Dei Vetri veränderte sich nicht, aber die Augen wurden heller, fast weiß, und ein Mundwinkel begann zu zucken und ein bedrohlich leises, affektiertes Flüstern auszustoßen.

»Welches Lokal, fragt er. Die *Nachtwache* hat das Gedächtnis verloren. Zuviel Arbeit. Ach, aber ich habe es gleich gesagt: ›Scollacchia, machst du Witze? Ich würde es nicht einmal glauben, wenn ich es mit eigenen Augen sähe!‹ Aber Scollacchia bleibt dabei: ›Es ist eine Tatsache, das Haltesignal kommt von ihm, es existiert ein gegengezeichneter Befehl.‹ Darauf ich, und Gott ist mein Zeuge, daß ich bis zum letzten gezweifelt habe: ›Diesen schriftlichen Befehl würde ich wahrlich gerne zu Gesicht bekommen!‹ Wo habe ich ihn nur?«

Der Signore seufzte und begann mit untröstlicher Miene in seinen Taschen zu kramen.

»Hör mal, Devitt, das hing nicht von mir ab ...«

Der Signore strich bereits ein zerknülltes Papier auf dem Knie glatt.

»Versuch doch zu verstehen ...«

»Das ist es, was ich seit drei Tagen tue: Ich versuche zu begreifen, warum hier unten deine Unterschrift steht.«

»Es ist ein Sachzwang. Ich bin in diesem Fall nur der Vollstrecker.«

»Lüg mich nicht an, Falco.«

Der Oberassessor versuchte, die Situation wieder in den Griff zu bekommen.

»Wo hast du das eigentlich her? Ich werde gegen Scollacchia eine Ermittlung einleiten lassen! Die geheimsten Dokumente gelangen in die Hände von ... von ...«

»In die Hände von ... wem?«

»Man hat mich gezwungen! Willst du das jetzt endlich kapieren?«

»Wer hat dich gezwungen, Falco? Du mußt es mir nur sagen. Du brauchst mir nur den Namen zu nennen. Ich werde mich um alles kümmern.«

Falco erhob sich und trat ans Fenster. Er betrachtete das Panorama und fühlte sich erfrischt beim Anblick der Stadt zu seinen Füßen. Der alte, abgehalfterte Tyrann, der unbequeme Kumpan hatte es mit seiner raffinierten Kunst der Geisterbeschwörung geschafft, ihn die Erhabenheit seiner Position vergessen zu lassen. Aber jetzt hatte er, Falco, sich wieder im Griff, und mußte es ihm ein für allemal klarmachen. Er kehrte um und schlug mit der Faust auf den Schreibtisch.

»Meinetwegen! Ich war es! In Ordnung? Ich, aus eigenem Antrieb! Ich habe genug von deiner Art, Devitt!« schrie er. »Und ich bin nicht verpflichtet, irgend jemandem Rechenschaft abzulegen! Und schon gar nicht dir! Ich bin der Oberassessor für Sicherheit. Ich habe absolute Verfügungsgewalt: ich bin nicht einer deiner Schergen. Du kannst dir nicht einbilden, den lieben Gott sogar in einer Verwaltungsabteilung zu spielen, die so extrem vertraulich ist wie die meine. Das kannst du deinen Spitzeln ruhig ausrichten. Die Tage deines Scollacchia sind gezählt. Sag ihm das. Die Amtsenthebung liegt schon bereit.«

»Bist du dir dessen so sicher?« Der Signore betrachtete seine Fingernägel mit verschmitzter Miene. Irgend etwas in seiner Haltung beunruhigte Falco, und in seinen Augen flackerte die Furcht auf.

»Versetz dich doch einmal in meine Lage.« Falco setzte sich wieder an den Schreibtisch. »Es gibt solche und solche Zeiten. Es gibt Phasen, in denen das Meer ruhig ist, und andere mit Seegang. So eine Sache, die kann ruhig weiterlaufen, ohne daß es jemandem schadet, solange sie im stillen bleibt. Aber sobald jemand sich aufregt ...«

»Wer?«

»Es liegt eine offizielle Anzeige vor, klar? Wußtest du das?«

»Sicher weiß ich es.«

»Nicht die, eine andere! Eine neue! Jemand, der weiß, wie er sich Gehör verschafft. Ich kann dir nicht mehr sagen. Es handelt sich um eine Persönlichkeit mit einem gewissen Prestige von einst. Das müßtest letztlich auch du wissen. Es gibt immer noch Kreise, die sich uns entziehen. Ich hasse sie genauso wie du, diese Besserwisser, Aufrührer, Klugscheißer. Das sind Motten, die sich meistens mit einem kleinen Fuchteln vertreiben lassen.« Falco ruckte am Revers seiner Uniform. »Manchmal aber auch nicht. Sie können sich in Holzwürmer verwandeln, die nagen, und plötzlich bricht dir der Stuhl unter dem Arsch weg. Wie in diesem Fall. Sogar, du weißt schon wer, hätte mich fallen lassen wie eine heiße Kartoffel angesichts einer so aufgeladenen Affäre. Fast wäre ich auf der klassischen Bananenschale ausgerutscht. Weißt du, wie viele Leute auf nichts anderes warten? Und wenn mir jener Gewisse seine schützende Hand entzogen hätte, wie hätte ich dann dagestanden? Und außerdem, entschuldige mal ... warum diese Verbissenheit? Welche Bedeutung hat das Ganze letztendlich für dich? Es ist Kinderkram ... Eine Lappalie, um die Langeweile am Samstag abend zu vertreiben ... Weißt du, daß du mich verblüffst? Es beeindruckt mich, daß ein Mann wie du ...«

Die Miene des Signore verfinsterte sich.

»Das sind Dinge, die dich nichts angehen«, sagte er.

»Wenn du nicht darauf verzichten kannst, nimm dir ab und zu mal einen Jet und fliege in irgendeine Übersee-Megalops, was kostet's dich, bitteschön?«

»Ich hasse Reisen. Das geht dich nichts an, habe ich gesagt!«

»Meinetwegen: es geht mich nichts an.« Falco zuckte mit den Achseln, dann schlug er mit den Fäusten auf die Armlehnen des Sessels. »Aber es geht mich etwas an, daß ich auf diesem Platz sitze. Und daß ich nachts ruhig schlafen will.« Er ordnete einige Papiere, als ob er mit der Arbeit beginnen wollte.

Signore Dei Vetri stand ganz langsam auf und ging in Richtung Tür. Auf der Schwelle drehte er sich um.

»Weißt du was, Falco«, er lächelte und kniff ein Auge zu, »du bist wirklich ein Hosenscheißer, aber leider hast du nicht kapiert, *vor wem* du Angst haben solltest.«

»Rufen Sie mir Tom Tango«, sagte Falco am Videophon, kaum daß Dei Vetri zur Tür hinaus war, »über seine Privatnummer.«

»Er antwortet nicht.« Lächelnde Enttäuschung. Blinklichter hinter silbrig-türkisem Straß.

»Dann versuchen Sie es weiter!« erregte sich der Oberassessor. »Versuchen Sie es so lange, Himmelherrgott, bis Sie ihn erreichen!«

9
Die Rattenlotterie

Das Tropfen maroder Leitungen, das Geraschel und Gequieke der Ratten, die dumpfen Schläge von Aktenbündeln, die aufeinanderfielen, das Knirschen des alten Gemäuers, das bis in alle Ewigkeit zerbröseln würde: in den Kellern des Palascio spielte ein ganzes Orchester die morbide Sinfonie der antiken Welt.

Degrado stand hinter einem schiefen Regal eingezwängt und spitzte die Ohren, um herauszufinden, aus welcher Richtung ein sabberndes Gemurmel kam, das phasenweise lauter wurde.

Seit er aus dem schäbigen Hotel auf die Straße getreten war, fühlte er sich beobachtet.

Er hatte sich nicht umgedreht und so getan, als habe er nichts bemerkt, während er zu Gianni Ozzos Verkaufsstand ging.

»Ich sitze in der Patsche«, hatte er dem Freund zugeraunt.

Gianni hatte genickt und hinzugefügt, daß er fünf von ihnen entdeckt habe, sie hielten strategische Positionen besetzt, um alle Fluchtwege abzuschneiden. Einer von ihnen stehe ganz in der Nähe, mit aufgestellten Lauschern sei er am Nachbarstand positioniert und verschleppe die schwachsinnigen Verhandlungen über den Ankauf eines ebenso schwachsinnigen Objekts.

Gianni tat so, als wollte er dem Freund den Reiz einer indischen Miniaturmalerei verdeutlichen, und erklärte dabei den einzigen Fluchtweg, auf dem Degrado die Spitzel abhängen konnte: Er müsse in den Korridor zurückkehren, der an diesem Morgen glücklicherweise gerammelt voll mit Kunden war, sich dann in den Lastenaufzug zwängen, an den Seilen hinabhangeln ... »Sie müßten dich aushalten, du bist nicht besonders schwer« ... und so in den Untergrund gelangen. Dort würde ihm das ungeheure Durcheinander aus Altpapier und zertrümmerten Möbelstücken, das Labyrinth aus Gängen, Depots und Regalreihen eine gewisse Chance bieten, seinen Verfolgern zu entwischen. »Aber sei vorsichtig«, hatte Gianni Ozzo hinzugefügt, »ein Zombie hat sich dort verirrt. Seit gestern geistert er da unten herum und findet den Weg nach oben nicht mehr. Er muß langsam völlig erschöpft sein, inzwischen ist er dazu verdammt, ewig dort unten zu bleiben. Aber er könnte noch gefährlich sein. Halte dich fern von ihm und versuche, nicht genauso zu enden.« Dann hatte Ozzo ihm die nötigen Hinweise gegeben, wie er an einer anderen Stelle, unterhalb der Ufermauern, wieder auf die Straße gelangen könnte.

Degrado hatte es allerdings nicht geschafft, den Killer abzuhängen, der ihm am dichtesten auf den Fersen war. Und kaum hatte er seinen Fuß auf den Grund des Kellers gesetzt, sah er schon dessen grinsendes Gesicht am Rande des Aufzugschachtes.

Degrado wußte, daß sie jetzt alle fünf auf der Lauer lagen. Vielleicht auch ein paar mehr: das hing von der Anzahl der Ausgänge des Palascio ab. Es war gar nicht notwendig, daß sie durch die Mäander des Untergrunds hetzten, sie brauchten nur die Ausgänge zu überwachen: er saß in der Falle. Sie mußten nur abwarten, denn früher oder später würde er zwangsläufig wieder auftauchen. Und früher oder später würden sie ihn an einem geeigneten Ort überrumpeln, wo sie ihn ohne Zeugen und ohne das Risiko, einen Außenstehenden mit hineinzuziehen, beseitigen konnten. Bis jetzt hatte der Insistente sich geschützt, indem er sich möglichst im Zentrum der Menschenmenge gehalten hatte, aber bald würde die Nacht hereinbrechen, und die Straßen würden sich leeren. Degrado war zu dem Schluß gekommen, daß er keine andere Wahl hatte, als dem Rat Alsos zu folgen und in die Unterstadt abzutauchen. Aber vorher mußte er sich aus der Falle befreien, in die er sich selbst manövriert hatte. Deshalb suchte er den Zombie.

Das Gemurmel kam hinter einem Regal hervor; die Stelle wurde von einem staubigen Lichtstrahl erleuchtet, der von einer in Spinnweben gehüllten Öllampe rieselte. Degrado sah an der Wand ein großes Ölgemälde und davor den verzückten Zombie. Er war durch einen Trümmerhaufen von Kanzleimöbeln getarnt; die Aktenbündel, die von einem bedrohlich hohen Stapel auf ihn herabgestürzt waren, hatten ihn fast begraben. Der Zombie stand unbeweglich da, mit aufgerissenen Augen und nach vorn geneigtem Kopf. Er war starr wie ein Gecko und hatte die entsprechende Staubfarbe. Es schien, als wollte er in die Leinwand kriechen und die Stelle einer der Figuren einnehmen, die auf dem Bild die Gassen einer antiken Stadt bevölkerten und genauso erbärmlich und abgerissen aussahen wie er. Auf dem Gemälde, das abgeblättert und an manchen Stellen zerstört war, stillte eine Frau einen Greis, der sein ausgezehrtes, bärtiges Gesicht durch die Gitterstäbe eines Gefängnisses schob, um aus einer der beiden prallen Brüste zu trinken. Der Blick des Zombies hatte sich in diesem Gemälde verloren; die ›Brühe‹, diese flüssige Droge der Ausgegrenzten, hatte ihn so benebelt, daß er sich für den Greis hielt: er schob tatsächlich die Lippen vor, saugte und sabberte.

Degrado näherte sich vorsichtig, obwohl ihm klar war, daß der Typ keine Gefahr darstellte. Denn er war so zugedröhnt von dem Gesöff und so hypnotisiert von dem Traum, in den er eingetaucht war, daß er nichts anderes mehr wahrnahm.

Der Insistente bewegte eine Hand vor den Augen des Zombies – keine Reaktion, wie erwartet.

»Du bist erledigt, Freund«, sagte Degrado. »Das Zeug brauchst du nicht mehr.«

Der Zombie ließ sich entkleiden, ohne seinen Blick von dem Bild zu wenden. Unter der Jacke und der weiten gelben Hose aus Jute war er nackt. Degrado überließ ihn seinem Schicksal: Er war genauso wurmfarben wie eine andere Figur auf dem Gemälde, die die Hand nach einem Almosen ausstreckte. Auch Degrado zog sich aus. Er verwendete die untere Hälfte seines Anzugs als Binde, mit der er sich die Pistole, die Euroscudos und den Personalausweis in Form einer Magnetkarte am Bauch festband. Dann überwand er sich und zog die Kleider des Zombies an. Auf dem Rückweg strich er sich das Gesicht mit dem grünlichen Schlamm ein, der die Wand des Aufzugschachtes bedeckte.

Er verließ den Palascio durch den Haupteingang in kleinen hektischen Schritten, bemüht, den typischen Gang der mit Brühe Vollgepumpten zu imitieren. Zu beiden Seiten des Tores erkannte er zwei seiner Verfolger, die jeden, der herauskam, genau musterten. Sie ließen ihn passieren, ohne eine Reaktion zu zeigen. Degrado streifte den einen von ihnen und fing seine angewiderte Grimasse auf. Ende 2. Kassette

»Bitte führen Sie die Karte in den Schlitz ein.«

Das 3-D-Bild des Grenzbeamten ragte aus dem Bildschirm hervor und füllte den gesamten Raum der Identifikationskabine. Alles, was man von ihm – in dreifacher Lebensgröße – sah, entsprach dem Reglement: der Neigungswinkel der Mütze, der Glanz des Schildes, Haarschnitt und Form des Schnurrbarts. Vorschriftsmäßig war auch der Tonfall zwischen Großinquisitor und gutem Onkel.

»Zu welchem Zweck wollen Sie in die Unterstadt?«

»Das ist meine Sache«, antwortete Degrado. »Sie müssen nur die Identität feststellen.«

Der Beamte betrachtete den Ausweis mit gesteigerter Aufmerksamkeit. »Wie kommt es, daß ein Insistente sich wie ein Zombie kleidet? Maskeraden sind nur in den Clubs gestattet.«

»Ich ziehe mich an, wie es mir paßt. Und ich gehe, wohin ich will. Der Ausweis ist in Ordnung.«

Degrado sah, wie der Beamte den Schalter der Sprechanlage berührte. Er schob eine Hand in die Jacke und war bereit, einen Zehnerschein zu präsentieren. Der Beamte nickte in Richtung des Schlitzes, in dem bereits der Ausweis verschwunden war. Degrado schob die Banknote hinein.

»Seien Sie vorsichtig«, sagte der Beamte, während seine überdimensionale Hand die zehn Euroscudos verschwinden ließ und den Ausweis wieder durch den Schlitz schob. »Die da unten sind in der Lage, jemanden für viel weniger umzubringen. Und ohne ihre Magnetkarte werden Sie die Grenze nicht wieder überschreiten können ... vorausgesetzt, daß Sie überhaupt zurückkommen.«

»Danke für die guten Wünsche, du Arschloch«, sagte Degrado und steckte den Ausweis ein. Der Beamte legte die Hand auf den Türöffner. Die Kabinentür auf der gegenüberliegenden Seite sprang auf. Von dort aus ging es zum Eingang der Metro.

Alles war mit Rost überzogen. Die blutige Farbe des Oxids reichte bis in luftige Höhen. Oberhalb des Bahnhofs hingen von einer alten Eisenbahnbrücke blasenüberzogene Streben herab: die rote Lepra schlängelte sich unter dem Lack hindurch und befiel die Geländer, die Sockel, die Stellwände und Rahmen. Das gesamte Gebiet war zu einer *rust town* heruntergekommen und befand sich in schrittweisem Verfall.

Im Niemandsland der Vorhalle biwakierten Reisende, die darauf warteten, die Grenze zur Megalops passieren zu können. Nach dem, wie sie sich eingerichtet hatten – mit improvisierten Zelten, die gegen das bohrende Tropfen von der Decke schützen sollten, mit notdürftigen Feuerstellen, Lebensmittelvorräten, altertümlichen Radios, die einen babylonischen Mischmasch exotischer Musik übertrugen –, schienen sie schon seit vielen Tagen dazusein und sich darauf eingestellt zu haben, noch viele weitere hier zu verbringen. Die Absperrungen vor dem Eingang zur Megalops waren undurchdringlich: Auf der Umzäunung liefen die bläulichen Blitze der Hochspannung entlang, eine bewaffnete Truppe streifte mit deutschen Schäferhunden umher, und ein gepanzertes Auto kreiste rings um den Block.

Degrado ließ Vorsicht walten und schritt weiterhin mit der entrückten Miene eines Zombies umher. Er wußte auch ohne die Warnung des Grenzbeamten, daß die vermeintlich gleichgültigen Blicke, mit denen ihn diese Auswanderer musterten, ihn in Wirklichkeit durchleuchteten, um eine Inventarliste von allem zu erstellen, was er an Nützlichem bei sich haben könnte.

Taumelnd steuerte der Insistente den »Maulwurf« an, die Seilbahn, die in den Abgrund der antiken Stadtbahn führte. Bevor er einstieg, zögerte er und warf einen letzten Blick zurück. Hunderte von Augenpaaren folgten ihm mit einem Ausdruck leicht schmerzlicher Neugier. Wenn er auch allen nur ein Zombie schien – wer immer die Sonne der Megalops hinter sich ließ, um sich in einen Kaninchenbau zu begeben, der in die Unterstadt führte, war allemal ein Exzentriker, der Mitleid verdiente.

Die Gondel war ramponiert und hatte nicht ein intaktes Fenster mehr (übriggeblieben waren Fragmente, die spitz wie Messer in den verzogenen Rahmen steckten); die Wände waren bis zum letzten Quadratzentimeter mit Schriftzügen in allen möglichen Sprachen und Graffitis in allen erdenklichen Farben bedeckt. Das Gefährt baumelte an zerfressenen, aufgedröselten Kabeln, von denen Maschinenöl tropfte. So in der Schwebe über einem finsteren Abgrund, aus dem feuchte, stinkende Windböen kamen, wirkte es wie eine Fähre zu Dantes »Inferno«.

Degrado stieg eine rostverkrustete Eisenleiter hoch und hatte die Gondel kaum betretenen, als ihm schon vom Schaukeln und von den Vibrationen, die der Liftmotor im Leerlauf übertrug, schlecht wurde. Der Wagenführer, ein Charon mit Siebentagebart, lag fast ausgestreckt vor der Schalttafel und blätterte in einer ölverschmierten Porno-Zeitschrift. Eine Frau mit strohigen, gelblichweißen Haaren döste auf dem Boden. Sie schnarchte angestrengt und hielt die zu Fäusten geballten Hände unter den Achseln. Die Vibrationen ließen ihre schlaffen Wangen und die welken Brüste zittern, die in einem fleischfarbenen Overall steckten, unter dem sie nackt zu sein schien. Der Hund, der zu ihr gehörte, hatte seine Schnauze auf ihre Beine gelegt und schlief ebenfalls. Andere Passagiere gab es nicht.

»Worauf warten wir?«

Der Charon drehte sich in aller Ruhe um und musterte den Zombie von Kopf bis Fuß.

»Hast du es eilig?« erwiderte er hart. »Ich warte auf eine Ladung.«

Degrado setzte sich auf eine Bank.

Um sich die Wartezeit zu verkürzen, begann er die Schriftzüge zu entschlüsseln. Die Mehrzahl waren Namen, Daten und Orte in der Unterstadt, Verabredungen, Hilferufe, Wutausbrüche, Drohungen und Deklarationen. Einige waren alt und fast unleserlich, vom Rost zerfressen und von anderen überdeckt, melancholisch wie verlorene Briefe:

Ich liebe dich, Giulia. Such mich, wenn du auch herunterkommst. – Vaganten, aufgepaßt! Ihr seid der Abschaum des Universums. Wir werden euch auf der ganzen Welt ausrotten. Es lebe der Lavacro. – 30.12.030: Ich beginne heute mit dem Abstieg, und das habe ich dir zu verdanken, Garcia, verfluchter Halsabschneider. Wenn ich wieder auftauchen sollte, mach ich dich kalt. – Behaltet eure Megalops, zum Teufel mit euch, ihr Schweine da oben. – Da oben sind nur Bullen, Aasgeier, Folterknechte, üble Existenzen. Keine Almosen. Rein gar nichts. Kommt wieder runter, solange ihr noch Zeit dazu habt. – Vaganten: dann lieber Sklaven. – Nie so zugedröhnt gewesen. Ich fühle mich ganz o. k. – Andreino hat's geschafft. Ich habe die Taschen voller Scudos. Spielt in der Rattenlotterie, Freunde, wenn ihr wieder nach oben wollt. – Kommt von der Brühe runter, ihr Zugedröhnten, die Brühe ist Blendwerk.

Eine Botschaft hatte Degrados Aufmerksamkeit erregt. Er versuchte sie zu entziffern, indem er sie mit dem Zeigefinger polierte. Unter das Graffiti eines großen herzförmigen Mundes, der mit sämtlichen Zähnen lächelte, hatte ein geistvoller Dichter geschrieben:

O Vagantenmädchen, zieh
von deiner unruhigen Brust
meine schmächt´gen Finger nie.
Denn so entflieht uns die Lust.
Halt sie am Busen, dem heißen,
halt sie fest, halt sie fest,
willst du nicht die Hand zerreißen,
vom O ...

Der Rest war ausgelöscht, und sosehr Degrado sich auch bemühte, er konnte nichts weiter lesen.

Drei Beamte der Abteilung »Unterstützung und Wiedereingliederung« führten fünf Abschiebehäftlinge in die Kabine. Nur ein Beamter war bewaffnet, aber das war mehr als ausreichend, um alle fünf in Schach zu halten, so niedergeschlagen und demotiviert waren sie. Der Chef der Eskorte überstellte sie und ließ sich vom Charon den Passierschein unterschreiben. Dann händigten die Helfer den Häftlingen ihren persönlichen Besitz aus, dazu ein Flakon aus einem schönen dunkelblauen Glas.

»Fünf erwachsene Männer, fünf«, sagte der Chef zum Schaffner. »Selbstgewählte Destination: die niederen Regionen der Gesetzlosen. Bring sie hinunter und rede jedem, der daran denken sollte, die Rückkehr aus. Die Tür zur Megalops bleibt für sie verschlossen.«

Dann wandte er sich den fünf zu, während seine Kollegen die blauen Fläschchen austeilten.

»Nehmt diese letzte Gabe der Verwaltung«, sagte er, »und segnet sie, ihr Ruchlosen. Wir haben euch gegenüber wahrlich Geduld und Wohlwollen bewiesen. Der Herr möge euch den Weg ebnen. Das nächste Mal – daß ihr das jetzt in euren Schädel kriegt! – wird es nicht so glimpflich ablaufen: dann geht's ab ins Zuchthaus.«

Er spie verächtlich aus, als er hinter seinem Rücken

einen Schmähruf hörte, dann stieg er mit seinen Gefolgsleuten aus.

Vier von den fünf Männern flegelten sich erschöpft auf die Plattform am Ende der Gondel und begannen sofort aus den Fläschchen zu trinken. Einer setzte sich neben Degrado, berührte ihn mit dem Ellbogen und hielt ihm *mister-blue*, wie er im Jargon der Gescheiterten hieß, unter die Nase.

»Für dich, Kumpel«, sagte er verständnisvoll. »Du hast es nötiger als ich. Ich bringe es nicht fertig, das Risiko einzugehen. Bisher habe ich Schwein gehabt. Ich habe Schluß gemacht.«

Degrado brachte, um nicht aus der Rolle zu fallen, seine Gier einigermaßen plausibel zum Ausdruck, indem er dem anderen die Brühe aus den Händen riß, hastig den Verschluß abschraubte und die Flasche an die Lippen führte. Er wollte den Spender nicht enttäuschen und deutete einen Schluck an, wobei er allerdings den Flaschenhals mit dem Daumen abdichtete.

Die Brühe war ein Lotteriespiel. Es hing von den Chromosomen ab, von irgendeiner unvorhersehbaren Veranlagung, die man von Papi und Mami geerbt hatte. Manche süffelten ihr Leben lang, und die Brühe schenkte ihnen einen *blendenden* Flash, wie ein obskurer Dichter geschrieben hatte: einen Blitz, einen Schlag ins Herz und die Weite des Universums, dann einige Stunden Ruhe, Luxus und Wonne bis zum nächsten Schluck. Aber wenn im Blut irgend etwas Unpassendes zirkulierte, dann blieb einem *mister-blue* im Halse stecken, und man wurde für immer zum Zombie. Dafür war er billig und wurde manchmal sogar kostenlos ausgegeben. Die Verwaltung schenkte den Zombies einen schönen gelben Anzug, der selten paßte, und tolerierte sie fortan. Man wußte sowieso, daß es nur für kurze Zeit war. Wer mit der Brühe das falsche Los gezogen hatte, verlor den Orientierungssinn, früher oder später setzte er sich in den Kopf, daß er fliegen könne, und segelte von einer Überführung herunter, oder er rannte sich den Schädel ein in der Überzeugung, er könne durch eine Betonwand marschieren. Die Zombies hatten eine Unzahl spektakulärer Suizidnummern auf Lager, sie waren nicht die schlechteste Zerstreuung, und nur selten richteten sie wirklich Schaden an.

Degrado produzierte sich in einer Interpretation der vollkommenen Glückseligkeit, schloß die Augen halb und ließ den Kopf nach hinten sinken. Dabei kontrollierte er den Spender, erkannte dessen Befriedigung über die vollbrachte gute Tat und stellte sich darauf ein, in Ruhe die Abfahrt in die Unterwelt zu genießen, denn endlich war es soweit: Die Seilbahn stürzte sich schwankend und quietschend in den Schacht.

Eine ganze Weile blieben sie zu sechst mit gereckten Hälsen stehen und folgten mit den Blicken der anderen Gondel, die aufstieg, der einzige helle Fleck in einer Dunkelheit, die immer undurchdringlicher wurde, je tiefer sie selbst in den finsteren Schlund tauchten. Als auch der letzte Schimmer erloschen war, brach einer aus der Gruppe zusammen und begann zu wimmern. Es mußte der edle Spender der Brühe sein. Degrado beschloß sich schleunigst von der Gruppe abzusetzen, um weitere Komplikationen zu vermeiden, denn in dieser Finsternis konnte das herzzerreißende Schluchzen des Typen eine allgemeine Panik auslösen.

Er merkte, daß er in einer riesigen Halle angekommen war. Sobald die Augen sich ein bißchen an die Dunkelheit gewöhnt hatten, konnte er auf der Längsseite eine Rolltreppe erkennen, die gewölbt war wie die Ziehharmonika eines ekstatischen Musikers, ihr gegenüber lagen die Eingänge verschiedener Tunnel, und dazwischen erkannte er die hellen Rechtecke von Werbetafeln, die durch die Abwässer aufgelöst und verunstaltet waren.

Der Insistente entschied sich für den mittleren Tunnel, wo er den Gleisen folgen konnte.

Er stolperte über den Körper der Frau in Rosa, die sich wieder schlafen gelegt hatte. Sie befand sich an genau der Stelle, wo ihre Reisegefährten sie abgeladen hatten. Der Hund knurrte und versuchte einen Angriff. Degrado versetzte ihm einen Fußtritt und sprang auf die Gleise.

RATTENLOTTERIE 300 METER

Der Schriftzug bedeckte die gesamte Höhe der Tunnelwand, und über ihr prangte noch ein Pfeil.

Die Rattenlotterie war Degrados erstes Ziel, die Eingangsetappe seiner Suche, die ihn nach seinen Vorstellungen in Kontakt mit den Vaganten bringen sollte. Er wußte, daß die Rattenlotterie eine Spielhölle war, die von Zadra frequentiert wurde, einem Zocker, den der Dämon des Glücksspiels in die übelsten Kloaken des Universums gelockt hatte. Wenn man ihn sah, schien er ein stilles Männchen mittleren Alters zu sein, bebrillt und sanftmütig, ein zartfühlender Homosexueller, der ständig in irgendeinen Mistkerl verliebt war. Die Schulden trieben ihn dazu, in immer neuen Casinos seiner Leidenschaft nachzugehen. Sie hatten schon einmal zusammengearbeitet. Vor einem Jahr war er von Degrado in die Unterstadt geschickt worden, um ein junges Mädchen zu suchen. Das zügellose Töchterlein eines Funktionärs war auf der Jagd nach Abenteuern verloren gegangen und in die Fänge eines ehemaligen Schauspielers geraten. Dieser präsentierte sie, in den Winkeln der Unterstadt, in gewissen Wanderaufführungen mit einem

Wolfshund und einer schwärzlichen Schlange. Zadra hatte ihm erzählt, es wäre ein ziemlich heftiges Happening gewesen, selbst für Gesetzlose: Es schien, daß einzig Hund und Schlange davon nicht peinlich berührt waren, während viele Zuschauer sich gezwungen sahen, den Blick abzuwenden. Zadra hatte sich bei der Gelegenheit wirklich anständig verhalten, was den eher skeptischen Degrado verblüfft hatte. Denn er kannte solche Leute und die Versuchungen, denen sie oft erlagen. Zadra hatte mit einer Hand dem Schauspieler das Geld gegeben und mit der anderen die Leine des Mädchens gefaßt (denn der Regisseur hielt sie an einer Hundeleine) und war innerhalb von drei Tagen wieder auf den oberen Niveaus aufgetaucht, die Verruchte im Schlepptau.

Als Degrado sich dem Ausgang des Tunnels näherte, sah er einen immer heller werdenden Lichtschein. Der Stollen mündete auf einen Platz, der unter einer weiteren zerstörten Rolltreppe lag und von einer Handvoll Scheinwerfer auf einem Lichtmast erleuchtet wurde. Von oben betrachtet, sah das Zelt der Rattenlotterie wie eine Qualle auf einer Mülltonne aus. Man hatte es über dem Bahnsteig errichtet, indem man Plexiglasbahnen auf Metallbögen, Stangen und verschiedene Stützen gespannt hatte. Trotz des Gerüstes hingen einige Bahnen durch.

Vor dem Eingang standen zwei riesige Zuchthäusler herum, die Spuren ausgedehnter Aufenthalte in den Strafanstalten verschiedener Megalops trugen. Sie hatten nackte Oberkörper und zeigten vom Haaransatz bis zur Hüfte, wie Koffer vom Trödelmarkt, die Erkennungstätowierungen der einzelnen Gefängnisse. Degrado versuchte unter dem zerfetzten Zelt durchzuschlüpfen, wobei er wieder den leeren Blick und die gespenstischen Zuckungen des Zombie annahm. Aber sowie der Knacki ihn vorbeiwackeln sah, packte er ihn im Flug.

»All mit tempo. Nix lazarus, ccà hinein. In xè plaze, tu brauchs monete. Nulla moneta, nulla entrada, amigo.«

»Let, Gontrano«, sagte der andere. »Està un pur zombie. Non tortura.«

»Be zombie, tu?« Der erste zwinkerte Degrado zu und fuhr ihm mit seinen schweißnassen Händen über den ganzen Körper.

»Be zombie real? Ola, compagno, ’ssu taschka seems tick. Troppo tick for nu pur zombie.«

Degrado konnte sich so weit aus der Umklammerung lösen, daß er die rechte Hand an die Bauchbinde brachte. Die 44er Magnum erschien mit all der dramatischen Ausstrahlung, die ihr gegeben war. Der erste Zuchthäusler riß die Augen auf, als er den kalten Lauf am Ansatz seines Stiernackens spürte. Dem anderen klappte die Kinnlade herunter.

»Look!« sagte er fast in Ekstase. »Està is magica! Està divina. Au, compagno, let chillu master o will pago for nostre schuld!«

Jetzt hielt Degrado seinen zur Salzsäule erstarrten Angreifer um die Hüften gepackt, drückte ihm die Waffe in den Kiefer und zerrte den Bären mit seinem ganzen Gewicht über die Schwelle. Die Luft im Lokal hätte man mit dem Messer schneiden können, und die zusammengepferchten Menschen schwappten wie Algen in einer rollenden Brandung hin und her. Als er sich einigermaßen sicher fühlte, schubste Degrado den Zuchthäusler Richtung Ausgang und ließ sich vom Gedränge verschlucken.

Der Qualm brannte ihm in den Augen. Die Spitze des Zeltdaches mündete in einer runden Öffnung wie bei einem Wigwam. Dort rotierte der Propeller eines Windgenerators, der auf einem Lichtmast befestigt war. Er pfiff fröhlich in dem auf- und abflauenden Wind, der aus dem Tunnel blies, wodurch die Beleuchtung mal stärker, mal schwächer wurde. Auf der Bühne an der Zeltwand hielten vier Trommeln den Grundrhythmus zu einer Sequenz aus drei Noten, die von einem Tenorsaxophon pausenlos wiederholt wurden. Aber nur wenige hörten zu, und die Tische am Rand der Tanzfläche waren fast alle leer. Degrado kämpfte sich Richtung Zentrum durch, denn die Erregung des Publikums hatte ihn neugierig gemacht.

Auf der Tanzfläche wurde gerade das Schlachtfeld hergerichtet. Man wurde eben damit fertig, das niedrige elliptische Becken, das die Arena bildete, mit Sand auszustreuen; dann wurden Löcher gegraben, in die man Teer füllte. Anschließend trugen Helfer die ›Kasematten‹ und eine Barriere herein. Die Befestigungen wurden auf den Scheitelpunkten der Ellipse plaziert, die Barriere in ihrer Mitte.

In der Zwischenzeit brüllten die Buchmacher ihre Wettquoten. Man setzte nicht nur auf die Gewinnermannschaft, sondern auch auf die Anzahl der Gefallenen jeder Formation, auf die Zwischenstände, und so weiter.

Als die Luken an jeweils einer Wand der Kasematten geöffnet wurden, trat allgemeine Stille ein. Auf keiner der beiden Seiten ließen sich jedoch die Kämpfer sehen, und es erhob sich raunender Protest, der sofort von den Fachleuten zum Schweigen gebracht wurde. Denn man wußte, daß eine gewisse Wartezeit obligat war. Dann kamen aus den Kasematten fast gleichzeitig je eine schwarze und eine graue alte Ratte heraus. Sie erhoben sich auf die Hinterbeine und versuchten über die Barriere zu blicken. Dabei schnupperten sie die Luft, während ihre Schnurrbärte wie Starkstromleitungen zitterten. Nachdem sie die Anwesenheit des Feindes gewittert hatten, schlüpften sie blitzartig in ihre rechteckigen Befestigungen zurück, von denen eine grau, die andere schwarz lackiert war.

Die Schwarzen hatten sich zuerst organisiert. Während die Barriere in die Höhe gezogen wurde, kamen sie auf beiden Seiten der Kasematte in Zweierreihen heraus, jeder auf Tuchfühlung mit dem Schwanz des Vordermannes. Langsam wie Schnecken krochen sie an der Beckenbrüstung entlang, gedeckt vom Schatten, der das Terrarium säumte. Eine Weile schien es so, als täte sich auf Seiten der Grauen gar nichts. Aber als Degrado genauer hinsah, bemerkte er, daß eine Gruppe von mindestens zehn Grauen vor der Kasematte eine Frontlinie bildete. Sie scharrten in dem Sand, der dieselbe Farbe hatte wie ihre Mäntel, und versteckten sich in den ausgehobenen Löchern.

Degrado hatte von diesem Spiel gehört, das in der Megalops strengstens verboten war. Er hatte auch gehört, wie spannend es sein sollte. Aber es live zu sehen, war verblüffend. Hier und da hatte er etwas über bestimmte Mutationen gelesen, die sich in den letzten 25 Jahren in den zahllosen Populationen des Untergrunds manifestiert hatten. Bestimmte Biologengemüter gerieten in Verzückung, wenn sie Anzeichen einer anscheinend intelligenten Weiterentwicklung wahrnehmen konnten: höchst ausgeklügelte und selektive Sexualpraktiken, Mütter, die ihre Kleinen liebevoll und bewußt erzogen, Stammesgemeinschaften, die sich formierten und den Häuptlingen zu gehorchen schienen. Und manchmal wurden Nachrichten in jenem amüsierten und skeptischen Ton verbreitet, mit dem man gewöhnlich über Spiritismus, Ufos und übersinnliche Wahrnehmung spricht; Nachrichten über den Krieg, der zwischen schwarzen und grauen Ratten ausgebrochen sei, in dem die schwarzen versuchten, die Position wieder einzunehmen, die sie seit der Entdeckung Amerikas verloren hatten, als sie eine erste vernichtende Niederlage auf europäischem Boden einstecken mußten, während jetzt die grauen allmählich ins Hintertreffen zu geraten schienen.

Und doch spürte Degrado, während er diese aufmerksamen und disziplinierten Soldaten beobachtete, die Befestigungen bildeten, sich synchron wie Roboter bewegten, sich auf die Schlacht vorbereiteten, indem sie den Untergrund prüften und eine Reihe knapper Quieker ausstießen, die an verschlüsselte Befehle erinnerten, spürte er einen Schauer seinen Rücken hinunterkriechen, der nichts mit natürlichem Ekel zu tun hatte.

Die Zuschauer begannen warm zu werden. Als eine graue Maus aus ihrem Graben stürzte und den Flügelmann der Schwarzen in die Kehle biß, schallte der Triumphschrei der grauen Anhängerschaft bis zum Himmel. Nach kurzer Zeit hatten die Schwarzen schon fünf Elemente verloren, und die zwei vom Schatten gedeckten Züge waren in Auflösung begriffen. Aus der Kasematte der Grauen stürmte ein Kontingent im Galopp auf die gegnerische Stellung zu. In diesem Moment erkannte man, daß die schwarzen Reihen nur eine taktische Vorhut darstellten, die als Bauernopfer gedacht war. Was wie die vollzählige Mannschaft gewirkt hatte, entpuppte sich in Wirklichkeit als bescheidener Haufen, den der Schatten rund um die Arena künstlich gebläht hatte. So fanden sich die Grauen vor einer Mauer aus Schwarzen wieder, die urplötzlich aus der Kasematte hervorsprangen und den Angreifern zahlenmäßig weit überlegen waren. Es kam zum Getümmel, und den Schwarzen gelang es, die Grauen bis an den Rand eines Teerlochs zu drängen. Die zurückweichenden Grauen fielen allesamt hinein, woraufhin ein Gemetzel begann. Die Schwarzen erwarteten die Feinde vor dem Loch und bissen sie ins Genick, wenn sie versuchten, sich aus der klebrigen Falle zu befreien. Am Ende zog der Chef der Schwarzen in Begleitung seiner Offiziere als Triumphator in die Kasematte der Grauen ein. Als er wieder herauskam, trug er ein Baby, dessen Leib noch ohne Fell und ganz rosig war, zwischen den Zähnen. Die Anführer hielten ein Festbankett mit dem Kleinen ab, ohne auch nur einen Knochen übrigzulassen.

»Qui Alter! Oh magnificentissimo generale, oh rais, du reinste Bestie!« schrie eine Frau in Netzstrümpfen, während sie sich mit einem Hechtsprung in die Manege stürzte. Sie packte den betagten General und hielt sein violettes Gesicht vor ihre Augen, die durchscheinend waren wie Nadelöhre. Der Sieger biß ihr eine Hand blutig, aber sie schien es gar nicht zu bemerken. Sie hob die Ratte wie in einem Schraubstock zwischen ihren Handflächen hoch über den Kopf, schlenkerte mit den Beinen und ließ mit ihren Fußtritten Sand und graue Kadaver herumfliegen.

»Du wirst mit mir im Warmen sitzen, mon amour, nichts wird zu kostbar sein for you, maillove! Eine Suite im ›Babel‹ werden wir nehmen, mon general, wie Könige, deinen kleinen Revolver werde ich delektieren! Estoy your baby, darlingo!«

Sie schob eine beachtliche Zunge hervor und leckte die blutverschmierte Schnauze des Generals, der die Situation nutzte, um sie erneut in die Lippen zu beißen.

Degrado wurde übel.

»Zwölftausend Scheine auf dieses Konto«, schrie die Frau, wobei sie die Wettscheine wie einen Fächer schwenkte. »Es beginnt der Wiederaufstieg von Rosalinda. Und ihr, stinkende Junkies, bleibt schön in eurer Kloake! Man hatte ihn schon ein wenig über, diesen Morast, nicht wahr, Mäuserich?«

Der Insistente fand Zadra, der deprimiert am Rand der Arena saß; er zerriß die Wettbelege in winzige Schnitzel. Zadra würdigte den Zombie, der sich neben ihm niederließ, eines zerstreuten Blickes.

»Das ist in die Hose gegangen«, stellte Degrado fest.

»Verflixtes Pech. Die Grauen schienen mir besser postiert ... Hey! Aber ...«

»Pssst!« sagte Degrado. »Ja. Ich bin kostümiert. Hast du ein bißchen Zeit übrig, für ein Geschäft?«

»Das muß ein dicker Fisch sein, der dich hier heruntergezerrt hat. Was in meiner Macht steht, tue ich gern. Ich muß wieder auf die Beine kommen, Kruzifix.«

Zadra machte eine verzweifelte Geste Richtung Arena. »Ich habe alles auf diese grauen Idioten gesetzt, alles bis auf den letzten Scudo«, sagte er.

Sie setzten sich an einen Tisch, der etwas abseits und weit entfernt vom Eingang stand. Nachdem sie eine Stunde lang geredet hatten, kam der Insistente zu dem Schluß, daß Zadra nicht der richtige Mann war. Er war zwar tatsächlich mit allen Vagantenbanden bekannt, die durch dieses Gebiet der Unterstadt ihre Streifzüge machten, aber gerade deshalb war er der letzte, der ihm behilflich sein konnte. Er schuldete allen Kasinobetreibern Geld, und die Vaganten trauten ihm nicht, weil sie wußten, daß er erpreßbar war. Die meisten Buchmacher steckten mit den Trupps des Lavacro unter einer Decke. Diese stellten eine Art Wachdienst für die Spielhöllen, als Gegenleistung für Informationen über die Bewegungen der Vaganten.

Der Überfall traf sie unvorbereitet. Das Gespräch war versiegt, nachdem Degrado gegen einen bescheidenen Kredit alles Wissen zum Thema Vaganten aus dem Spieler herausgelockt hatte. Inzwischen blickten sie einander nur noch ins Gesicht und tauschten Fußtritte unter dem Tisch, um die Ratten zu vertreiben, die sich anschickten, das Schuhwerk zu zerbeißen, weil sie an die Weichteile wollten. (Es gab Lokale der übelsten Sorte in der Megalops, wo die Kunden sich einen Dreck um die Ratten kümmerten, aber in der Rattenlotterie waren es die Ratten, die sich einen Dreck um die Kunden kümmerten.)

Ein gewaltiger Lichtschein glitt über die Zeltwand, und der Lärm eines schallgedämpften Dieselmotors übertönte das Schlagzeug des Orchesters. Jenseits der Abdeckungen erkannte man die erleuchteten Fenster eines Hotelbusses, der turmhoch war, während die Schnauze des Gefährts bereits das Plexiglas durchstieß.

Die beiden Scheinwerfer bahnten sich einen Weg, auch wenn sie kurz von der Zeltbahn gebremst wurden, die sich immer weiter spannte, bis der Bus schließlich lautstark gegen den Lichtmast mit dem Generator krachte. Von oben regneten Funken, der Mast bog sich nach vorn, und einen Moment lang wirbelte der Propeller durch die Luft, ehe er in der Arena aufschlug. Alle Lichter gingen aus, auch die Scheinwerfer des Hotelbusses und die Innenbeleuchtung. Nach einer Pause begannen lange Lichtbündel im Halbdunkel zu kreuzen. Ein frenetisches Getrampel mischte sich mit dem Geschrei, dem Lärm umstürzender Tische und klirrender Flaschen, die auf dem Boden zerbrachen.

»Das sind Vaganten!« schrie jemand. »Die Truppe! Ruft die Truppe!«

Degrado glaubte einen der beiden Zuchthäusler zu erkennen, wie er Richtung Ausgang schlich. Im Licht einer Taschenlampe sah er, daß man den anderen mit Brachialgewalt auf eine Theke gehievt hatte und mit etwas Glänzendem vor dem Gesicht in Schach hielt. Die Vaganten hatten eine Kette gebildet, über die sie Schachteln, Tüten und Flaschen von der Bar nach draußen reichten. Während der Motor des Busses dröhnte und die Kunden am Boden kauerten, machten einige aufrechte Schatten einen Radikalputz und räumten systematisch und fast lautlos alles Eßbare ab. Als nichts mehr wegzutragen war, setzte das Getümmel wieder ein. Rund zwanzig Personen drangen in das Lokal ein, brüllend schwangen sie Schlagstöcke und Stangen und schwärmten in Fächerform aus, um niederzuknüppeln, was auch immer ihnen in die Quere kam.

Degrado sprang zwischen den umgestürzten Tischen umher und versuchte sich zum Ausgang durchzuschlagen. Aber vor seiner Nase stand, im Käfig eines amerikanischen Football-Helms, ein Zerberus von einem Meter neunzig. Der Recke hob seinen Knüppel, und Degrado spürte den Schlag auf seine Stirn niedergehen. Er träumte, er wäre eine der Ratten, die in die klebrige Finsternis aus Teer gestürzt waren, und während er zappelte, um wieder hochzukommen, schien es ihm, daß Hände ihn aufhoben und wegtrugen.

10
Der Hotelbus

»Óla, zànzera. Is no Jack!«

Eine andere Frauenstimme antwortete, ebenfalls flüsternd: »E isso wer is donc?«

»Iss'a zombie oone fieto. Qui wais if is zombie warlich. Anyway niente Jack. Non fete: non is isso.«

»Odehòrz d'izì: allè!«

Degrado begann aus der Ohnmacht zu erwachen. Durch den Nebel, der immer noch seine Wahrnehmungen einhüllte, stellte er mit Mühe fest, daß man ihn an den Fußgelenken packte und wegschleifte. Dann hörte er das Schnappen einer Wagentür und spürte frischen Wind im Gesicht. Erst danach wurde ihm klar, daß er auf dem Rücken lag und mit Höchstgeschwindigkeit dahinjagte. Sein Kopf baumelte im Freien, jetzt schob man ihn an den Schultern weiter, vor seinen Augen rauschte schwindelerregend das schwarze Mauerwerk eines Tunnels vorbei. Er klappte wie ein Springmesser zusammen und krallte sich in das nächstbeste Objekt. Haare: eine große kompakte Masse gelockter Haare füllte seine Hände.

»Ohi!« schrie eine Stimme. »Mi pakke, dies shit!«

Ein weicher Körper stürzte sich auf ihn. Weich, aber voller Kraft. Jemand faßte seine Hände und versuchte, den Klammergriff zu lösen. Degrado ließ los, um sich mit dem ganzen Körper festzuklammern.

Sie rollten hin und her, das Auto schwankte wie ein wildes Karussell, die Luft heulte im Einklang mit dem Motor, dessen Lärm von den Tunnelwänden widerhallte.

Eine unendliche Zahl von Feilen fuhr kreischend über eine Stahltrasse, die Bremsen reagierten. Degrado kullerte herum und verwickelte sich in ein Knäuel aus Armen und Beinen, die Augen von den schwarzen Locken verdunkelt.

»Schetap'p!« knurrte jemand, »und stopp de Chaos! Di won' uns fuckne.«

Ein Schatten glitt nach vorn, faßte den Türgriff, verschloß ihn vorsichtig, und auch der schwache Schimmer, der von draußen kam, versiegte. In der undurchdringlichen Finsternis blieb alles still.

Blitzschnell fingerte eine Hand zwischen Degrados Beinen herum. Er merkte, daß ihm das Bündel mit den Geldscheinen und der Smith & Wesson in den Schritt gerutscht war. Ein keuchender Atem erreichte sein Ohr: »Ahi, che hard, zànzero. Riili: hardissimo. Tenes dis pack, hard wi schtal. Swiss-eins, swiss-zwei, swiss-drei.« Die erste Frauenstimme flüsterte im selben verschwörerischen Tonfall weiter: »Ghivmì tre schein of hundred, end io akzetto that tu have un schtal wo un pur warhaft zombie hätt un soft würstel laik 'n worm. Auch Terry is dakkor. Vero Terry?«

»Okkei, okkei.«

Die zweite Stimme klang fahrig und leicht genervt.

»Neunhundertneunundneunzigtausend zu einer million, tu bis warlich ein dörti schpione,« vertraute die erste Stimme Degrado in kaum vernehmlicher Lautstärke an.

Die Zombies hätten wirklich keinen »Stahl«, weder zwischen den Beinen noch an weniger intimen Stellen. Und außerdem stinke er nicht. Sie hätten einen Irrtum begangen, sie und Terry, als sie ihn bei der Keilerei in dem Lokal aufgelesen hatten.

Sie hätten ihn mit Jack verwechselt, einem echten

Zombie, der in dem Taubenschlag mitgereist sei, dank der Güte und Barmherzigkeit dieser barmherzigen Vaganten. Jack aber hätte gestunken wie ein öffentliches Pissoir. In der Lage, in der sie sich befanden, sei es besser, kein Aufsehen zu erregen. Sie hätten den Lavacro auf dem Hals. Sie hätten sich in einen abgelegenen Tunnel verkrochen und hätten ihn auf den Fersen, den Trupp, der gerade Witterung aufnahm. Daß ihm nur ja nicht in den Sinn käme, die Bleispritze zu zücken. Deckung und Stille, sie müßten sich plattmachen wie Schaben unter dem Waschbecken. Er solle erst einmal die Maut entrichten, und dann würde man weitersehen, in einem geeigneten Augenblick, was man mit ihm anstellte.

Degrado zog aus dem Depot, das sich jetzt in einer heiklen Position befand, drei Scheine, die sich wie Hunderter anfühlten. Eine allgemeine Bewegung füllte den knappen Raum, irgend jemand ließ seinem Husten freien Lauf, das Geflüster wandelte sich in Geplauder und Rufe der Erleichterung. Viele, die starr auf dem Boden gelegen hatten, standen auf und verschwanden, als hätten die Wände sie verschluckt. Der Bus fuhr mit einer zivileren Geschwindigkeit weiter.

Auch die beiden jungen Frauen standen auf. Eine nahm Degrado an der Hand und führte ihn durch den schmalen Gang, der wie ein Wespennest von Zellreihen durchlöchert war.

»Bienenstock der fünften Ordnung, zweite Reihe.« Das Mädchen zeigte auf eine Leiter, während sie die Koordinaten nannte. »Wir reisen mit der glitzernden ›Slumstour-by-night‹. Und du kannst mir vertrauen: wenn du sauber bist, kannst du ohne Furcht sprechen. Wenn nicht ... ahiahiahiaaaa.«

Degrado dachte, daß es besser sei, weiterhin den Orientierungslosen zu spielen und sich auf keinerlei Reaktion einzulassen. Auf den ersten Blick sah es so aus, als würde sich außer den beiden Mädchen niemand für ihn interessieren. Doch spürte er um sich herum eine bedrohliche Stille, und im Schutz des Halbdunkels, das phasenweise von Lichtkegeln erhellt wurde, die durch die getönten Scheiben drangen, hatte er flüchtige Blicke von Passagieren aufgefangen, die ihn genau beobachteten. Auch in diesem Moment schob sich aus einer Zelle der helle Fleck eines Gesichts, das ihn musterte.

»Zieh dich aus«, sagte das Mädchen.

Degrado schlüpfte aus seinen Zombielumpen und streifte die verschlammten Gummischuhe ab. Dann kletterte er die Leiter hoch, kroch auf den Liegeplatz und ordnete seine Habseligkeiten so an, daß er das Bündel mit der Waffe und dem Geld in Reichweite hatte. Die Koje war kaum breiter als eine Person. Das Mädchen glitt wie ein Aal hinein. Auch sie hatte sich entkleidet und hielt den Overall zwischen den Zähnen. Sie wandte ihm den Rücken zu und preßte sich ohne jede Hemmung an seinen Körper. Hinter ihrem Kopf war ein kleines rundes Bullauge, und wieder sah Degrado in langsamem Rhythmus die Tunnelwände vorbeiziehen. Der Hotelbus glitt mit ausgeschalteten Scheinwerfern durch das Labyrinth der Unterstadt. Manchmal blieb er ruckartig stehen und wich zurück wie ein Krebs vor den Scheren einer Krabbe. Hin und wieder öffnete sich das Blickfeld und zeigte Haufen von Trümmern. Sie durchquerten einen Autofriedhof, auf dem die Wracks übereinandergeschichtet waren, als wären sie vom Himmel gefallen; dann wurden die freien Flächen immer häufiger, und es tauchten Baracken auf, die wie Schimmelkolonien aus allen möglichen Abfällen gewachsen waren. Einige hatten ein Leuchtfeuer vor der Tür, und manchmal wurde die Nachtfahrt durch derartige Lichter unterbrochen. Es war, als betrachte man einen alten, nachgedunkelten Film.

In den kurzen, hellen Abschnitten konnte Degrado, der sich halb aufgerichtet und auf einen Ellbogen gestützt hatte, den wohlgeformten Frauenkörper neben sich erkennen, die langen Beine und die kleinen straffen Brüste.

In ihrem wüsten Jargon, in dem Degrado den Nachhall antiker Idiome hörte, begann die junge Frau ein regelrechtes Verhör. Sie setzte Degrado einem Sperrfeuer von Fragen aus, die sie in gleichgültigem Ton und mit großem Geschick hinwarf. Oft wiederholte sie eine Frage, nachdem sie zwischendurch von anderem geredet hatte; vor allem dann, wenn die Antworten sich konkret auf Daten und Namen bezogen. Degrado spürte, daß ihre Position – sie lagen nackt aneinandergeschmiegt in diesem engen Raum – ihm selbst zum Nachteil gereichte; er fühlte sich ihr gegenüber schutzlos, während sie in ihrem Element schien. So beschloß er, möglichst nah an der Wahrheit zu bleiben: Er sei ein Insistente des vierten Sektors, der sich zufällig einer mächtigen Persönlichkeit in den Weg gestellt hatte. Man hatte versucht ihn auszuschalten. Er beschrieb die Flucht aus den Kellern des Palascio.

»Gianni Ozzo?« fragte das Mädchen. »Der Trödelsucher?«

Sie kannte ihn. Viele Vaganten kannten Gianni Ozzo. Dies war ein Aspekt des Freundes, der Degrado bisher verborgen geblieben war. Gianni kaufte viele Stücke von den Vaganten, ohne Fragen nach der Herkunft zu stellen. Seitdem der letzte Kreuzzug die archäologischen Ausgrabungsstätten von Babel, Ninive und Ur zerstört hatte, konnten die Vaganten sich viele Fundstücke unter den Nagel reißen: Tontafeln mit Keilschrift, Siegel und andere Artefakte, die über 6000 Jahre alt waren. Äußerst wertvolle Gegenstände, nach denen die da oben verrückt waren. Die Vaganten sammelten sie ein, ohne sich große Sorgen darüber zu machen, daß sie durch die Gifte, die im Wüstensand lagerten, kontaminiert werden könnten.

Das Mädchen stellte viele Fragen zu Gianni und schien zufrieden, daß Degrado exakte Antworten gab. Der Insistente hatte den Eindruck, daß das Prüfungsergebnis positiv ausgefallen war. Der Ton der jungen Frau war versöhnlich, als sie fragte: »Wie heißt du?«

»Vincente«, antwortete Degrado.

»Vincente, und weiter?«

»Vincente Degrado.«

Das Mädchen fing an zu kichern.

»Ich weiß«, seufzte der Insistente. »Es hört sich an wie eine Schlagzeile.* Aber das war keine Absicht. Und wie heißt du?«

»Iskra.«

»Iskra, und weiter?«

»Iskra, und das war's.«

»Bedeutet das etwas?«

»So was wie Funken, oder Stern. Ich weiß nicht.«

Degrado wurde langsam nervös. Bei jedem Schaukeln des Busses berührte er Iskras Körper. Er wollte sich eine Zigarette anzünden, aber das Mädchen hielt ihn davon ab. Die Verdunkelung war noch nicht aufgehoben. Die Truppe des Lavacro war nach wie vor unterwegs, und wenn sie sie erwischten, würde eine Operation beginnen, die sie *Vaganten-Erhitzung* nannten. Ein Bus, der vom

* »Vincente Degrado« bedeutet »der siegende Niedergang«. (Anm. d. Übers.)

Lavacro aufgegriffen wurde, wanderte in die Schmelzanlage. Mit allen Passagieren an Bord und zugeschweißten Türen.

Iskra erzählte Geschichten von den Vaganten. Ariadne wickelte ihren Faden ab und führte Degrado in den Hades der Slums. Ihre Stimme schien einen Kinderreim aufzusagen, ihr Tonfall war heiter, als erzählte sie ein Märchen.

Die Vaganten wurden überall scheel angesehen. Sie lebten von Abfällen, wenn man von den seltenen Enteignungen absah, die für das Allernotwendigste sorgten. Sie waren heimatlose Läuse, ungreifbar, heute hier und morgen wer weiß wo. Die von oben verfolgten sie, indem sie die Trupps des Lavacro deckten und finanzierten, nur weil die Vaganten sich jeder Kontrolle und sogar jeder Definition entzogen, wie Geister, bei deren Beschreibung sich Legenden und Nachrichten untrennbar vermengten. Sie lebten die meiste Zeit vollkommen nackt, Degrado hatte neben sich ein anschauliches Beispiel dafür. Und während der Reise klärte sich für ihn auch ein Rätsel. Niemand wußte, wo die Vaganten herkamen, wenn sie an den Grenzübergängen der Unterstadt oder sogar im Herzen der Megalops auftauchten und ihre Blitzaktionen durchführten. Genausowenig wußte man, wohin sie verschwanden, um Polizei und Wachen abzuhängen. Sie schienen sich mit ihren überdimensionalen Hotelbussen in Luft aufzulösen. Durch das Bullauge beobachtete Degrado die finstere Landschaft und die verblaßten Schriftzüge, die hier und dort auf den Wänden der Stollen (die manchmal so eng waren, daß der Bus kaum hindurchpaßte) erschienen. Dabei bemerkte er, daß das Gefährt, nachdem es die Tunnel der ehemaligen Untergrundbahn hinter sich gelassen hatte, im Blindflug durch das Labyrinth der unterirdischen Schutzräume fuhr, die während des Krieges gebaut worden waren. Obwohl sich die Erinnerung daran verloren hatte – es war eines der Themen, die die Menschen lieber vergaßen –, hatte seine Leidenschaft für die Vergangenheit Degrado zu Nachforschungen über jene ersten Kriegszeiten getrieben. Damals war in den Megalops um das Mittelmeer nach einigen Raketentreffern eine Bunkerhysterie ausgebrochen. Hunderttausende waren gebaut worden, auch unter dem Meer; dann, als die Gefahr gebannt war und sich der Krieg in den gegenwärtigen Zustand eines lokal begrenzten, schlappen Schauspiels verwandelt hatte, waren sie aufgegeben worden. Der Feind war nur mehr ein mythisches Wesen, das wohl irgendwo unter dem Wüstensand begraben, aber inzwischen fast unsichtbar und auf ein Trugbild reduziert war, auf das man tonnenweise Sprengstoff abwarf und an dem man immer raffiniertere Abhör- und Ortungssysteme ausprobieren konnte. Der Feind war ein Phänomen, für das man Armeen ausbildete und unterhielt, die aber niemals in direkten Kontakt mit diesem Phänomen treten würden. Die Fluchtwege der Vaganten verzweigten sich in einer Art Riesenschwamm und durchzogen die Verbindungsstollen zwischen den verlassenen Bunkern.

Nach vielen Stunden einer Fahrt, die immer tiefer in die Abgründe der Erde zu führen schien, zeigte sich dem Insistente ein viel ausgedehnteres Territorium, als er je vermutet hätte; eine ganze begrabene Welt, ein Niemandsland, das mindestens so weitläufig war wie die Megalops an der Oberfläche.

Wie schaffte es der Fahrer, sich in diesem fast durchweg stockfinsteren Labyrinth zurechtzufinden? Gregorio, so hieß der Chauffeur, sei blind, hatte Iskra ihm anvertraut, und Degrado, der vor Angst erstarrt war, glaubte auf ihrem Gesicht ein Grinsen zu erkennen. Offensichtlich war er, da von Geburt an blind und mit der Finsternis vertraut, im Vorteil. Gregorio war ein Medium, das sich, indem es in eine Art Trance geriet, von Visionen steuern ließ, die ihm stets die korrekte Richtung eingaben. Er konnte auch auf große Entfernung die Trupps des Lavacro spüren und in diesem halbbewußten Zustand tagelang fahren, ohne zu ermüden. Ein wahrer Glücksfall, so ein Fahrer. Viele Vagantenstämme hatten Chauffeure mit übersinnlichen Fähigkeiten, aber nicht alle waren so exzellent wie Gregorio. Er war ein echtes As.

Die Vaganten waren auch bei den Slumbewohnern verhaßt. »Die Welt der Gesetzlosen ist kein Big Business«, hatte ihm Iskra gesagt, »und alle sind gegen die Vaganten, weil sie sich aus jeder Branche heraushalten, weil sie nicht mit Drogen dealen, keine entlaufenen Sklaven einfangen und verschachern, sie machen nicht in Prostitution, ebensowenig in Straßenpiraterie oder in Waffen- und Virenschmuggel. Die Vaganten landen überraschende Coups gegen jedermann, in der Megalops wie in der Unterstadt, wo die einzig gültige Regel lautet: Eine Krähe hackt der anderen kein Auge aus. Ihre Enteignungen dagegen betreffen alle: Die Vaganten zahlen den Haß, der ihnen entgegen gebracht wird, in gleicher Münze heim, indem sie mit allen im Kriegszustand verharren.«

Er mußte sehr lange geschlafen haben. Er schreckte auf und stellte fest, daß er allein war, der Platz neben ihm war leer. Er schaute durch das Bullauge: Der Tunnel, durch den sie gerade fuhren, war zum großen Teil eingestürzt und gab den Blick frei auf Fetzen eines Sternenhimmels über einer felsigen Steilküste. Manchmal hörte man das Donnern der aufgepeitschten See. Degrado hatte jegliches Zeitgefühl verloren, er nahm an, daß sie die ganze Nacht und den folgenden Tag gefahren waren und daß jetzt erneut die Nacht hereingebrochen war. Das Stöhnen und die wilden Geräusche, die vom unteren Liegeplatz kamen, hatten ihn geweckt.

»Zànzeri mit zànzere« und »zànzeri mit zànzeri« und »zànzere mit zànzere«, alle machten das alte »pitupitùm« oder das süße »slemslem« und viele andere »glitzerndes owielacht«, erklärte Iskra, nachdem sie sich wieder neben ihm ausgestreckt hatte. Amouröse Raketen und Feuerräder wurden angezündet, explodierten und prasselten in süßen Funken herab, um das Ende der Gefahr und die bevorstehende Heimkehr zu feiern. Der ganze Bus hallte wider von diesem Stöhnen, Keuchen und Quietschen. Degrado, der sich erholt hatte, schielte nach Iskra. Sie lag wieder wenige Zentimeter neben ihm, bot ihm Trauben an und lächelte ironisch.

Ein Insistente des vierten Sektors, aus einem Viertel der Megalops, wo die Menschen hart arbeiteten, ohne Zeit für Ablenkungen, hat nicht viele Pfeile im Köcher, außer dem traditionellen *pitupitùm*. Außerdem wären Variationen zum Thema für jeden ein schwieriges Unterfangen gewesen, der, wie er, nicht an die Enge und das Geholper gewöhnt war.

Iskra schien jedenfalls nicht übermäßig enttäuscht, oder zumindest ließ sie es sich nicht anmerken, aber auch nicht gerade verzückt, und anschließend knüpfte sie in gleichgültigem und leichtem Ton wieder an ihre vorherigen Gesprächsthemen an. Sie redete von Jack, dem echten Zombie, der im Getümmel der Rattenlotterie verlorengegangen war. Sie hatten ihn vor einigen Jahren als Gast aufgenommen und als abschreckendes Beispiel für die Kinder mit sich herumgeschleppt, damit diese sich vor der Brühe in acht nahmen. Sie kannte den Leidensweg von Jack. Ihm war nichts erspart geblieben, bevor er sein Glück mit der Brühe versucht hatte. Es war soweit gekommen, daß er sich die Arme aufschnitt, ein Stück intakter Vene herauszog und Amphetamine sowie andere Schweinereien hineinblies, die er mit Wasser und von den Wänden gekratztem Kalk angerührt hatte. Ohne Spritze, nur mit einem Strohhalm. Schließlich, als jede greifbare Vene wie brüchige Seide geworden war, hatte er angefangen, mit der Brühe Roulette zu spielen. Ein erhebendes Vorbild für die Jugendlichen, aber unter den Vaganten gab es nur noch sehr wenige Kinder, die erzogen werden konnten.

Iskra schlief jetzt. Sie hatte einen leichten Schlaf und einen fast unhörbaren Atem. Vielleicht war sie schöner, als Degrado sie sich im Dunkeln vorgestellt hatte. Ein breites Gesicht, klares Profil. Daß sie einen etwas großen Kopf hatte, war ihm schon vorher aufgefallen, als er ihr Haar gestreichelt hatte. Es war glatt und fein, von einem Blondton, der ins Rötliche spielte. Ganz anders als das Gestrüpp, in das er sich gekrallt hatte, als man versucht hatte, ihn aus dem Bus zu zerren. Die Locken gehörten jenem anderen Mädchen, Terry, das ein paarmal in der Nacht gekommen war, um ihn stumm zu betrachten, mit forschender und mürrischer Miene. Degrado schlummerte ein, Iskras Stimme im Ohr, die rauh und nasal war wie bei einem nervigen kleinen Mädchen. Er glitt in einen Halbschlaf, in dem sich seine Träume mit den Erzählungen über die Vaganten mischten, als wären sie die Etappen eines verworrenen Spiels, in dem es weder Gefahr noch Dramatik gab, sondern nur ein bewegtes Jetzt.

Eine trübe, rötliche Sonne stand schon hoch am Horizont, als der Bus die Fahrbahn verließ und durch ein Niemandsland fuhr, in dem Schrott und verrostete Container herumlagen; im Hintergrund sah man die spiegelglatte Oberfläche eines Sees.

An Bord machte sich eine gewisse Aufgeregtheit breit. Die Vaganten begannen aus den Liegeplätzen zu klettern. Sie redeten laut miteinander und bereiteten sich auf den Ausstieg vor. Der Bus verlangsamte seine Fahrt, die Handbremse kreischte wie eine Kreissäge; mit diesem Geräusch schien der alte, ramponierte Taubenschlag in die allgemeine Heiterkeit einzustimmen.

Im Dunst des Seeufers stand eine Gruppe von strohgedeckten Häusern aus rohen Ziegeln, die man nur mit Mühe vom Schlamm unterscheiden konnte. In weiter Ferne, jenseits des Sees, ragten zerborstene Baugerüste aus dem Nebel. Am Ufer, das von einem Wirbelsturm verwüstet schien, funkelten silberne Lichtreflexe auf einer Unzahl von Metallsplittern; daneben lag ein gigantischer gelber Ball, verbeult und auf einer Seite aufgerissen. Degrado erkannte die Reste eines explodierten Kernkraftwerks. Viele Vaganten waren schon, voluminöse Bündel hinter sich herziehend, unterwegs zu den Hütten.

»Ihr seid wahnsinnig«, sagte Degrado. »Ich steige nicht aus.«

»Jedem sain nest, gefejlt im doch se best«, sang Iskra vor sich hin. »Allé! Pesteville foriù: hir ik war schon mille Tage un bin no malad.«

11
Palastfenster

Oberassessor Falco blieb länger als seine Untergebenen. Fast alle Büros waren verlassen, nur noch seine vier Sekretärinnen, die ergebensten, und die Beamten der persönlichen Leibwache waren da.

Falco wartete auf das Aufnahmeteam für seine übliche Fernsehsendung, die *Nachtwache*, und überflog das Exposé des Drehbuchs. Er sollte im Verlauf einer Reportage über die Rubraf erscheinen, um Entdeckung und Zerstörung eines Geheimlagers zu kommentieren. Vorher sollten die Beamten gezeigt werden, die sich dem Ziel näherten, einem einzeln stehenden alten Haus in einem anachronistischen Garten am Stadtrand. Die Zuschauer würden die Beamten sehen, die das Gebäude einkreisten, den Panzer, der auf einem Hügel Stellung bezog, und die Helikopter, die in Kreisformation schwärmten, wobei sie im Tiefflug die Baumkronen rauschen ließen. Man würde der ersten Warnung beiwohnen, die allerdings keine Wirkung auf die hartnäckigen Terroristen haben würde. Ein Schuß aus dem Panzergeschütz: Einsturz einer Hauswand, Zoom auf das Innere einer Küche von ausgesuchter Reinlichkeit, Möbel feinsäuberlich an der Wand aufgereiht: *wie in einem Bühnenbild*, besagte das Drehbuch.

Neben der Anweisung: *Küche innen, junge Terroristin schleppt sich über den Boden, hinterläßt breite Blutspur*, notierte Falco: *zu grausam, streichen*, und ersetzte es durch: *Naheinstellung Geschützmündung. Zweiter Schuß. Sofort*

Überblenden mit totaler Zerstörung von Haus und Garten. Falco mochte die spektakulären Details nicht, und er war auch nicht damit einverstanden, daß in den Sendungen, die seiner Zensur entgingen, das Blut in Strömen über die Bildschirme floß.

Die zweite Reportage sollte den zwielichtigen Scollacchia in der Hauptrolle zeigen, gewichst, in der Paradeuniform der AIAV. Scollacchia mit gerunzelter Stirn und mannhaft bewegt. Scollacchia, der seines Stellvertreters gedachte: Tom Tango, gestorben in Ausübung seines Dienstes.

Überblendung auf die erwähnte Pflichtausübung: wieder Scollacchia in Nahaufnahme und dahinter die Bilder des Mordanschlags, das feige Attentat, dem der emsige Tango zum Opfer gefallen war. Scollacchia würde sich der Enttarnung des Mörders rühmen, nach dem fieberhaft gesucht wurde und dessen Stunden gezählt waren. Wahrscheinlich ein Geheimagent des Feindes, der sich mit den falschen Personalien eines befreiten Kriegsgefangenen eingeschlichen hatte. Aber die Tatwaffe, eine tragbare Viruskanone, die potente biologische Vernichtungswaffe der feindlichen Armee, hatte seine wahre Identität enthüllt: eine Schlange, die sich im Schoß der Megalops eingenistet hatte.

Ich werde die Gedenkrede halten, weg mit Scollacchia, notierte Falco. Der Tod von Tango stank, und Scollacchias Rekonstruktion war äußerst lückenhaft. Falco nahm sich fest vor, die Untersuchungen einem seiner Vertrauensleute zu übertragen und die üblichen Ermittlungsorgane der Abteilung im dunkeln zu lassen. Als erstes mußte Scollacchia in den Hintergrund gedrängt werden, und er selbst würde den Anfang machen, indem er ihm an diesem Abend die Pointe stahl. Er würde ihn neben sich dulden, das ließ sich nicht vermeiden, aber in zweiter

Reihe, als der Untergebene, der er war. Und in einem günstigen Augenblick würde er in die Gedenkrede zwei, drei passende Bemerkungen einstreuen, eine vage Anspielung auf die delikate Untersuchung, mit der Tango betraut gewesen war, gerade genug, um das Gelände zu präparieren und in den Verantwortlichen die erste Unsicherheit zu wecken.

Auf dem Videophon kündigte das Lächeln der Ersten Sekretärin an, daß das Aufnahmeteam eingetroffen war.

Falco mochte die rege Betriebsamkeit, mit der sein Büro in einen Drehort verwandelt wurde. Das Verschieben der Möbel, die Maskenbildnerin, die ihm mit einer gewissen vertraulichen Miene die Puderquaste über das Gesicht gleiten ließ, die Ständer mit den Scheinwerfern, die auf den Tischen plaziert wurden, die Beleuchtungsprobe und die Hitze, die von den Spots abstrahlte, und nicht zuletzt die Anweisungen des Regisseurs: Das alles hatte die gefällige Aura von Ruhm und Macht. An diesem Abend wurde ihm der Genuß jedoch durch Scollacchias Grinsen verdorben, der ihm einen schleimigen und übertrieben devoten Gruß zugeworfen hatte. Außerdem hatte er komischerweise nicht mit der Wimper gezuckt, als er von Falco über die Programmänderungen informiert worden war. Er hatte sich danach mit einem süßlichen Lächeln auf dem Gesicht in eine Ecke verzogen, eine Grimasse zum Reinschlagen, wie bei einem verklemmten Partygast.

Der Regisseur ließ den Vorspann abfahren. Die Laserprojektoren wurden eingeschaltet, und vor dem freien Rundblick, der sich von der gläsernen Kuppel auf der Palastspitze bot – die Panzerglasscheiben wurden stets ausgebaut, um Lichtreflexe zu vermeiden –, erschien die Nachtwache mit Kettenhemd, Helm und Hellebarde beim Rundgang auf der Mauer. Eine Naheinstellung auf die Megalops in einer raffinierten Mischung aus konstruierten Bildern und authentischem Panorama. Die Wache, die ihren Signalruf ertönen läßt, Schnitt: Falco bildfüllend, sein berühmter hypnotischer Blick, der sich in der Ferne verliert, stop. Die Bilder des ersten Berichts ab: das freistehende Haus im Garten, der Fußweg bis zur Tür, der rasselnde Panzer, Schnitt: Himmel und Helikopter, Geschützmündung, gelber Feuerschein und Rauch, der erste Treffer, die endgültige Zerstörung.

Der Regisseur gab Falco das Zeichen zum Auftritt.

Die Laserbilder in 3-D vermittelten, auch aus der Sicht des Oberassessors, eine perfekte Illusion der Wirklichkeit. Falco meinte das Schießpulver zu riechen, während er sich mit dem Rücken zum Panzer stellte und mit der Hand an der Schläfe den Panzerfahrer grüßte, der im Turm erschienen war, um sich den Schweiß abzuwischen.

»Die werden euch keinen Schaden mehr zufügen, liebe Mitbürger«, sagte Falco, indem er auf die Trümmer des Hauses zeigte. »Unser Geheimdienst hatte die malerische Hütte seit einem Monat im Visier. Es war nicht einfach aufzudecken, daß das stille alte Rentnerehepaar – Liebhaber von Naturblumen, die sie selbst im Garten züchteten – zu den blutrünstigsten Aktivisten der Rubraf gehörte und an all den verheerenden Attentaten der letzten Monate beteiligt war ...«

Der Regisseur bedeutete Falco, den Pfad vor dem Haus entlangzugehen. Ein Soldat zog eine Fahne der Rubraf aus den Trümmern, ein Halbmond auf grünem Grund, angesengt und zerfetzt, aber erkennbar. Der Soldat im Laserbild hob den Fetzen hoch; der Regisseur wollte einen besonders gewitzten Kniff versuchen, eine Art Taschenspielertrick, bei dem Falco seine Hand so weit ausstrecken sollte, daß er das Bild des Banners berührte. Hier sollte ein Helfer ihm schnell eine reale Fahne reichen, eine exakte Kopie des Laserbildes. Dadurch würde es in der Sendung so aussehen, als nähme Falco die Trophäe, die man der Rubraf entrissen hatte, persönlich entgegen.

»Noch mehr in den Hintergrund bitte, Herr Oberassessor«, kommandierte der Regisseur. »Ich brauche ein weites Feld.«

Falco gehorchte, ging um das Panzerbild herum und lief auf dem, was wie wie ein Pfad aussah, schräg nach hinten. Das Gesicht wandte er dabei weiterhin dem Objektiv zu.

»Weiter hinein, weiter hinein! Sehen Sie, wo der Soldat mit der Fahne steht?« sagte der Regisseur im erregten Ton eines Schöpfers, der sein Werk formt.

»Vorsicht!« schrie Scollacchia und warf sich mitten ins Set.

Niemand würde je verstehen, was genau passiert war, am wenigsten Falco, dessen letztes Bild aus diesem Tränental ein realer Scollacchia war, der mit ausgestreckten Armen hinter dem falschen Panzer hervorkam, und dazu ein blendendes Licht, das Falco zwang, einen Satz nach hinten zu machen. Dann das Blau des Himmels, so kompakt und wohlig, daß es flüssig schien, ein Stückchen tiefblaue See, in die man einen letzten, wunderbaren Sprung tun konnte.

Tatsache ist, daß die Männer des Aufnahmeteams in dem folgenden Chaos, der Laserprojektor war abgeschaltet, vor sich die blinkende Weite der Megalops unter einem paradiesischen Sternenhimmel sahen. Denn der Abend war außergewöhnlich klar, aber vom Oberassessor fand sich keine Spur mehr.

Die eilig anberaumte Untersuchung stellte die Fahrlässigkeit des Regisseurs fest, der sich, hingerissen von einer schöpferischen Eingebung, vollkommen unbewußt dazu habe verführen lassen, den Oberassessor, der seinerseits durch die Laserbilder in seinem Umfeld verwirrt war, bis an den Rand der schwindelerregend hoch gelegenen Kuppel zu treiben, die man für die Dreharbeiten ihrer Panzerglasscheiben entblößt hatte.

Es wurde überdies nachgewiesen, daß Scollacchia, der die Gefahr ein bißchen zu spät erkannt hatte, sich mit der heroischen Absicht, den Assessor im letzten Moment zu packen, nach vorn geworfen hatte. Hier jedoch hatte das Schicksal ihnen einen perfiden Streich gespielt, denn Scollacchia hatte bei seinem Sprung versehentlich einen Satz Scheinwerfer umgerissen, die allesamt explodierten und die Szene mit einem blendenden Licht übergossen. Und ausgerechnet dieser Blitz habe den armen Falco derart erschreckt, daß er den fatalen Sprung nach hinten getan habe.

12
Pesteville

Ein paar Tage lang kontrollierte Degrado ständig seine körperliche Verfassung und wartete auf Übelkeit und Schwindelanfälle. In bestimmten Momenten spürte er eine Leere im Kopf, vielleicht auf Grund der Müdigkeit und der stechenden Sonne, und dann dachte er, es sei passiert, er sei kontaminiert.

Er erwog auch die Möglichkeit abzuhauen. Er hätte bis zur Straße gelangen und per Anhalter in eine beliebige Richtung fahren können, Hauptsache weit weg von diesem Rieselfeld. Oder er hätte sich, eventuell mit Hilfe der Pistole, in den Besitz des einzigen verfügbaren Verkehrmittels neben dem Hotelbus bringen können, eines alten Motorrads, das einem betagten Pärchen gehörte; allerdings wußte niemand, nicht einmal die Eigentümer selbst, ob es funktionierte, auch wenn beide sehr stolz darauf waren und es abwechselnd polierten. Er ließ den Plan, der ihm weder Hand noch Fuß zu haben schien, bald fallen. Pesteville war die Endstation des Bunkerlabyrinths, es war unmöglich, den Weg zurückzufinden.

Nach und nach gewöhnte er sich an die Umgebung. Die Vaganten schienen kerngesund zu sein, und sie führten ein fröhliches, faules Dasein. Abends zündeten sie Feuer an und versammelten sich in Gruppen, um Musik zu hören oder zu tanzen. Manchmal bildeten sie einen Kreis um einen Schauspieler, der antike Dramen parodierte und den Zuschauern Stegreifrollen übertrug.

Der Insistente fand ihre Art der Unterhaltung naiv

und konnte sich nicht daran beteiligen. Oft verstand er nicht einmal den Sinn jener improvisierten Aufführungen. Er fühlte sich vom Vergnügen der anderen ausgeschlossen, die das Schauspiel manchmal unterbrachen und sich allesamt vor Lachen krümmten, den Animateur eingeschlossen. Degrado erschien dieses kollektive Gelächter, dessen Echo vom verseuchten Seeufer widerhallte, ziemlich schauderhaft.

Pesteville erstreckte sich bis an die flachen, öligen Wellen des Sees, die Ziegelhütten waren um den Krater und die zerstörten Gebäude des ehemaligen Kernkraftwerks gruppiert und schlängelten sich weiter den Hügel hinauf, dicht zusammengedrängt und von einem Wirrwar aus Gassen durchzogen. Hier und da hielten sich Baumgruppen, die, den dunkelgrün glänzenden Blättern nach zu urteilen, Zitrusgewächse sein mußten; allerdings hatten sie nicht viel Laub, und sie waren verkümmert und knorrig.

Iskras Hütte stand dicht am Ufer. Sie nannte sie abwechselnd *Höhle* oder *Schneckenhaus*, aber sie hielt sich nie lange darin auf. Meistens verschwand sie in den Gassen der Stadt, zusammen mit dem gelockten Mädchen, jener Terry, mit der Degrado im Hotelbus gekämpft hatte.

Spät in der Nacht kam Iskra in die *Höhle* zurück, wenn sie nicht mit den anderen Vaganten einen drauf machte. Manchmal ging sie mit Terry im See baden, über dem ständig ein Nebel lag, der weit draußen einen Stich ins Hellblaue annahm, an manchen Stellen auch ins Grüne oder Gelbliche. Der Insistente sah die beiden von der Schwelle der Baracke aus: Sie waren nackt wie immer, sprangen ins Wasser, spritzten sich gegenseitig mit dem morastig-schillernden Wasser voll und tunkten einander zum Spaß unter. Er dachte, daß diejenigen in der Megalops recht hatten, die meinten, bei den Vaganten seien einige Schrauben locker.

Eines Abends brach ein Sturm los. Ihm vorausgegangen war eine schwüle Stille und das Planschen fetter grauer Frösche, die im Sitzen aussahen wie von den Wellen abgeschliffene Ziegel. Die Tiere sprangen kopfüber in das Brackwasser zwischen dem Schilfrohr. Es begann zu regnen, und der erste Wassersturz löschte das Feuer in der Mitte des einzigen Raums. Wenn die Windböen den Vorhang an der Tür hoben, sah Degrado vom Bett aus, wie sich auf dem See Salven von Pfeilen in die Wellen bohrten, während über den gelben Ballon, der am anderen Ufer lag, hellblaue Schlangen flitzten.

Iskra trat in die Hütte, und im Licht eines Blitzes sah Degrado, daß sie fröstelte, ihr Körper glänzte und tropfte, und die Brüste waren fest wie Steine. Das Mädchen kümmerte sich nicht um die Pritsche, auf der sie ebenso selten schlief, wie sie nach Hause kam, sondern schlüpfte unter seine Decke. Zum ersten Mal, seit sie sich in Pesteville befanden, spürte der Insistente wieder die weiche, aber kräftige Berührung ihres Körpers.

»Wea brauch feu«, stammelte Iskra mit ihrer rauhen, ein wenig zittrigen Stimme, »che nimm kelle indi hand.«

Sie streckte eine Hand aus, während Degrado still dalag und ihr nicht einmal half, sich aufzuwärmen.

Ein Blitz jagte den andern und erfüllte die Hütte mit bläulichem Licht. Iskras helle Augen blickten ihn aus nächster Nähe an, leicht ironisch. Sie wog fast nichts, und es war ein Kinderspiel für ihn, sie auf sich zu heben. Vorsichtig drang er in sie ein, ohne sie zu küssen, fast so, als gehorchte er einem Befehl. Sanft berührte er mit seinen Lippen ihren Halsansatz, während sie den Kopf nach hinten legte, als müßte sie lachen.

In der Liebe mischte Iskra rückhaltlose Zärtlichkeit

mit Augenblicken, in denen sie den Partner aus ironischer Distanz zu beobachten schien, ein nicht unangenehmes Wechselbad, auch wenn Degrado bisweilen das Gefühl hatte, wie ein Schüler zum Meister gerufen zu werden, um eine Prüfung abzulegen.

Erinnerungen überfluteten den Insistente. Die Stunden, die er neben Iskra in der unbequemen Koje des Hotelbusses verbracht hatte, erschienen ihm wie ein fröhlicher und unverhoffter Ausflug. Und wieder wiegte ihn diese Märchenerzählerstimme ein, auch wenn sie von den Wörtern einer obskuren und metaphorischen Sprache verzerrt wurde, die voller Sprichwörter und Weisheiten und zum großen Teil unverständlich war.

Iskra wußte, daß ihr Zusammentreffen in der Rattenlotterie kein reiner Zufall gewesen war. Daß er genau sie, die Vaganten, suchte, daß sein Aufkreuzen in der Unterstadt nicht nur die Folge einer Flucht und die Ankunft in Pesteville ein Glücksfall für ihn war. Denn genau in Pesteville befand sich die Person, die er aufspüren mußte. Warum hatte er ihr nichts davon gesagt? Warum hatte er den Geheimniskrämer gespielt?

Anfangs tat Iskra reserviert, als Degrado wissen wollte, von wem sie diese Informationen hatte. Aber am Ende gab sie sich einen Ruck und sagte, daß der blinde Chauffeur die Geheimnisse des Insistente aufgedeckt habe. Die Vaganten hatten es genau wissen wollen, niemand konnte ausschließen, daß er nicht ein Spion des Lavacro sei, weshalb sie ihn in den letzten Tagen in Quarantäne gehalten und Gregorio eingeschaltet hatten. Gregorio war ein Medium, und eines der fähigsten. Die Vaganten glaubten fest, daß es Personen gab, die wie Gregorio mit überirdischen Wesen kommunizieren und Gedanken lesen konnten.

Degrado schauderte, als er hörte, daß Gregorio in

Kontakt mit seinen Gedanken getreten war, daß eine einzige Trance genügt hatte, um sein Bewußtsein zu durchleuchten und alles über ihn zu erfahren: den Auftrag des Alten, das Verschwinden der Frau mit ihrem Kind, seinen Besuch in der Sozialsiedlung, die Flucht, mit einem Wort alles, die Identität der Person eingeschlossen, die er in Pesteville aufstöbern sollte. Dann wieder dachte er, daß Iskra ihm einen gehörigen Bären aufgebunden hatte und seine Mission über andere, genauso mysteriöse, aber konventionellere Kanäle aufgedeckt worden war.

Iskra und Terry kannten Farolff, den Anwalt, den er suchte, obwohl dieser als sehr verschlossen galt. Er lebte seit über einem Jahr allein in Pesteville und hatte die Vaganten nie auf ihren Touren begleitet. Er hatte sich in einer Hütte auf dem Hügel verkrochen, und es war nicht leicht, ihn dazu zu bewegen, Besuch zu empfangen. Aber wenn Degrado wollte, würden die Mädchen ihn hinbringen. Alle Vaganten waren interessiert an den Nachforschungen, die der Insistente für den alten Mann anstellen sollte, daher würden sie ihm helfen. Und er selbst, Degrado? Es werde Zeit, daß er aufwache. Er habe genug am Ufer des Sees gefaulenzt. Ob er wohl glaube, zum Vergnügen hier zu sein?

13
Das Kloster

Der Signore Dei Vetri wurde aufgefordert, sich ›Zum Kompletorium‹ einzufinden, was, wie ihm erklärt wurde, halb sieben Uhr abends bedeutete.

Eine Konvokation ohne jede Förmlichkeit: An der Tür des ›Babel‹ tauchte ein kleiner Mann mittleren Alters auf, glatzköpfig und eher schlecht gekleidet. Niemand wußte, woher er gekommen und wie es ihm gelungen war, sämtliche Kontrollinstanzen von den Wachagenten bis zu den persönlichen Sekretärinnen zu überwinden. Er zeigte eine Karte vor: *Bitte den Signore Dei Vetri, mir zum Kompletorium im Kloster des Elften Gebots zu nähern. Ich ersuche um äußerste Pünktlichkeit nach.* Dann die Unterschrift, von Hand, gut lesbar, wenn auch voller Schnörkel.

Der Signore Dei Vetri nutzte die vier Stunden, die ihm bis zur Verabredung blieben, um sich seelisch und körperlich vorzubereiten.

Zuallererst nahm er ein Bad und reinigte sich mit einer *Rouge-Massage*, indem er sich unter Infrarotlicht von zwei gut gebauten Mädchen bearbeiten ließ. Er verzichtete auf Parfüm, denn seine Exzellenz liebte natürliche Gerüche, und zögerte schließlich lange bei der Wahl seiner Kleidung. Am Anfang hatte er für einen rauchfarbenen Londoner Anzug aus Naturwolle optiert, der dem feierlichen Anlaß gerecht zu werden schien. Aber dann dachte er, daß dies eine übertriebene und unaufrichtige Zurschaustellung von Seriosität bedeuten würde und es wohl angemessener sei, sich im authentischen Kleid des Leithammels der Megalops zu präsentieren. Folglich zog er einen Thermoanzug von neutraler Farbe an, wodurch sich sein Riesenleib in unverfälschter Form zeigte. Darüber trug er einen perlmuttfarbenen Regenmantel in seinem geliebten altmodischen Stil, der sehr weit geschnitten war und bis zu den Füßen reichte. Er bewunderte sich vor dem Spiegel, probierte verschiedene Hüte aus und entschied sich am Ende für einen schwarzen Borsalino mit ausladender Krempe, der, wenn er ihn abnehmen würde, seine theatralische Geste noch verstärkte. Dann ließ er den Bugatti vorfahren, der Isotta-Fraschini erschien ihm zu frivol und nicht aggressiv genug.

Er war nicht nur eingeschüchtert, er war verängstigt. Dieses Treffen entsprach nicht seinem gewohnten Umgang, weder durch den Ort, an dem es stattfinden sollte, noch durch sein Gegenüber. Es würde sich um die erste direkte Unterredung handeln, seit er bis auf den Gipfel der Megalops geklettert war, wenngleich er bereits bei früheren Gelegenheiten mit der Exzellenz zu tun gehabt hatte. Bis zu diesem Tag aber hatte er das Gewicht seiner Führung aus der Ferne gespürt, wie ein Zugtier mit gelockerten Zügeln, dem die träge Schwere einer Hand zur Orientierung genügt, ohne Gezerre oder Zurechtweisungen. Er hatte Gespür, und Gespür brauchte man, um den Weg zu finden, um das Schiff in den stürmischen Gewässern der Megalops durch Klippen und Untiefen zu steuern. Er mußte Initiativen ergreifen, andere unterlassen, sich dem einen Mitarbeiter anvertrauen, einem anderen den Stuhl vor die Tür stellen. Auf diese Weise war er kraft seines Beharrungsvermögens ans Steuerrad der Megalops gelangt, als absoluter Herrscher, als allmächtiger Souverän, wenn auch für kaum jemanden sichtbar. Und in wichtigen Angelegenheiten, wenn er grundlegende Entscheidungen hatte treffen müssen, war ebendiese Stimme pünktlich an sein Ohr gedrungen.

Es war nicht immer einfach gewesen, sie zu hören. Jene Stimme klang oft wie ein sibyllinischer Orakelspruch: *ibis redibis non morieris in bello*, und manchmal reichte es, die Verschiebung eines Kommas zu übersehen, um den Sinn mißzuverstehen. Auch die Kanäle, die sie benutzte, waren immer andere: ein flüchtiges Interview, das man im Laufe einer Fernsehsendung aufschnappte, oder ein Fünfzeiler auf dem Titelblatt einer zweitrangigen Zeitung, in dem von einem belanglosen, völlig abgelegenen Thema die Rede war.

Einmal war die Stimme über das Echo auf eine Gerichtsverhandlung zu ihm gedrungen. Die Exzellenz war von einem Hohen Gericht als Zeuge angehört worden. Und sie hatte gelogen, schamlos und demonstrativ, was keinen Sinn zu ergeben schien. Aber in den trainierten Ohren des Signore Dei Vetri hatte die Lüge den silbrigen Klang eines Kristallglases, das man mit der Gabel anschlägt: *Du magst ruhig sein, denn ich breite meine Hand über dich, um jeden Preis werde ich dich schützen.*

Diesmal würde ihn die Stimme ohne Filter oder Metaphern treffen, zum ersten Mal würde er mit der Quelle in Berührung kommen.

Bitte, mir zu nähern, sagte die Karte. Die grammatisch fehlerhafte Formulierung klang hinterhältig wie eine Drohung.

Wie weit sollte er an ihn herantreten? Bis er ihn riechen konnte? Manch einer behauptete, seine Exzellenz stinke. Sie verbreite einen gewissen ranzigen Geruch, wie ein verschlossener Raum, der lange nicht gelüftet wurde. Und es hieß, er verstecke seine Augen hinter dem oberen Brillenrand, nicht aus Angst vor dem Blick des anderen, sondern weil er großmütig darauf bedacht sei, die anderen nicht mit seinem Blick zu verletzen.

»Sie werden, denke ich, bemerkt haben, daß ich Ihre Initiativen verfolge ... oolgee ... hmmm«, sagte die Exzellenz mit der schlechten Angewohnheit, die letzten beiden Silben zu dehnen, wie es vor Jahren ein provinzieller Schmierenkomödiant getan hätte.

Die Sonne versank hinter den Mauern des alten Klosters, wo seine Exzellenz zu dieser Jahreszeit abgeschieden lebte, um sich beim Studium liturgischer Texte zu kasteien und seine Sehkraft bei der Restauration antiker Inkunabeln zu ruinieren. Er hatte den Signore Dei Vetri auf dem Platz vor dem Tor empfangen, sich sofort bei ihm eingehakt und ihn auf einen Pfad in den Wald geleitet. Aus dem dichten Gesträuch drang das abendliche Gezwitscher von Singvögeln, die Brise trug den Duft eines Holzfeuers heran, und unter den Bäumen verdichteten sich die Schatten. Die hereinbrechende Dämmerung unterstrich die Initimität der Unterredung. Aber Signore Dei Vetri war nicht auf einen so engen Kontakt eingestellt, bei dem sein Ellbogen bei jedem Schritt den Brustkorb des Gesprächspartners streifte, der leicht und zerbrechlich war wie bei einem Vogel. Diese Nähe weckte in ihm eine Art Zärtlichkeit, ein Verlangen, das ihn fast zum Weinen gebracht hätte, wenn sich nicht ein bizzarer Kobold ausgerechnet in seiner Kehle eingenistet, ihn gekitzelt und in die panische Angst gestürzt hätte, daß er in schallendes Gelächter ausbrechen könnte.

»Diesmal hast du dir einen dicken Hund erlaubt, Devitt ... vi ... vitt ... hmm.«

Die schnodderige Gespreiztheit verstärkte noch den vertraulichen Ton und den zwanglosen Übergang zum Du und dem Spitznamen, den die Freunde benutzten.

»Der arme Falco ...«

»Exzellenz!« empörte sich Dei Vetri, wobei er schlagartig stehenblieb und die freie Hand aufs Herz legte.

»Falco war einer meiner besten Freunde ... Ich hing an Falco ... wie an ...«

»Pss, Pss, Pss«, unterbrach ihn die Exzellenz. »Du hängst nur an einer Sache, Devitt. Daß wir uns gleich richtig verstehen: Ich habe nichts gegen jemanden, der so wie du Tag und Nacht nur an eine einzige Sache denkt. Ich mag Menschen, die ein Ziel haben und nicht einen Millimeter davon abrücken. Ich würde sogar behaupten, daß ich sie beneide. Nein, ich sage es offen: ich beneide dich. Und weißt du warum?«

»Sie, mich beneiden? Exzellenz!«

»Ich beneide dich, weil ich selbst nicht recht weiß, warum ich tue, was ich tue. Außerdem könnte ich nicht, so wie du, meine Finger in bestimmte Sachen stecken. Ich würde nicht einmal einen langen, langen Rührlöffel in den Brei stecken, in den du die Arme bis zu den Ellbogen gräbst. Ich kann mich weder kopfüber in ein Projekt stürzen noch Gegner eliminieren, Vasallen umschmeicheln oder die edle Kunst des Verrats üben ... Es würde mir Freude machen, aber ich kann es nicht: Ich bin sicher, daß ich im entscheidenden Moment den Mut verlöre und die Arme hängen ließe. Ich mag es, aus dem Hintergrund zu beobachten. Wie bei den Pferderennen. Ich mag Pferderennen, aber ich wette nie. Weißt du, was ich an der Pferderennbahn am meisten mag? Zu wissen, daß ich dem Rennen mit dem größten Desinteresse zuschaue und nur die Glanzlichter genieße, die in der Sonne auf den verschwitzten Kruppen leuchten, während sich andere gleichzeitig abstrampeln, um einen Sieger oder einen Plazierten zu erwischen. Und du mußt dabei berücksichtigen, daß ich in der Mehrzahl der Fälle vorher weiß, wer gewinnen wird. Sehr selten nur irre ich mich. Mit einem Wort, ich bin ein Voyeur ... oyeur ... ehmmm ...«

Die Exzellenz zwinkerte und stieß Devitt einen Ellbogen in die Rippen. Der kicherte höflich und etwas peinlich berührt von soviel Vertraulichkeit.

»Aber diesmal bist du auf dem Holzweg, so geht das nicht ...«, flüsterte die Exzellenz. »In diesem Fall hast du zuviel Leidenschaft ins Spiel gebracht. Die Liebe zum Geld ist eine saubere Sache, sie paßt in den Geist der Geometrie, gehört zur universalen *mathesis.* Aber diesmal hat es sich nicht um jene Art Liebe gehandelt, nicht wahr, Devitt?«

Die Stimme war zartfühlend und nachsichtig, voll väterlichen Verständnisses. Dei Vetri spürte erneut dieses Verlangen.

»Ich gebe zu, daß ich da ein bißchen hineingerutscht bin ...«, sagte er.

»Eben. Deswegen habe ich dich herzitiert: Ich bezweifle, daß du dich in dieser Geschichte aus der Ferne hättest leiten lassen. Ich lese in deinen Augen die Zeichen des Heißhungers, mein Sohn. Der Hunger nimmt dir die Sicht über den Tellerrand hinaus. Du hast darüber den Blick fürs Ganze verloren.«

»Fürs Ganze?«

»Jawohl! Ohne es zu merken, hast du dich mit einem Projekt von historischer Bedeutung befaßt. Ich spreche von Projekt, nicht von Praxis. Die Praxis ist bis jetzt individuell gewesen, verstohlen, schüchtern, in Winkelzüge verstrickt, ins Zwielicht der Illegalität getaucht und ebenso unqualifizierten wie ambivalenten Personen anvertraut. Und genau diese Praxis wolltest du wiederherstellen, du wolltest sie gegen bestimmte Angriffe schützen, nicht wahr, mein Sohn?«

»Nun, in gewissem Sinne ...«

»Falsch! Kolossaler Irrtum! Ein Mann wie du wählt keine Schleichwege! Er schreitet im Licht der Öffentlichkeit voran. Er beansprucht Legalität und versucht nicht, sie zu umgehen ...«

»Mir scheint, von Legalität in einem Sektor zu sprechen, der ...«

»Falsch! Irrtum über Irrtum! Legalität hat nur einen Grund, und der liegt in der Notwendigkeit. In der Notwendigkeit unserer institutionellen Ordnung in der Megalops, uns selbst zu schützen. Der Rest sind Ammenmärchen, die man benutzen kann, um dem Gegner Sand in die Augen zu streuen. Die Leidenschaft hat deinen Blick so sehr getrübt, daß du nicht mehr erkennst, daß die Notwendigkeit auf deiner Seite ist.«

»So gesehen, ist die ganze Sache ...«

Signore Dei Vetri erstarrte wie vom Blitz der Eingebung getroffen.

»Wie sagten Sie, Exzellenz? In der Notwendigkeit der Ordnung ...«

»... der institutionellen Ordnung in der Megalops.«

»... in der Megalops, sich zu schützen.«

»... uns selbst zu schützen! Genau so.«

»So daß ... um ein Beispiel zu nennen ... die Wiedereinführung der Sklaverei ...« | Ende 3. Kassette

»Genau: Damals hast du dich klugerweise aus dem illegalen Handel herausgehalten, obgleich ein Schwarzmarkt existierte, und zwar in voller Blüte. Aber du hattest das große Ziel im Visier und setztest dich mit allen geeigneten Mitteln und vor aller Augen für die Verabschiedung von weitreichenden Gesetzen und Verordnungen ein. Damals bewunderte ich dich zutiefst: Ich wußte deine Risikofreude zu schätzen und half dir, soweit es mir aus der Ferne möglich war. Warum? Es gab einen guten Grund: Das Gesetz der Notwendigkeit war auf deiner Seite. Seit der Krieg den Biß verloren hatte und eine Farce seiner selbst geworden war, blieb nichts anderes übrig, als zu diesem guten alten Heilmittel zu greifen ...«

»Und Sie denken, daß heute ...«

»Ja, das denke ich. Die Zeit ist reif für einen weiteren Ruck. Denk nach, Devitt: Nur naive Gemüter meinen, das Prinzip der Legalität sei nicht modifizierbar. In Wirklichkeit ist es, wenn die Notwendigkeit in eine bestimmte Richtung drängt, immer möglich, das Prinzip mit Hilfe geeigneter Kunstgriffe auf die passende Seite zu ziehen. Es ist elastisch. Man muß nur die Überzeugung arbeiten lassen, indem man sie vor den Karren der Konvention spannt. Sind wir einer Meinung?«

»Sind wir«, sagte der Signore Dei Vetri, von soviel logisch-spekulativer Strenge in Euphorie versetzt.

»Jetzt weißt du, wie du vorzugehen hast. Will sagen: in der üblichen Weise. Ohne Zurückhaltung, ohne Schuldgefühle. Weiß du, daß du dich wie ein bigotter Moralist benommen hast? Was mich betrifft, werde ich dir den Weg mit größerer Vorsicht ebnen als früher, denn durch die Fehler, die du bisher begangen hast, bin ich gezwungen, in Deckung zu bleiben. Die Zähne zeigen wir erst, wenn die Legitimität auf unserer Seite ist, vorher nicht. Und eines lege ich dir ans Herz: Solange die neue Norm nicht in Sack und Tüten ist, glossiert und in aller Form veröffentlicht, mit sämtlichen Bekanntmachungen, Siegeln und Exegesen und allem anderen, was man braucht, um jedem schöngeistigen Korinthenkacker in der Megalops das Maul zu stopfen – solange ruht alles. Laß dich durch die Versuchung nicht vom rechten Weg abbringen! Alles Vergangene ist vergangen, und die Vergangenheit muß man ruhen lassen. Die Zukunft wird erst nach dem Gesetz beginnen. Illegale Praktiken vor diesem Zeitpunkt will ich nicht. Es würde genügen, daß du auf irgendeine Provokation anspringst ... und man wird es darauf anlegen, da kannst du sicher sein ..., um alles zu ruinieren. Du würdest ganz schön abstürzen. Und ich würde meine schützende Hand von dir nehmen. Ist das klar?«

»Klar«, sagte Signore Dei Vetri.

»Versprich es.«

»Versprochen.«

»Und nun geh an die Arbeit. Viel Glück.«

14
Vagantenhäuser

Degrado schleppte sich hinter Iskra und Terry her, die durch die Gassen zwischen den dichtgedrängten Hütten den Hügel emporstiegen. Die Sonnne stand brennend im Zenith. Gregorio wohnte genau auf dem Gipfel, und auf dem letzten Stück verwandelte sich das Gäßchen in eine Treppe, die man in den Fels geschlagen hatte.

In der dunklen Hütte war es angenehm frisch; Gregorios Stimme leitete die Besucher bis ins hinterste Zimmer.

Von dem Medium, das auf dem Bett lag und bis zum Kinn mit einem Laken zugedeckt war, sah man nur den hellen Fleck des Gesichtes und die noch helleren Augäpfel. Das Zimmer war voller Katzen, die ganze Stadt der Vaganten war voll davon, auf jede Behausung kamen mindestens drei, aber bei Gregorio bildeten die Katzen eine ganze Sippschaft. Fünf lagen auf dem Bett neben ihrem Herrn, und viele andere bewegten sich hier und da, wobei ihre gelben Augen in der Finsternis blitzten.

»Gebt mir das Foto«, sagte Gregorio.

Degrado legte das Foto aufs Bett. Es war das Bild, das ihm der Alte gegeben hatte, mit der Frau, die wie eine Prostituierte aussah, und dem Mädchen an ihrer Hand.

»Schieb es näher zu mir her.«

Das Medium ließ eine Hand unter dem Laken hervorgleiten, die so blaß wie sein Gesicht war. Gregorio legte sie auf das Foto. Eine Katze bewegte sich träge und streckte den Hals, um die Hand mit der verblichenen Aufnahme zu beschnuppern.

»Zündet die Kerzen an«, sagte das Medium, »nicht für euch, für mich. Ich muß das Licht riechen.«

Terry, die eine ergriffene Miene machte (Iskra dagegen schien gleich losprusten zu wollen), näherte sich einem Tisch, der mit den Wachstropfen Hunderter von Kerzen vollkommen überzogen war, und zündete etwa zwanzig davon an.

Das Medium legte sich die Hände an die Stirn, die Innenseiten nach außen gekehrt.

Terry begann ihm sanft den Hals zu streicheln. Gregorio atmete langsam und ließ die Hände auf die Brust sinken, dann schloß er die Augen. Degrado sah, daß sein Gesicht sich im Schlaf entspannte.

»Er begibt sich nach Akhasha«, raunte Terry.

»Was?« fragte Degrado.

»In Akhasha està un screen infra temps et space«, antwortete Terry. »Dort ist alles in glanzvoller Schrift notiert: Gergorio versteht die Sprache.«

Terry erklärte in dunklen Worten, daß alles, was auf Erden geschieht, auch das, was geschehen ist und geschehen wird, eine Vibration, eine Spur hinterläßt, die sich in den Bildschirm brennt. Akhasha war ein raumähnlicher Ort, in dem die Zeit nicht existierte, und eine zeitähnliche Dimension ohne Raum. Und dort befand sich der Bildschirm mit den aufgezeichneten Spuren.

»Ich sehe das Kind nicht«, sagte Gregorio mit angstvoller Stimme. »Ich sehe es nicht. Ich sehe nur die Mutter ...«

Iskra sagte, Farolff sei ein richtiger Anwalt, und das sei er auch nach seiner Flucht zu den Vaganten geblieben. Er sei immer noch als Rechtsbeistand an allen Gerichtshöfen der westlichen Megalops zugelassen. In einem Fall habe er sich dazu überreden lassen, die Verteidigung von Vaganten zu übernehmen, die wegen Vandalismus angeklagt worden waren. Er habe ein Bad genommen, seine Haare kurz geschnitten und sei dann geschniegelt und in einem äußerst eleganten Anzug oben aufgetaucht und in einem der besten Hotels abgestiegen. Am Tag der Verhandlung war er im Gerichtshof erschienen und mitten in den Dünkel der Oberstadt geplatzt, mindestens fünfzig zerlumpte Vaganten im Schlepptau, die den Saal belagerten und Farolff anfeuerten. Ein brillantes Plädoyer, der Anwalt hatte die Verhandlung so gekonnt geführt, daß die Vaganten für unschuldig erklärt und freigelassen wurden. Das einzige Mal, daß die Vaganten ein solches Glück gehabt hatten, soweit Iskra sich erinnern konnte.

Degrado, der wieder hinter den beiden Mädchen durch die Gassen von Pesteville marschierte, kochte unter der erbarmungslosen Sonne. Sie waren unterwegs zu Farolffs Haus, zu jenem Mann, von dem schon der Bürgermeister, Walter Also, gesprochen hatte. Dank des Fotos und der magischen Kräfte Gregorios (zumindest nach der festen Überzeugung Terrys, Iskra war dagegen nicht so sicher, wenn sie auch nicht Degrados Skepsis teilte) kannten sie jetzt das Versteck, in dem die gesuchte Frau, Alsos Nichte, gefangengehalten wurde. Wenn Farolff sich seinerseits zur Mitarbeit durchringen, das hieß, alles, was er wußte, preisgeben und den Vaganten noch einmal seine rhetorische Gewandtheit zur Verfügung stellen würde, könnten sie endlich die mysteriösen Überfälle auf jene Hotelbusse klärten, in denen Kinder mitfuhren.

Die Vaganten waren in Lebensgefahr, wenn sie mit ihren Kindern reisten. Es war unbekannt, warum die Hotelbusse erst in die Schmelzanlagen geschickt wurden, nachdem man sie um ihre Ladung an Kindern erleichtert hatte. Niemand hatte je herausbekommen, wozu sie bestimmt waren. Es war sehr unwahrscheinlich, daß die Trupps die Kinder aus reiner Menschenliebe von der *Erhitzung* verschonten. (Aber alle beteiligten sich an der Jagd, wenn in den Taubenschlägen auch Küken saßen, nicht nur der Lavacro, auch Straßenpiraten, sogar einzelne Individuen und alleinstehende Frauen.) Die Kinder unter vier Jahren verschwanden spurlos: Alle Versuche, Gregorio und die anderen Medien zu befragen, waren erfolglos geblieben. Die Seher wandten sich mit Grausen von der Frage ab, fielen in einen Zustand furchtbarer Entkräftung, und wenn sie wieder aus ihrer Trance erwachten, waren sie in keiner Weise fähig, sich auch nur an eines der Worte zu erinnern, die sie auf dem Bildschirm von Akhasha gelesen hatten. Und dennoch, sagte Iskra, müsse man es endlich schaffen, das Geheimnis aufzudecken; zu lange schon wurde das freie Volk der Vaganten in seinen jungen Kräften dezimiert.

»Ich wollte Sie nicht empfangen, aber die Mädchen hier haben darauf bestanden. Es ist schon lange her, seit ich das letzte Mal die Fratze eines Insistente gesehen habe, und von denen, die mich aufsuchten, habe ich die meisten vor die Tür gesetzt.«

Farolffs Bleibe sah aus wie ein richtiges Haus. Es stand weiter oben und etwas abseits vom Labyrinth der Hütten, und es hatte eine Dachterrasse. Hier lagerte der Anwalt, in ein schmutziges langärmeliges Gewand gehüllt, auf dicken Kissen unter einem Sonnenschutz aus Strohmatten und verspeiste öliges Zeug, das er mit den Fingern aus einer Schüssel fischte. Er stank.

»So gehören Sie also zu diesen Kriechern, die sich auf den Palasttreppen die Hacken abrennen, um ihren Lebensunterhalt zu verdienen ... Wieso sind Sie hierheraus gekommen? Wissen Sie nicht, wie gefährlich das ist? Daß hier eine Radioaktivität herrscht, die um drei Einheiten über dem Sicherheitslimit liegt?«

Abgesehen von der Kaubewegung seines Kiefers und der Geste, mit der er nach den Happen fischte, lag Farolff fast starr da. Es war schwierig, ihn zu verstehen, weil er mit vollem Mund sprach, und man konnte nicht einmal seinem Blick folgen, denn sein Gesicht wurde von der Krempe eines Schlapphutes und einer großen Brille mit schwarzen Gläsern verdeckt.

Trotz allem fühlte Degrado sich unbehaglich, wie in einer jener pharaonischen Kanzleien der Megalops, wo man bis zu den Knöcheln im Teppichboden versank.

»Ich habe keinesfalls die Absicht, Ihnen zu helfen. Weder Ihnen noch sonstwem.« Die Brillengläser schwenkten ein wenig in Richtung Iskra und Terry. »Das ist ein ganz verfluchter Fall, der mich meine Karriere gekostet hat. Eine glänzende Karriere, im Aufwind: Ende, aus. Es ist schiefgegangen, der Kontakt zu meiner Mandantin ist abgerissen, und ich kann nichts mehr ausrichten. Außerdem habe ich nicht vor, auch noch den Frieden eines Bettlers dafür hinzugeben, den ich mir hier an diesem Ort geschaffen habe.«

Degrado setzte zu einer Erwiderung an, wurde aber von einer Geste gestoppt. »Seien Sie bitte still. Ich hasse es, Leute sprechen zu hören. Ich habe bis jetzt umgeben von Geschwätz gelebt, und ich habe genug davon. Geben Sie es ebenfalls auf. Im übrigen wundert es mich nicht, daß Sie nichts erreicht haben, die Sache ist ein paar Nummern zu groß für Sie. Vergessen Sie es, das ist besser für Sie und für Ihren Klienten.«

Diesmal verschaffte Degrado sich Gehör: »Das ist mir bereits gesagt worden, angeblich auch nur zu meinem Besten. Aber der es mir gesagt hat, war mehr um sich selbst als um mich besorgt.«

Dem Anwalt blieb der Mund offenstehen, und er warf einen Bissen in die Schüssel zurück. Dann trocknete er sich Schnurrbart und Finger mit dem französischem Bettuch ab, in dem er fast versank, und schrie: »Passen Sie ein bißchen auf, wie Sie reden, ja? Ich nehme an, daß Sie, ehe Sie herkamen, um mir den Frieden zu rauben, einige Erkundigungen über mich eingeholt haben; soviel Umsicht werden Sie wohl bewiesen haben, hoffe ich!«

»Jawohl«, sagte Degrado. »Man hat mir mitgeteilt, daß Sie ein sehr fähiger Mann sind. Ich weiß auch, daß Sie sich vor mir mit dieser Angelegenheit beschäftigt haben und daß Sie alle nötigen Informationen besitzen, um der Sache auf den Grund zu gehen. Ich nicht. Ich habe nur verstanden, daß man sich ängstigen muß. Sie aber müßten, hier und jetzt, nichts mehr befürchten.«

»In der Tat. Ein Grund, warum ich mich hier befinde, ist genau dieser: Ich kann auf jede Vorsichtsmaßnahme verzichten. Aber Ihr Nutzen interessiert mich nicht. Nennen Sie mir einen einzigen Grund, warum ich Ihnen helfen sollte, Ihr Honorar zu rechtfertigen. Ich kenne Ihre Kollegen. Meistens lassen Sie sich dafür bezahlen, daß Sie ein paar Eulen nach Athen tragen. Alles, was sie können, ist die Spesenabrechnung aufblähen. Warum verhalten Sie sich nicht ebenso?«

»Weil das nicht mein Stil ist. Denken Sie daran, daß ich bis hierheraus gekommen bin, Sie haben selbst gesagt, daß die Gegend gefährlich ist. Sie könnten zumindest einräumen, daß ich für mein Honorar auch etwas riskiere.«

Der Bluff funktionierte. Der Anwalt wußte nicht, daß Degrado sich nur deshalb an diesem Ort befand, weil eine Kette von Zufällen ihn hierhin verschlagen hatte. Genausowenig dachte er daran, daß Degrado, hätte er vom Risiko der Kontamination gewußt, den Fall schon niedergelegt hätte, bevor er in die Unterstadt hinabgestiegen wäre.

Farolff schien sich erweichen zu lassen.

»Dann wären Sie also eine seltene Ausnahme«, sagte er. »Toll: Die Begegnung mit einem aufrichtigen Insistente verdient, gefeiert zu werden. Habt ihr Lust auf ein Bier?«

Er zerrte drei Kissen unter seinem Leib hervor und warf sie vor sich hin. Der Modergeruch kam näher.

»Maometto!« rief er dann, während Degrado, Iskra und Terry Platz nahmen.

Auf der Treppe tauchte der Lockenkopf eines etwa sechzehnjährigen Jungen auf, mit feuchtglänzenden Augen und einem breiten Lächeln im dunklen Gesicht.

»Komm her, zeig dich«, sagte der Anwalt und nahm die Brille ab.

Er schien im Handumdrehen wie verwandelt: Sein Blick trübte sich, die Augen wurden wässrig, und er lächelte zärtlich, wobei er sich über die hängenden Bartspitzen strich.

»Vier kalte Biere, mein Hübscher, wenn's recht ist?« trug er ihm auf. »Und laß die Gläser weg, wir sind hier unter Freunden.«

»Vier Biere ohne Gläser«, wiederholte der Junge, während er sich geschmeidig zur Treppe wandte.

Es wurde Bier von guter Qualität serviert.

»Ich habe mich schon viel früher für die Bewegung interessiert, lange bevor es Ihrem Mandanten in den Sinn kam, Nachforschungen über das Verschwinden seiner Verwandten anzustellen.« Der Anwalt ließ den Kronkorken aufspringen und nahm einen kräftigen Schluck, dann legte er sich wieder in die Kissen und setzte seine Brille auf.

»Wenn die Frau, die ihr Kind verloren hat, eine reinrassige Vagantin gewesen wäre, hätte ich mich niemals darauf eingelassen«, sagte er. »Meine Zeit hatte da oben einen ziemlich hohen Preis. Auch in Ihrem Fall handelt es sich nicht um gebürtige Vaganten, sondern um Gäste, nehme ich an.«

»Ja«, antwortete Degrado. »Die Frau ist die Nichte eines ziemlich berühmten Architekten.«

»Eben. Vom Elend abgesehen, sind die echten Vaganten Fatalisten. Wenn es hart auf hart kommt, ignorieren sie lieber einen Konflikt, sie gehen darüber hinweg. Sonderbare Leute, diese Vaganten, die letzten Philosophen sind sie. Und manchmal bringen sie mich zur Weißglut.«

Dann wandte sich Farolff an die beiden Mädchen: »Ihr zwei kommt doch auch von oben, nicht wahr?«

Iskra, die sich wie eine Eidechse in die Sonne gelegt hatte, hob den Kopf und schielte zu Degrado hinüber. »Ja«, gab sie zu. »Ich komme aus der Megalops.«

»Ja, ja«, nickte der Anwalt. »Ab und zu haut eine Katze, die schon zur Hälfte von den Mäusen abgenagt ist, aus der Kloake ab. Die Vaganten sind eine Alternative, ein Überdruckventil. Deswegen sind sie so verhaßt. Und du?«

Terry erhob sich.

»I soy wea i soy«, sagte sie und lehnte sich an das Terrassengeländer, wobei sie ihre sonnengebräunten maskulinen Pobacken sehen ließ. »*A lo hecho pecho*. Kümmern Sie sich um Ihren Kram«, schloß sie.

Sie hatten ihn also angelogen, alle beide. Degrado fühlte sich auf den Arm genommen, vor allem von Iskra, die sich vor ihm als Naturkind produziert hatte, die kryptische Sprache eingeschlossen.

»Man muß sich nur einigen«, setzte Farolff wieder an. »Aber warum ist die da drüben so griesgrämig?« Er zeigte auf Terry. »Was ist daran so übel, abzuhauen? Wir sind doch unter Weggefährten, wie mir scheint. Alle im Urlaub, alle auf der Suche nach dem urwüchsigen Paradies.«

»Ich nicht, ich pfeife auf eure Ästhetizismen.« Terry drehte sich erbost um, sie verzichtete nun ebenfalls auf die Tarnung durch den Sprachenmischmasch und sprach Klartext.

»Ich habe anderes zu tun«, fuhr sie fort. »Versuchen Sie nicht, vom Thema abzulenken. Ich verfolge keine persönlichen Interessen in dieser Angelegenheit, aber ich möchte trotzdem verstehen, ob es eine Möglichkeit gibt, etwas Konkretes zu bewirken. Sie haben verbreitet, daß Sie, wenn Sie wieder Kontakt mit einem Zeugen aufnehmen könnten, in der Lage wären, viele der entscheidenden Köpfe der Megalops rollen zu lassen.«

»Es gibt für mich keinerlei Möglichkeit, mit meiner Mandantin wieder Kontakt aufzunehmen«, sagte Farolff. »Man hat sie verschwinden lassen. Wenn sie keine Bewohnerin der Megalops gewesen wäre, hätte man sie umgebracht. Sie hat die Staatsangehörigkeit, und nur deshalb hat man sie am Leben gelassen, das ist als einziges Tabu übriggeblieben: die körperliche Unversehrtheit der Bürger. Aber sie ist wie vom Erdboden verschluckt. Wißt ihr, wovon wir sprechen? Bei bestimmten Machenschaften der Megalops darf man nicht amateurhaft agieren! Man muß warten, bis man alle nötigen Informationen hat, und dann muß man sich auf den richtigen Ebenen bewegen, eine Bemerkung hier, eine da, ein Kontakt nach dem anderen, eine offizielle Anzeige bei einem Verantwortlichen, und so weiter. Ich hatte mich auf diese Weise vorgetastet, und ich hätte es fast geschafft, den schamlosesten Handel zu stoppen, den die Schurken da oben jemals auf die Beine gestellt haben. Eine ungeheuer schmutzige Angelegenheit, der Verstand weigert sich, sie auszusprechen ... Wegen meiner Mandantin ist alles ins Wasser gefallen. Ich weiß nicht, auf welchem Weg sie eine absolut vertrauliche Information abgefangen hatte: die Adresse eines dieser Lokale, wo ... wo sich diese ... diese Herrschaften da treffen. Dann gelang es ihr, eine Einladung zu ergattern. Sie ließ sich von einem Freund begleiten - sie ist adliger Herkunft, die Dame, und es fiel ihr leicht, in das Ambiente zu gelangen. Nun, sie platzte mitten in das ... Fest, mit einer Laserpistole in der Handtasche. Sie veranstaltete ein unerhörtes Spektakel, aber es gab keine Toten, weil sie die Waffe ungeschickt handhabte. Trotzdem schaffte sie es, das Lokal zu verwüsten, das Lokal der ... Versammlung, meine ich. Sie hätten ihr den Prozeß machen müssen, doch sie zogen es vor, sie verschwinden zu lassen. Ich glaube, daß sie noch lebt, wo, weiß ich nicht, auch wenn ich es mir vorstellen kann. Das ist alles. Doch ohne einen Zeugen kann ich nichts ausrichten. Das ist keine Frage der Vorsicht. Mir ist einfach der Weg verbaut.«

Degrado versuchte vergeblich zu intervenieren.

»Seien Sie still!« platzte Farolff hervor. »Sie leben immer noch unter diesen Leuten, haben Sie das vergessen? Und Sie hatten sogar die Chuzpe, auf mein stilles Einverständnis anzuspielen. Sie haben unterstellt, daß die Angst mich gezwungen hätte, den Schwanz einzuziehen. Sie erlauben sich, mir Unterricht in Zivilcourage zu erteilen! Weil Sie einen Hopser hier herüber gemacht haben, halten Sie sich für einen großen Kämpfer! Was ist denn schon ein Insistente? Eine Abart von Vermittler, korrigieren Sie mich, falls ich mich irre. Besser gesagt: ein Seelentröster, ein armes Licht, das andere arme Lichter über die Anmaßungen einer Bande von Verbrechen hinwegtröstet.«

Diesmal fand Degrado seine Stimme wieder.

»Seitdem ich mich mit dem Fall beschäftige«, sagte er, »habe ich einzig und allein in Erfahrung bringen können, daß jemand in der Megalops Kinder für unsaubere Geschäfte benutzt. Ich komme hierher, an den Arsch der Welt, werde von einer Art Selbstmörder-Club empfangen und treffe endlich den König der Gerichtshöfe. Der alles weiß. Der kurz davor stand, einen kolossalen Skandal loszutreten. Gut, bisher bewegen wir uns in unterschwelligen Andeutungen, die auf denselben Begriff zielen. Vielen Dank auch. Ich bin bloß ein Mistkäfer, ein armes Licht, wie Sie es nennen, aber soweit war ich auch allein gekommen. Wenn die Sache über den engen Kreis der Begünstigten hinaus bekannt würde, dann könnte es einen Mordskrach geben, einen politischen Erdrutsch, das habe ich kapiert. Und weiter? Wenn diese Angelegenheit so gewaltig ist, daß selbst einige große Tiere auf glühenden Kohlen hocken, warum wahrt dann eine Person wie Sie soviel Stillschweigen? So konsequent, daß sogar die Vaganten, die Sie in ihrer Stadt beherbergen, gezwungen sind, sich an Magier zu wenden, damit sie etwas über die Sache herausbekommen. Ich bin kein großer Kämpfer, darin haben Sie sich nicht geirrt, ich weiß selbst nicht, warum ich mich in diese Geschichte habe einspannen lassen. Aber meine Erfahrung lehrt mich, daß auch Ihre Berufsgruppe nicht aus Kämpfern besteht. Alle Anwälte, die ich kenne, behandeln die Leithammel der Megalops, von den Richtern aufwärts, wie Unberührbare und führen Transaktionen jeder Art für sie durch ...«

Der Anwalt hatte sich aufgesetzt und wartete den Schluß ab. Iskra sah so aus, als amüsiere sie sich nicht besonders, sie schien sogar zu dösen. Terry wandte der Freundin den Rücken zu, sie war in die Betrachtung des Sees versunken, über dem langsam ein bläulicher Nebel aufstieg.

»Man hat mir gesagt, Sie seien anders«, fuhr Degrado fort. »In einem Fall hätten Sie sogar die Verteidigung der Sippschaft übernommen. Davon abgesehen ist es nicht zu leugnen: Sie haben den Sprung getan, ohne jeden Zweifel. Dann frage ich mich: warum sprechen nicht wenigstens Sie? Warum sagen Sie nicht zumindest mal, wie die Sache sich verhält ...«

»Wem?« Hochgezogene Augenbrauen und verächtlicher Tonfall.

»Was heißt, wem?«

»Sagen Sie mir, zu welchen Leuten ich gehen soll, um die zwei, drei Sachen auszuplaudern, die ich weiß. Sollte ich etwa bei Ihnen anfangen?«

»Und warum nicht?«

»Jetzt hören Sie doch mit diesen Banalitäten auf!« Der Anwalt hatte wieder die Brille abgenommen und durchbohrte Degrado mit einem Blick, der wahrscheinlich den Richtern des Obersten Gerichtshofs vorbehalten war.

»Ihr alle da oben«, sagte er, »habt seit langem die Fähigkeit verloren, euch zu entrüsten, eingeschlossen die fünf oder sechs erleuchteten Mandarine, die nichts anderes zu tun wissen, als auf Altgriechisch zu greinen. Sie haben Ihre Zeit damit verbracht, niederen Beamten die Füße zu lecken, deshalb haben Sie keine Vorstellung davon, mit welchen Bandagen diejenigen kämpfen, die wirklich zählen: Die können mit einem einzigen Schlag eine ganze Jauchegrube austrocknen. Die Anzeigen, die Skandale, eine öffentliche Anklage – haben Sie denn nicht verstanden, daß auch die manchmal vorprogrammiert sind? Da wird einem das Fell über die Ohren gezogen, der schon seit einer ganzen Weile im Kochtopf schmorte, und alles ist wieder in bester Ordnung. Mein lieber Junge, es gibt nur ein System, das funktioniert: Macht gegen Macht, Erpressung gegen Erpressung, jemandem etwas in die Hand geben, um ihm zu helfen, einen anderen auszulöschen. Genau das ist es, was ich machen wollte, anstatt ein Megaphon in die Hand zu nehmen. Und die Sache schien gut zu laufen. Ich hatte es geschafft, einem hohen Funktionär den Dolch in die Hände zu spielen, einem, der ihn benutzen wollte, um sich eines Exkompagnons der Seilschaft zu entledigen, weil er selbst auf den allerhöchsten Gipfel wollte. Wissen Sie, was passiert ist? Ich habe die Nachricht vor wenigen Tagen erhalten: Mein Mann hat einen Sprung aus dem 120. Stockwerk gemacht, ohne Aufzug, alles andere als eine Beförderung! Meinen Verbündeten hat es in seine Einzelteile zerlegt, nachdem ich zuvor schon die Mandantin verloren hatte. Was reden wir noch miteinander? Geht und laßt mich in Frieden!«

»Sie wissen nicht, wo Ihre Mandantin ist. Aber wir wissen, wo sich die Frau befindet, die Degrado sucht«, sagte Terry.

»Das ist ein Punkt zu Ihren Gunsten«, sagte Farolff und schaute den Insistente mit einer Spur Bewunderung an. »Wie haben Sie das geschafft?«

Aha, dachte Degrado, da also liegt der Hase im Pfeffer. Aber der Anwalt nickte nur resigniert, als er gehört hatte, daß Gregorio den Aufenthaltsort der Nichte Alsos mit Hilfe des Bildschirms von Ashaska entdeckt hatte.

»Dieses Medium ist ein Genie«, sagte er. »Man müßte mit dem Mädchen sprechen können. Immer vorausgesetzt, daß es jemandem gelingt, sie da herauszuholen, wo sie jetzt steckt.«

»Darum würde ich mich kümmern«, sagte Terry, »mit Hilfe einiger Freunde ...«

»Unmöglich.« Farolff schüttelte den Kopf. »Da wird nach der Pfeife eines gewissen Herrn getanzt, den ich sehr gut kenne. Einer, der zu Beginn seiner schwindelerregenden Karriere mein Klient war, als ich oben lebte, Mandanten hatte und alles, was man so braucht, um respektiert zu werden. Als ich anfing, mich um seine Geschäfte zu kümmern, vor sehr vielen Jahren, kam er taufrisch aus einer Strafanstalt der Megalops. Ich habe ihn da herausgeholt. Als Gepäck hatte er ein Häufchen irgendwo versteckter Banknoten, einige Basislektionen, die er da drinnen gelernt hatte, und eine so dicke Haut, daß sie fast kugelsicher war. Man kann sich unmöglich vorstellen, wie zynisch, ignorant und knickerig er war. Die Faustregeln, um sich durchzusetzen, habe ich ihm beigebracht, eine nach der anderen. Ich für meinen Teil habe gelernt, daß der Kontakt zu solchen Leuten auf die Dauer gefährlich ist. Das ist keine Frage der Skrupel. Dieser Herr Sowieso ist, von Beginn an, seit er in der Gegend herumlief und sich seiner bescheidenen Herkunft rühmte, von einer tödlichen Krankheit befallen: Er trägt die Langeweile in sich, jene absolute, undurchdringliche, es ist, als wäre er ein Granitblock oder ein Stück verrostetes Eisen. Das Unglück ist, daß es sich dabei um eine ansteckende Krankheit handelt, ich habe gemerkt, daß ich ihr mit der Zeit selbst erliegen würde ... Kurz und gut: die ›Bewegung‹ liegt in seinen Händen, ich weiß nicht, ob er der Initiator war, aber ich weiß sicher, daß in den westlichen Megalops die Sache heute ihm unterstellt ist. Es scheint sogar, daß er persönlich einen gewissen Gefallen daran findet, daß er diesmal mehr als nur Profit damit verbindet.«

Farolff musterte Degrado und lächelte hinterhältig.

»Wetten, daß Sie, wenn ich Ihnen den Namen sage, wie ein geölter Blitz vor mir, den Vaganten und diesen beiden Spinnerinnen davonlaufen werden?«

»Lassen wir es darauf ankommen«, sagte der Insistente.

Der Anwalt buchstabierte einen Namen, ohne einen Laut von sich zu geben.

»Donnerwetter!« sagte Degrado.

»Sehen Sie?« kicherte der Anwalt. »Und mit diesem Mann müßten Sie sich anlegen. Ihn müßten Sie bis vors Gericht und soweit bringen, daß ihm sämtliche Feinde und Gegner, die er hat, an die Gurgel springen; und er hat viele davon. Scheint Ihnen das ein leichtes Unterfangen?«

»Nein.«

»Sehen Sie? Haken Sie das Ganze als eine touristische Unternehmung ab, sagen wir an einen etwas abgelegenen, aber faszinierenden Ort. Kehren Sie nach oben zurück, hören Sie auf meinen Rat. Wenn Sie wollen, kann ich Ihnen einen Weg zeigen, um flugs wieder nach oben zu gelangen, ohne das ganze Labyrinth zu durchlaufen.«

»Ich danke Ihnen«, sagte Degrado. »Ich denke, daß ich auf Ihr freundliches Angebot zurückkommen werde. Aber vorher möchte ich gerne als würdig betrachtet werden, eine Information zu erhalten.«

»Um was damit anzustellen?«

»Ich habe einen weiten Weg gemacht, und wahrscheinlich habe ich mir eine Krankheit eingehandelt. Ich würde gerne meine Neugier befriedigen.«

»*Proicere margaritas ante porcos*«, zitierte der Rechtsgelehrte. »Das hieße Perlen vor die Säue werfen. Halten Sie das für angebracht? Glauben Sie, daß die Neugier eines beliebigen Insistente genügt, um ein Geheimnis zu lüften, das einen den Kopf kosten kann?«

»Ich verstehe.« Degrado seufzte und machte einen mühseligen Versuch, sich von dem muffigen Kissen zu erheben. »Sogar an diesem verschissenen Ort wird dieselbe Platte aufgelegt. Ich habe die Attraktion dieser Rundfahrt durch die Slums gesehen: einen der Häuptlinge der Megalops, der in Ungnade gefallen und heruntergekommen ist, aber den Prinzipien treu bleibt. Alles muß sich im erlauchten Kreis abspielen, auf den Außenstehende keinen Zugriff haben. Wenn da oben in seiner Höhle ein Monster sitzen sollte, das die Kinder der Vaganten frißt ... dann laßt es bloß die kleinen Lichter nicht erfahren ... die kleinen Lichter wie mich und euch, Mädchen ...«

Mit einem Stoß wurde er auf das Kissen zurückgeworfen. Farolff hatte sich erhoben. Er ließ den Arm in der Luft, in Gedanken versunken, dann nahm er langsam die Brille ab und zeigte einen gewichtigen, mahnenden Blick.

»In seiner Höhle, sagen Sie? Es gibt keine Höhlen für die Monster in den Obergeschossen, nur exklusive Restaurants in altmodischem Stil, Kerzenlicht, klassische Musik und tadellose Bedienung. Von wegen Höhlen!«

Die Stille wurde von einem Grunzen Terrys unterbrochen, etwas wie ein Würgen. Auch Degrado spürte, daß die Übelkeit ihm die Kehle hochstieg. Iskra hatte die Augen aufgerissen und starrte wie versteinert auf den Anwalt, der die Brille wieder aufgesetzt und seine Buddha-Haltung eingenommen hatte.

15
Brainstorming

Signore Dei Vetri legte die Hände flach auf den Tisch, betrachtete seine dezent rosa lackierten Fingernägel, kniff die Augen zusammen, schnaubte beim Versuch, sich zu konzentrieren, und ließ einen bedeutungsschwangeren Blick über die Versammlung gleiten.

»Zum ersten Mal«, sagte er, »habe ich mich auf ein verfehltes Unternehmen eingelassen. Ich habe ein Geschäft getätigt, das aus zwei Gründen einen Mißgriff darstellt. Worum es sich handelt, das seht ihr vor euch, auf einem Papier, das ihr bitte lesen, euch einprägen und der Sekretärin zurückgeben sollt.«

Dei Vetri ließ die dicken, geschwollenen Augenlider sinken und wartete geduldig, bis die gebeugten Köpfe sich wieder aufrichteten.

Die Sekretärin machte die Runde um den Tisch, sammelte sechs Blätter mit einigen wenigen Schreibmaschinenzeilen ein und schob sie in eine Mappe aus Maroquinleder, die sie dem Vorsitzenden brachte. Dieser legte die Hände wie ein Siegel darauf.

»Um genau zu sein«, fuhr der Dickwanst nach der Pause fort, »sind die Gründe, warum dies das schlechteste Geschäft meines Lebens ist, drei. Der erste liegt auf der Hand. Es handelt sich um eine blockierte Bewegung. So wie es sich im Moment verhält, ist es, als hätte ich ein ausgepumptes Vollblut aus dem Rennen genommen, eine erschöpfte Mine, ein Lotterielos, das nicht gezogen wurde. Der zweite Grund ist, daß es sich um ein illegales

Geschäft handelt: Auf diese Weise habe ich, ohne jede Gewinnaussicht, demjenigen die heiße Kartoffel aus der Hand genommen, der sie festhielt und sich allmählich die Finger verbrannt hätte. So laufe ich höchstens Gefahr, mir selbst eine Verbrennung einzuhandeln. Ich denke, ihr erinnert euch alle an den Skandal der Blaumänner. Gut, was ihr darüber gelesen habt, reicht, um euch klarzumachen, daß dies hier eine noch Schlimmeres zeitigen kann. Außerdem widerspricht die Operation meiner Linie. Ihr wißt alle, daß ich immer, ich betone: immer und ausnahmslos, so vorgegangen bin, daß ich zuerst die Hürde der Illegalität genommen und dann ein Geschäft abgeschlossen habe. Ich meine damit, daß ich in der Vergangenheit, ohne Kosten zu scheuen, immer über die Institutionen gegangen bin und erst diese verändert habe, bevor ich mich auf eine Operation eingelassen habe. Ich kann behaupten, daß die Megalops heute bestimmte fortschrittliche Gesetze hat, die meiner Voraussicht zu verdanken sind. Wer seit langem bei mir ist, weiß, wovon ich spreche. Den anderen wird es genügen, sich an die Regelung über die Immobilienvermögen der Rentner zu erinnern, das Gesetz zum Sklaven- und Hunde-Recycling, die Verordnung über den Umgang mit Atomabfällen, den *corpus legum* zur Nahrungsmittelaufbereitung des Festmülls und die aktuelle Liste der liberalisierten Drogen. Diesmal liegt die Sache anders. Ich übertreibe nicht, wenn ich behaupte, es handelt sich buchstäblich um einen Sprung ins kalte Wasser. Und der dritte Grund ist der schwerwiegendste.«

Signore Dei Vetri ließ eine lange Pause folgen und schaute betreten auf seine Fingernägel, als ob er sich schämte fortzufahren. Er seufzte.

»Wenn ich in diesem Fall überstürzt gehandelt habe«, setzte er fort, »so lag das an rein persönlichen Motiven.

Was der schlimmste Fehler ist, den man in Geschäftsangelegenheiten begehen kann. Bis vor kurzem gehörte ich zu einem äußerst begrenzten Verbaucherkreis. Nur unter diesem beschränken Blickwinkel interessierte ich mich für die Sache; ich muß einräumen, daß ein gewisser Nimbus der Heimlichkeit ihren Reiz erhöhte. Dies ist der Grund, warum ich niemals beabsichtigt hätte, die Patenschaft der Bewegung zu übernehmen. Ich wäre nicht bis dahin gelangt, wo ich heute bin, wenn ich nicht immer ein fanatischer Saubermann in Geschäftsdingen gewesen wäre. Unglücklicherweise hat jemand seine schlecht zugewiesene Kompetenz benutzt, um dem einen Riegel vorzuschieben. Ihr habt bereits gelesen, auf wen ich anspiele.«

Der Signore Dei Vetri machte eine flüchtige Geste mit der Hand, als wollte er eine Fliege vertreiben. Seine Stimme schwoll an und ließ das Ressentiment durchklingen.

»Ich verachte die Genüsse, die diese Stadt bietet«, erklärte er. »Ich verachte ihre Trivialität, ihre Banalität. Ich kann nicht einmal sagen, daß ich davon übersättigt wäre, denn ich habe niemals eine Gewohnheit daraus gemacht – abgesehen von jenem unschuldigen Genuß, der für die Gemeinschaft nicht schädlich, sondern, genau genommen, eher nützlich ist. Und ich hätte nie gedacht, daß jemand – ich weiß nicht, ob aus Moralismus oder Kleinmut – so weit gehen würde, mir die einzige Zerstreuung zu nehmen, die mir das öde Dasein in dieser Megalopolis seit einigen Jahren bietet. Was für ein Unsinn! Was für ein absoluter Schwachsinn! Ich habe mich aus der Ruhe bringen lassen, das ist alles. Ich habe mich den Verantwortlichen genähert und alles gekauft. Ich habe eine abgetakelte Schindmähre gekauft. Jetzt befinde ich mich in einer Sackgasse. Entweder ziehe ich mich zurück und verliere das Gesicht, ganz abgesehen von dem investierten Geld, oder ich gehe das einzige wirkliche Risiko meiner bisherigen Karriere ein.

Deshalb bin ich nicht unbeschwert. Denn es ist das erste Mal, daß ich aus einem persönlichen Grund mit dem Rücken zur Wand stehe. Wenn der kühle Kopf fehlt, fehlen auch die Ideen. Daher habe ich diese Versammlung einberufen. Nicht damit ihr, wie sonst, einen meiner genialen Pläne in die Tat umsetzt. Diesmal muß die geniale Idee von euch ausgehen. Ich möchte euer Hirn buchstäblich *tik-ken* hören! Ich habe den Raum abschließen lassen; niemand geht hinaus, bevor die definitive Lösung nicht gefunden ist. Übliche Vorgehensweise, das heißt freie Einfälle, ohne Raster, ohne Hemmungen, ohne Angst vor Gedankensprüngen, Absurditäten oder Banalitäten. Machen wir uns an die Arbeit!«

Es herrschte lange Stille. Die Experten warfen einander mit hängenden Köpfen verstohlene Blicke zu.

Der erste, der mit einem hinterhältigen Lächeln im Gesicht das Eis brach, war der Fachmann für Wirtschaftsfragen.

»Meine Anregung mag banal klingen«, setzte er an, »aber wie denkt unsere Turandot darüber? Warum vertrauen wir ihr das Problem nicht an? Wir geben ihr die Eckdaten unseres Problems ein, ein paar melodische Piepser, und wir warten auf die Antwort.«

»Das haben wir natürlich schon getan«, antwortete der Informatikfachmann.

»Ach ja?« fragte der Ökonom scheinheilig, der in Wirklichkeit genau Bescheid wußte. »Und was ist dabei herausgekommen?«

»Nun«, wich der Informatiker aus, der sichtbar auf Nadeln saß, »Turandots Antwort liegt vor, natürlich, sie ist allerdings nicht klar.«

»Was soll das heißen?« hakte der Ökonom nach, legte den Finger in die Wunde und lächelte noch breiter. »Das ist einigermaßen ungewöhnlich, daß ein Computer keine klare Antwort gibt, meinen Sie nicht?«

»Lesen Sie ihm diesen Mist von Antwort vor, und damit Schluß«, schaltete sich der Vorsitzende ein.

Der Informatiker räusperte sich und zog einen Computerausdruck aus der Tasche.

»Gut, sie hat folgendes gesagt.« Er hüstelte und las: *»Ich möchte dem Leser zu bedenken geben, daß meine Maßnahme nur für dieses einzige Reich Irland und für kein anderes, das auf der Erde jemals existiert hat, existiert oder existieren wird, gedacht ist. Deshalb spreche mir niemand von anderen Lösungen, wie zum Beispiel der Besteuerung auswärts lebender Mitbürger mit fünf Shilling je Pfund;«* ein weiteres Hüsteln, *»dem ausschließlichen Gebrauch im Inland produzierter Kleidungs- und Möbelstücke; der Boykottierung aller Materialien und Hilfsmittel, die ausländische Luxusgüter befördern; der Austreibung von Verschwendungssucht, Hoffahrt, Putzsucht, Bequemlichkeit und Spielleidenschaft bei unseren Damen; der Einführung eines Hangs zu Sparsamkeit, Umsicht und Mäßigung; der Vermittlung der Vaterlandsliebe, eines Zuges, in dem wir uns sogar von den Lappländern und den Einwohnern Topinambus unterscheiden.«*

»Sehr erbaulich«, sagte der Ökonom. »Aber was hat das damit zu tun?«

»Nun, ich denke, einen Sinn ergibt es schon. Ich habe jedenfalls noch eine weitere Tabelle ausgearbeitet.«

»Das reicht!« Signore Dei Vetri wurde fuchsteufelswild. »Kommt mir nicht mehr mit dieser Kaffeemaschine! Sie belegt zwei Stockwerke einer meiner schönsten und bestgelegenen Immobilien. Ich weiß nicht, wie viele Techniker ich bezahle, die um sie herumscharwenzeln, um sie zu lecken, zu polieren, ihr salbungsvolle

Worte einzuflüstern, als ob sie in der Kirche wären, alle Mann voller Diensteifer und Ehrfurcht. Und wenn ein ernsthaftes Problem auftaucht, kommt sie mit Orakelsprüchen daher. Sie sind gewarnt, wenn das noch einmal vorkommt, falle ich über diese Art Abtei mit einem Vorschlaghammer her. Und was die Äbte betrifft, die setze ich an die Luft!«

»Erlauben Sie mir«, entgegnete schüchtern der Informatiker, »die Beobachtungen Turandots sind alle historiographischem Material entnommen. Alles Dinge, meine ich, die von einer gewissen Sittlichkeit geprägt sind, wenigstens der Großteil. Nun, die Lösung bestimmter, eher heikler Probleme ist, grob gesagt, einer mündlichen Überlieferung vorbehalten, die sich nur sehr schwer speichern läßt. Als wir Turandot die Aufgabe gestellt haben, ist ihr System deshalb fast abgestürzt, mit einem Wort: Sie hat sich wie ein wohlerzogenes Mädchen verhalten, das einen etwas gewagten Witz hört, wenn ich mich so verständlich machen kann ...«

»Dann schiebt ihr die Gesamtausgabe des Marquis de Sade in den Hintern!« tobte wieder der Chef. »Was soll ich mit einer höheren Tochter anfangen?«

»Auf diese Art werden wir nicht weit kommen«, sagte der Marketing-Experte.

»Ich bedaure, daß ich in dieses Wespennest gestochen habe«, seufzte der Ökonom heuchlerisch.

»Hört sich an wie ein Zitat«, sagte, fast für sich, der Experte für Geschichte, Kunst und Literatur.

»Gut«, begann der Ökonom wieder, »arbeiten wir mal ernsthaft. Die Risiken entstehen durch gewisse natürliche Bindungen, die man nur schwer, wenn überhaupt, im stillen lösen kann. Ich denke, darin sind wir uns alle mehr oder weniger einig. Daher sage ich: Warum gehen wir das Problem nicht an seinem eigentlichen Ursprung an? Wenn ein Rohstoff schwer zu erhandeln ist oder einen zu hohen Preis hat, was macht man dann in der Regel? Man übernimmt die Produktion, wie mir scheint, nicht wahr? Ich leugne nicht, daß das Problem in diesem speziellen Fall durchaus Besonderheiten aufweist. Und einige Schwierigkeiten von beachtlichem Niveau, aber nicht unüberwindbar. Es fehlt nicht einmal an historischen Beispielen auf dem Gebiet.«

»Doktor Khann wird das bestätigen können: Im Nazi-Deutschland wurden, wenn ich nicht irre, Stätten für die Produktion der reinen arischen Rasse geschaffen. Man weiß um die Existenz einer solchen Stätte in der Gegend von München, das war 1937, um genau zu sein. Es war dergestalt organisiert ...«

Der Experte für Geschichte und Literatur begann alle Register seiner Gelehrsamkeit zu ziehen.

»Es ist alles klar«, unterbrach ihn der Signore Dei Vetri. »Wir sind hier, um eine Idee zu entwickeln, nicht um die Bücherwürmer zu spielen.«

»Wenn ich recht verstanden habe«, sagte der Marketing-Experte, »würden Sie vorschlagen, Erzeuger und Erzeugerinnen zu unterhalten, um danach das Produkt zu verwerten. Haben Sie die Kosten kalkuliert?«

»Das ist nicht nur eine Kostenfrage«, sagte der Rechtsexperte. »Tatsache ist, daß uns eine derartige Lösung nicht einen Schritt weiter in die Richtung bringt, die wir einschlagen wollten, nämlich das Problem der Legalität zu lösen.«

»Vielleicht habe ich's«, sagte der Fachmann für medizinische Fragen. »Es ist noch eine unausgegorene Idee, kann aber funktionieren, denke ich. Laßt mich nachdenken!«

Er zog ein Tuch aus der Brusttasche und fing an, energisch seine Brillengläser zu putzen.

»Spucken Sie's aus!« sagte der Signore Dei Vetri. »Ich habe nicht ewig Zeit.«

»Also bitte: In der letzten Zeit sind neun neue Viren entdeckt worden, die ebenso viele Kinderkrankheiten hervorrufen. Alle diese Infektionen sind tödlich; ich beziehe mich hierbei auf das Virus von Ghinulfi, gemeinsprachlich auch Neue Blattern genannt, das die vollständige Lähmung der Nervenzentren hervorruft; dann das Virus von Alan und Kazdin, das eine ähnliche Symptomatik wie der sogenannte Mumps aufweist, und zu einer schlagartigen Hirnblutung mit gleichermaßen verhängnisvollem Ausgang führt.«

»Lassen Sie die anderen sieben Viren sein«, meinte Dei Vetri, »und kommen Sie auf den Punkt.«

»Nun«, fuhr der Medizinexperte fort, »wir könnten selbst ein Virus entdecken. Nicht wirklich, meine ich. In der Praxis könnte der Mechanismus so aussehen: Die höchste Autorität unserer Einrichtung für die öffentliche Krankenversorgung stellt die Existenz dieses Virus fest ... das heißt, wir sorgen dafür, daß sie sie feststellt. Danach entdeckt ein anderer illustrer Mediziner, daß dasselbe Virus eine Veränderung des Blutbildes bewirkt. Auf diesem Gebiet braucht man nur zu wählen; in den beiden letzten Jahren sind unter den Subjekten unter fünf Jahren nicht weniger als dreiundsiebzig solcher Veränderungen nachgewiesen worden. Daraufhin lassen wir wissenschaftlich beweisen, daß diese Veränderung ein sicherer Hinweis auf den Virusbefall ist. An diesem Punkt müssen wir nichts anderes mehr tun, als unsere Verbindungen zur öffentlichen Krankenversorgung spielen zu lassen und den Paragraphen 307 anzuwenden, daß heißt das Gesetz der *Totalimpfung*. Ihr wißt, wie es funktioniert: Um die Ansteckungsgefahr zu vermeiden, würde die Euthanasie bei allen Subjekten zur Anwendung gebracht, die sich als Träger des veränderten Blutbildes erkennen lassen. Und hiermit wäre das Rohstoffproblem auf dem Boden der absoluten Legalität gelöst.«

»Das ist ein bißchen riskant«, sagte der Rechtsexperte, »aber mit den nötigen Vorsichtsmaßnahmen könnte es funktionieren. Sollte etwas schiefgehen, könnten wir immer noch sagen, daß sich auch der gewissenhafteste Arzt einmal irren kann. Es ist ziemlich schwer, die Verfehlung eines Mediziners nachzuweisen. Die einheitliche Rechtsprechung deckt ihn bis hin zu einem unentschuldbaren Fehler. Und eine bewußte Täuschung müßte durch stichhaltige Beweise erst einmal belegt werden. Alles in allem scheint mir das eine geeignete Lösung.«

»Für den Arsch geeignet«, sagte der Marketing-Experte. »Das ist eine absurde Idee. Absolut undurchführbar. Es würde bedeuten, daß man Subjekte auf den Markt wirft, die bekanntermaßen von einer Krankheit befallen sind. Einer ansteckenden obendrein.«

»Und was macht das?« sagte der Experte für medizinische Fragen. »Wir werden die Information herausgeben, daß es sich um eine Kinderkrankheit handelt, gegen die Erwachsene immun sind.«

»Versuchen Sie, mich zu verstehen. Ich spreche von einem Vermarktungsproblem. Würden Sie ein Hähnchen essen, das an einer Krankheit gestorben ist?«

»Er hat recht«, sagte Signore Dei Vetri und zeigte auf den Marketing-Experten. »Die Idee können wir vergessen.«

»Wir sind an einem toten Punkt angelangt.«

Der Ausspruch des Informatikers brachte die allgemeine Bedrückung zum Ausdruck. Daraufhin versuchte der Rechtsexperte mit einigen theoretischen Überlegungen, den Weg aus der Sackgasse zu weisen.

»Unser System«, sagte er, »oder besser, unsere Zivilisation basiert auf sozialen Unterschieden; und heute haben sich diese Unterschiede, wie wir alle wissen, sozusagen in der vertikalen Schichtung der urbanen Konglomerate materialisiert. Woran sich, dies ist der Punkt, auch eine juristische Schichtung anlehnt. In einfachen Worten«, fügte er leicht herablassend hinzu, »oben und unten auf der sozialen Leiter entsprechen oben und unten in der urbanen Struktur und diese wiederum dem Alles oder Nichts der bürgerlichen Rechte ...«

»Aber warum erzählen Sie uns dieses Zeug, über das wir doch bestens Bescheid wissen?« fragte Signore Dei Vetri.

»Weil man meinen könnte«, erwiderte der Rechtsgelehrte, »daß es nicht allen bewußt ist. Ich wollte nämlich gerade sagen, daß wir in der vergangenen Führungsarbeit so agiert haben, als ob die Vaganten global und unterschiedslos zur Kategorie der Rechtlosen gehören, was nicht richtig ist, obgleich die überwiegende Mehrzahl von ihnen von niederer Rasse ist. Richtig ist vielmehr, daß die Vaganten dadurch, daß sie sich mit ihrem Vagabundieren der physischen Vertikalität der Sozialstruktur entziehen und gleichzeitig, wenn auch zu einem verschwindenden Teil, unterschiedlicher Herkunft sind, die Rechtssprechung vor schwerwiegende Probleme stellen. Dies ist der Grund für jene bedauerlichen Zwischenfälle, die, nach der wirkungsvoll in Anwendung gebrachten Metapher, den Zusammenbruch des Rennpferdes hervorgerufen haben. Es liegt auf der Hand, daß die Rohstoffbeschaffung, wie der Kollege Ökonom es nennt, viel geringere Schwierigkeiten und Risiken mit sich bringt, wenn sie unter Herumtreibern durchgeführt wird und nicht in dichten und geschlossenen Konglomeraten, wie es die Viertel der unteren Regionen sind.

Aber man hätte daran denken müssen, daß diese Bequemlichkeit von Risiken anderer Art aufgewogen wird. Kurz: Man hat einen Fehler begangen, und meiner Meinung nach muß die Marschrichtung vom Eingeständnis dieses Fehlers ausgehen.«

»Nicht einmal im Traum«, warf der Signore ein. »Es stimmt, daß ein Fehler begangen wurde, aber dieses Eingeständnis hilft uns nicht weiter, weil unser Problem ein ganz anderes ist. Unser Problem ist, ein verflucht unpopuläres Gesetz durchzubringen, auf jeden Fall unpopulär, unabhängig vom Besitz oder Nicht-Besitz der Rechte. Wir müssen uns auf eine rhetorische Flut zum Wohle der lieben Kleinen gefaßt machen, auf schlechte Literatur, die um so rührseliger und effektvoller ist, je jünger die Subjekte sind ...«

An diesem Punkt schlug der Signore, nachdem er auf den Gesichtern die betretenen Mienen gesehen hatte, mit der Faust auf den Tisch und schrie: »Hier liegt das Problem, oder nicht? Versucht weniger zimperlich und dafür handfester zu sein! Bisher haben wir nicht das Schwarze unter dem Fingernagel gefunden!«

Seit einiger Zeit schon kraulte sich der Experte für Geschichte, Kunst und Literatur das schüttere Intellektuellenbärtchen, zeichnete Schnörkel auf ein Blatt Papier, nahm die Brille von der Nase und setzte sie wieder auf. Die letzten Worte des Vorsitzenden hatten eine gewisse Spannung erzeugt: Alle spürten, daß sich einer seiner berühmten Tobsuchtsanfälle anbahnte, die normalerweise in der Drohung gipfelten, er werde sie allesamt entlassen. Auch deshalb zuckte jeder einzelne zusammen, als plötzlich ein Schrei ertönte:

»Der Computer hat recht!«

Mit erleuchteter und gleichzeitig zerknirschter Miene schlug sich der Literaturexperte die Hand vor die Stirn.

»Ich glaube, gesagt zu haben«, mahnte Signore Dei Vetri mit der Ruhe, die dem Sturm vorausgeht, »daß jeder, der mir noch einmal dieses Ding in Erinnerung rufen würde ...«

»Nein, nein, ich bitte Sie, lassen Sie mich weitersprechen«, drängte der Literaturexperte, »Sie werden es nicht bereuen! ... Also: Wir fragen uns jetzt schon seit einer ganzen Weile implizit, was unser Gesetz braucht, um in Gang zu kommen. Nun denn, die Antwort stach in die Augen, und niemand hat sie gesehen: Es braucht einen einflußreichen Bürgen, meine Herrn, eine Unterschrift von hohem Prestige, die Seriosität, wissenschaftliche Fundiertheit und Nützlichkeit für das Gemeinwohl garantiert. Um so besser, wenn diese Bürgschaft aus der Vergangenheit stammt, da eine Legitimierung durch Geschichte und Mythos niemals schaden kann. Somit haben wir alles Nötige in der Hand, und der Computer, der Gute, hatte uns darauf hingewiesen.«

Hier hielt der Literat inne und maß mit zwei, drei Augenaufschlägen die Neugier der Zuhörerschaft. Er hatte zum ersten Mal die Gelegenheit, sich in dieser Versammlung von Fachleuten hervorzutun, und er nutzte das mit der Attitüde eines Matadors. Vielleicht hingen die Zuhörer gerade deshalb an seinen Lippen. Der Informatiker schien aus verständlichen Gründen neugieriger als alle anderen, und sein finsterer, beschämter Gesichtsausdruck hellte sich zu einem erwartungsfrohen Lächeln auf.

Nachdem er auf letzteren einen strengen Blick geworfen hatte, als wollte er ihm davon abraten, sich ein Verdienst zuzuschreiben, das ihm nicht zustand, gab sich der Literat einen Ruck und löste die aufgebaute Spannung.

»Mir war sofort klar«, sagte er, »daß die Antwort des

Computers ein Zitat ist. Es fiel mir schwer, die Stelle zu orten, denn es handelt sich um einen zweitrangigen Passus, will sagen: Wenn ich mich recht entsinne, handelt es sich um einen moralisierenden Diskurs, mit dem der Autor wohl die Kühnheit des Textganzen zu dämpfen suchte ...«

»Da haben wir den Beweis für Turandots Schamgefühl!« sagte der Ökonom lachend zu seinem Nachbarn.

»Ich gebe Ihnen drei Sekunden, um sich zu erklären«, schüchterte Signore Dei Vetri den Literaten ein.

»Ich komme sofort zum Punkt«, garantierte der Experte, ein bißchen kleinlauter. »Die Passage, auf die ich mich beziehe, ist dem satirischen Pamphlet eines Autors aus dem 18. Jahrhundert entnommen, eines gewissen Jonathan Swift. Ich erwarte nicht, daß Sie diesen Namen je gehört haben, seine Bücher gehören inzwischen ins Antiquariat; ihm ist, wie vielen anderen, das passiert, was bestimmte Ortschaften nach und nach aus den Kreisläufen der Traffic-Control ausschließt: Der Weg ist zerstört worden und in einigen Fällen sogar verschwunden. Was für uns, wie ihr gleich sehen werdet, einen enormen Vorteil darstellt. Kurz gesagt, schlägt dieser große Humorist (ich könnte euch viele seiner wichtigen Werke zitieren, aber mir scheint dies nicht der rechte Rahmen) in dem vom Computer markierten Text vor, die Probleme, die seine Wahlheimat Irland belasten (Armut, Überbevölkerung, illegitime Mutterschaften, Jugendkriminalität), dadurch zu lösen, daß das Fleisch armer Kinder unter vier Jahren als Nahrungsmittel vermarktet wird ...«

»Und das soll ein Autor des 18. Jahrhunderts geschrieben haben?« fragte der Wirtschaftsexperte mit ungläubiger Miene. »Wie haben Sie gesagt, heißt er?«

»Jonathan Swift.«

»Er war sicher kein Wirtschaftswissenschaftler.«

»Ich habe nicht behauptet, er sei Ökonom, aber ich verstehe nicht, was das ausmacht.«

»Möglicherweise gehörte das zitierte Werk«, bemerkte der Verantwortliche für den Computer, »zu jener aufgelösten Bibliothek, die wir im letzten Sommer zur Gänze aufgekauft haben. Ich ließ Turandot rund hundert Werke speichern, aber auf gut Glück, nur um sie im Training zu halten ...«

»Statt sinnloses Zeug zu reden, mit dem Sie Ihre Inkompetenz überspielen wollen«, unterbrach ihn Signore Dei Vetri und gab ein Zeichen, die Tür aufzuschließen, »gehen Sie lieber nachsehen, ob der Doktor die Wahrheit gesagt hat. Wenn ich bedenke, daß uns dieser Hinweis fast entgangen wäre, kriege ich Lust, Sie mitsamt Ihrem Ministrantenverein zu entlassen! ... Fahren Sie fort«, fügte er, zum Literaten gewandt, hinzu.

»Wenn man ihn mit passenden Kommentaren begleitet«, sprach dieser triumphierend weiter, »müßte es leichtfallen, diesen literarischen Text für ein echtes wissenschaftliches Traktat auszugeben. So wird das Büchlein zum Vorschlag eines großen Ökonomen, der in seiner Epoche kein Gehör fand. Swift war lange Zeit Regierungsberater, folglich auch ein beachtlicher Mann der Politik: Diese Tatsache sollte hervorgehoben werden, um klarzustellen, daß er kein weltfremder Theoretiker war. Er war auch Geistlicher, ein Pastor, und dies wird uns helfen, ihn als moralisch einwandfreie Figur herauszustellen. Schließlich war er ein großer Denker, ein freier und rationaler Geist, ein Amateurphilosoph von aufklärerischer Prägung; ein weiterer Zug, den man hervorheben sollte, denn die Aufklärung nötigt selbst ihren Gegnern Respekt ab. Überlegt einmal: die Stimme genialen Theoretikers, eines Mannes von sicherem praktischem Sachverstand und erhabener Frömmigkeit, die zu uns dringt durch die

Zeit, aus dem Jahrhundert der Erleuchtung! Jeder beliebige Stümper würde sich querlegen, darauf kann man wetten, wenn so ein Vorschlag von einem noch so illustren Gelehrten unserer Stiftung käme, aber wer wird es wagen, sich einer Idee zu verschließen, die schon vor gut dreihundert Jahren ihrer Zeit so weit voraus war?«

Der Computerfachmann kam in den Saal zurück. Er starrte auf einen weiteren Ausdruck und machte ein verblüfftes Gesicht.

»Das scheint schon wieder ein Zitat zu sein«, sagte er. »Auch dieses hier ist nicht besonders klar, aber dafür wird wenigstens der Autor genannt.«

»Der wäre?« fragte Signore Dei Vetri.

»Genau der, Jonathan Swift.«

»Lesen Sie!«

»*... Denn nachdem ich alle illustren Namen am königlichen Hofe über ein Jahrhundert zurückverfolgt hatte, erkannte ich, wie verzerrt die Welt von käuflichen Schriftstellern dargestellt wurde, von Autoren, die die größten Taten den Feiglingen, die weisesten Ratschläge den Irren, die Aufrichtigkeit den Schmeichlern, die Staatstugend den Landesverrätern, die Barmherzigkeit den Atheisten, die Keuschheit den Sodomiten und die Wahrheit den Spionen zugesprochen haben ...*«

Der Informatiker schaute verschreckt den Chef an und wartete auf einen neuen Wutanfall. Aber Dei Vetri lachte nur höhnisch.

»Die Käuflichen bei Hofe, ha! Die Welt ändert sich doch wirklich nie! Ich habe das Gefühl, daß sich unsere gute Turandot hier auf eure Kosten lustig gemacht hat ... in Erfüllung ihrer Pflicht, keine Frage!«

Der Ökonom erhob sich mit rotem Kopf.

»Ich bitte mit allem gebotenen Respekt um Entschuldigung«, sagte er mit einer knappen Verbeugung, »aber Sie haben nicht das Recht, uns zu beleidigen!«

»Was habe ich damit zu tun?« erwiderte der Vorsitzende, wobei er weiterlachte. »Wenden Sie sich mit Ihrem Einspruch an den Computer ... Oder gar an diesen Herrn Swift ... Wie auch immer«, fuhr er, wieder ernst geworden, fort, »wenn sich jemand beleidigt fühlt, bitte ich um Verzeihung. Bitte setzen Sie sich wieder, wir haben zu arbeiten.«

Er gab der Sekretärin ein Zeichen, die herbeistürzte, um mitzuschreiben.

»Folgende Anweisungen«, diktierte er. »Zwölf Orchideen für Turandot. Sämtliche Schriften dieses Swift und alles ihn Betreffende, Kommentare, Biographien, alles (außer dem natürlich, was uns nützt und gut verschlossen in unserem Besitz bleibt) aufstöbern und vernichten. Anweisung an meinen Verleger: Eine Auflage von 2000000 Exemplaren des Werkes mit kritischem Kommentar, Biographie und einer wirtschaftstheoretischen Analyse drucken, einer Reihe von Essays, meine ich, und zwar von den hervorragendsten Namen der Stiftung. Ich brauche auch ein Bild dieses Swift. Ihr werdet ein Porträt in Lebensgröße hinter meinen Schreibtisch und ein weiteres, doppelt so großes, in den Empfangs- und Repräsentationssaal hängen; in einer Hand soll er gut sichtbar das Traktat halten. A propos: der Titel?«

»A modest proposal«, sagte der Literaturexperte. *»Ein bescheidener Vorschlag.«*

»Nichts da! Der Titel wird geändert. Von nun an lautet er *Definitiver Lösungsvorschlag*. Ihr werdet an jeden Funktionär, jeden Manager, jeden Politiker, Militär, Journalisten, Bullen, Klowärter in den Palästen, an jede halbe Portion, die auch nur einen Pfifferling in dieser Megalopolis wert ist, ein gebundenes und numeriertes Geschenkexemplar schicken ... Anweisung an meine Fernsehsender: dreißig Reportagen, die einen Monat lang täglich auszustrahlen sind; alles Weitere wird noch zu entscheiden sein. Zu behandelnde Themen: die Situation und die Probleme der alleinerziehenden Mütter auf den unteren Ebenen, von der vierten abwärts; die zunehmende Jugendkriminalität: Ich möchte Live-Szenen von Vergewaltigungen, Schlägereien, Überfällen und Konflikten zwischen rivalisierenden Banden; die Rekrutierung und Ausbildung von Verbrechern unter zwölf Jahren: Ich will Kinder sehen, die Bomben legen, Züge sabotieren und zu Scharfschützen ausgebildet werden. Ruft den Herren Reportern in Erinnerung, wie mein Grundprinzip in Sachen Journalismus lautet: Nachrichten werden nicht gefälscht; wenn sich eine Szene, die wir brauchen, nicht abspielt – keine Imitationen oder Fälschungen! Man provoziert sie in der Realität und filmt sie. Ich wiederhole: keine Tricks mit mir, in keiner Weise! Ein weiteres Thema, das gründlich zu analysieren wäre: die Bevölkerungsdichte in Megalops-Afrika (nach den offiziellen Zahlen müßte sie viermal so hoch sein wie bei uns). Leute filmen, die auf den Dächern, auf Treppen, auf Gehsteigen, auf der Straße, mitten im Verkehr schlafen ... Und vor allem Kinder, ich will, daß es überall von Kindern wimmelt: zwischen den Beinen der Leute, an die Schultern der Mütter geklammert, von den Bäumen hängend, in der Gosse liegend, in den Waisenhäusern übereinandergeschichtet, in Hütten, Lazaretten, bettelnd, krank, verlaust, schorfig, tot ...«

Er wandte sich an den Experten für medizinische Fragen.

»Was sagten Sie«, fragte er, »über die Kinderkrankheiten? Stellen Sie mir eine Untersuchung über diese Infektionen zusammen, und weisen Sie nach, daß sie vor allem Kinder unter vier Jahren befallen und leicht auf Erwachsene übertragen werden können, und das gesammelte Material werden Sie meinen TV-Sendern zukommen lassen ... Hören Sie«, fuhr er zu dem farblosen Medien-Experten gewandt fort. »In diesem Meeting haben Sie sich bisher dadurch hervorgetan, daß Sie nicht einmal den Mund aufgemacht haben. Jetzt bewegen Sie mal ein bißchen Ihren Hintern: Ich vertraue Ihnen ein unbegrenztes Budget an ... Wie heißt dieser dickliche Schauspieler, der im Moment so gefragt ist? Oliver ... und weiter?«

»Oliver Oliver«, sagte der Experte für Massenmedien.

»Hervorragend. Nehmen Sie diesen Oliver Oliver unter Vertrag. Er wird Jonathan Swift spielen. Ich will drei Fernsehserien und einen Monumentalfilm von vier Stunden Länge. Die Regie übernimmt dieser Knabe, der gute, der Experte für Historienschinken ... Ich habe den *Einsturz des Turms zu Babel* gesehen, und er hat mir gefallen, auch wenn er gegen uns hetzt ... Wie heißt er, dieser Typ?«

»Giovanni Cicciocicco.«

»Mein Gott, was für ein unmöglicher Name! Also, drei Serien fürs Fernsehen: eine über die Biographie, eine über die Aktivität als Politiker und Ökonom und eine über die Entstehung des Traktats. Der Film: Der Schauplatz ist klar, das Irland des 18. Jahrhunderts, vor allem da, wo es Ähnlichkeiten mit unserer Welt hat; dann die Geißel des Kinderreichtums, natürlich der alte Swift, der sich Sorgen macht, der studiert, der seinen Vorschlag unterbreitet, der fast die Königin überzeugt, eine Unmenge übler Subjekte, die ihm den Weg verbauen, die im dunkeln intrigieren und die Krone gegen ihn aufbringen, bis der große alte Mann unverstanden und einsam stirbt, eine sehr pathetische Geschichte, na ja, Sie wissen schon, verdammt, es ist schließlich nicht meine Aufgabe ... Jedenfalls, wichtig ist folgendes: Er muß ein sympathischer Mensch sein, heiter, Liebhaber der guten Küche, der Blumen, der Tiere und der Kinder aus gutem Hause ... Anweisung an die Stiftung Wissenschaft: drei Kongresse. Einen zur Überbevölkerung, einen über die Risiken der Empfängnisverhütung und der Abtreibung ... (apropos: weitere drei TV-Recherchen zu diesem Thema und eine Serie von Artikeln in meinen Frauenzeitschriften ...), einen zum Mangel an natürlichen Ressourcen: zur Energiekrise, zur Getreidekrise, zur Düngemittelkrise, zur Fischereikrise, zu Krisen jeder Art ...«

An dieser Stelle lächelte der Signore Dei Vetri und befeuchtete sich die Lippen.

»Um den gastronomischen Aspekt«, sagte er, »werde ich mich persönlich kümmern, das ist mein Hobby: Ich habe da etwas im Sinn, ein Büchlein voll unerhörter Neuigkeiten... Aber das hat Zeit, das hat noch Zeit ...«

Er seufzte traurig, dann straffte er sich.

»Signorina«, ordnete er an. »Berufen Sie augenblicklich eine Besprechung mit meinen Politikern ein. Alle miteinander. Sagen wir, in drei Stunden.«

Die Experten sammelten ihre Notizen ein und verließen den Raum.

Das Klima war fieberhaft gespannt.

16
Flußdelta

Die beiden kleinen Hexen waren immer schon mit Vergnügen nackt herumgelaufen, aber hier machte es ihnen besonderen Spaß. Überall an diesem Ort Wasser und Schlamm, sogar der Himmel sah schlammig aus. Sie hatten sich entfernt, indem sie in ihrer typischen Art nebeneinanderherplanschten; Seite an Seite warfen sie die Beine in die Luft wie Soldaten, die im Laufschritt marschieren. Dies war am Donnerstag passiert. Am Samstag kamen sie unverhofft zurück, bis zum Haaransatz verdreckt, und machten einen halbherzigen Versuch, sich zu reinigen. Aber man mußte das Wasser erst aus dem Fluß in die Hütte hieven, indem man einen Eimer an einem Seil hinabließ. Sie hatten es schnell übergehabt und sich in Dreck und Speck ins Bett gelegt. Jetzt schliefen sie, völlig verausgabt, Iskra in der oberen, Terry in der unteren Koje des Stockbettes.

Der Morgen dämmerte. Auf die Rückkehr der beiden Mädchen wartend, hatte der Insistente eine fast schlaflose Nacht verbracht. Zwei Kräne luden unaufhörlich Metallteile auf Lastkähne, die dann flußaufwärts ihre Fahrt fortsetzten; mit ihrem Lärm hatten sie ihn wach gehalten. Wieder in die Hütte zurückgekehrt, hatte Iskra auf seine Vorhaltungen schlicht erwidert: »Leg mir keine Ketten an.«

Nach dem soundsovielten Versuch, einzuschlafen, beschloß der Insistente, nach draußen zu gehen. Er zog ein Hemd an, das eher naß als feucht war. In der Hütte stieg grünlicher Schimmel an den Wänden hoch, und durch die Ritzen im Fußboden konnte man das matschige Flußufer sehen. Degrado stieg über die Leiter direkt auf den Strand hinunter. Eine brackige Windböe, die vom Delta herkam, hüllte ihn ein und blies das erste Streichholz aus, das eigentlich für die Zigarette gedacht war. Er schlug den Hemdkragen hoch und setzte sich in den Sand. Die windschiefe Hütte, die auf den mit vertrockneten Algen behaarten Pfählen balancierte, sah von weitem wie eine Wasserspinne aus.

»Leg mir keine Ketten an.« Iskras Satz spukte immer noch in seinem Kopf herum. Iskra ertrug keine Bindungen, sie war wie ein falsch gepolter Magnet, der das Metall abstößt. Deshalb liebte sie die Labyrinthe der Unterstadt, Pesteville, das Nomadenleben der Vaganten, deshalb war sie auch aus der Megalops geflüchtet und hatte eine bürgerliche Existenz mit gesichertem Arbeitsplatz hinter sich gelassen. Degrado gab sich Träumereien über sie hin: Er sah sie nackt auf einem Besen reiten, wie sie in immer neue Richtungen schoß, um in immer weitläufigere Räume vorzudringen; er verstand nicht, was sie mit Terry verband. Terry war anders, war hinter anderen Dingen her. Degrado hatte sie manchmal mit bedrückter, finsterer Miene ertappt; ihre Art zu schweigen und manche ihrer hitzigen, knappen Äußerungen ließen Intoleranz gegen alles durchblicken, was nicht zur Veränderung der Welt beitrug. Die Mädchen bildeten ein bizarres Paar, das von einem Zusammengehörigkeitsgefühl geprägt war, aus dem Degrado sich ausgeschlossen fühlte.

Er hatte den Verdacht, eine Art Geisel in ihren Händen zu sein. Wenn sie miteinander redeten, schienen sie ihre Komplizenschaft überspielen zu wollen und gaben sich alle Mühe, damit er ihren geflüsterten Dialogen nicht folgen konnte; dann sprachen sie sehr schnell die kryptische Sprache der Vaganten, obwohl sie doch keine Vaganten waren. Was für ein Interesse sie mit der ganzen Geschichte verband, das durchschaute Degrado nicht. Iskra schien manchmal an ihm persönlich interessiert, andere Male behandelte sie ihn wie einen Fremden.

Ein Knall riß den Insistente aus seinen Überlegungen.

In Richtung Flußmündung, wo man den dunklen Streifen des Meeres erahnte, stieg eine schwarze Rauchwolke auf. Wahrscheinlich war ein *Sucher* auf eine Mine getreten. Das gesamte Gebiet, Schauplatz einer der grausamsten Schlachten des Krieges, war von Minen durchsetzt, und die Explosionen waren Tag und Nacht zu hören.

Um Terrys magere und asketische Figur – sie hatte eine fast maskuline Brust, die nur an den dunklen, beinahe schwarzen Brustwarzen ein wenig erhaben war – hing eine Gewitterstimmung. Terry sprach in gleichgültigem, fast verächtlichem Ton von den Vagantenkindern. Degrado hatte verstanden, daß sie sich der Unternehmung nur angeschlossen hatte, um weitreichendere, radikalere Ziele zu verfolgen.

Erneut wurde er durch ein heftiges Platschen abgelenkt. Ein paar Schritte weiter schien das Flußwasser überzukochen. Ein riesiger Hai, mindestens fünf Meter lang, war, vielleicht von der Druckwelle der Explosion getrieben, im Brackwasser der Uferzone gestrandet und wurde von einem Schwarm Wasserratten attackiert. Der Fisch wand sich unter den Bissen von rund hundert ausgehungerten Nagern, er schlug mit der Schwanzflosse und ließ das Wasser hoch aufspritzen. Dann stürzte sich auch noch ein Möwenschwarm auf ihn; die weißen Tiere mit den roten Füßen waren teerbefleckt und wie besessen von dem Blutgeruch. Sie griffen die Ratten mit wilden Schnabelhieben an. Der umkämpfte Fisch wirbelte herum und zeigte seinen weißen, von blutigen Furchen gezeichneten Bauch.

Degrado schüttelte sich, die Feuchtigkeit der Hütte hing immer noch wie die Schleimspur einer Schnecke an Gesicht, Händen und Kleidung. Zum ersten Mal sehnte er sich nach der niedrigen Decke und dem engen Raum seines heruntergekommenen Hotels zurück.

Am Ende der Unterredung hatte Farolff sich bereit erklärt, eine Klageschrift am Gerichtshof der Megalops-Mediterranea einzureichen. Unter der Voraussetzung, daß Degrado und die beiden Mädchen ihm ermöglichen würden, die Zeugenaussage von Alsos Nichte persönlich anzuhören.

Der Insistente war mit Iskra und Terry von Pesteville aus einige Tage lang in einem Hotelbus Richtung Megalops-Afrika gefahren. Der Bus hatte das Gewirr der unterirdischen Bunker, das hier besonders dicht war, verlassen und die drei Passagiere am Ufer des Flußdeltas abgesetzt. Das Mündungsgebiet war zu einem unförmigen Sumpf verkommen, den die Abwässer der riesigen Megalops-Afrika überspülten. Hier lebte ein Volk von *Suchern*, Menschen aller Rassen, die verwertbare Abfälle aus der gigantischen Morastzone fischten: Metallkarosserien, Plastikteile, Holz und Kriegsrelikte.

Iskra und Terry waren zum Dorf der *Sucher* aufgebrochen, wo sie einige Freunde Terrys aufstöbern wollten. Sie hofften, daß diese sich an der Befreiungsaktion von Alsos Nichte beteiligen würden.

Degrado hätte die beiden gerne begleitet, aber die Mädchen waren dagegen, vor allem Terry, die sich als unbeugsam erwiesen hatte. Warum? Wer waren die mysteriösen *Messianer*, nach denen zu suchen sie sich aufgemacht hatten? Degrado glaubte sich in Gefahr. Die Verbindung zwischen Iskra und Terry stand unter Hochspannung, die Spürnase des Insistente roch die Rubraf heraus. In Iskra erkannte Degrado die Desillusionierte, das Mädchen schien von den Ereignissen, die sie streiften, eher amüsiert als innerlich betroffen zu sein. Terry dagegen versuchte, ihn auf Distanz zu halten, als ob er nicht würdig wäre, an dem Plan teilzunehmen, der allein ihr zustand. Ein Projekt, das keinerlei Ablenkung gestattete und in dem er als notwendiges Übel akzeptiert wurde.

Degrado warf den Zigarettenstummel weg, der neben die Reste eines Feuers fiel. Die Hitze hatte rote und blaue Plastikgegenstände zusammengeschmolzen und in ein ekelhaftes Knäuel verwandelt, das an die Innereien eines Kadavers erinnerte. Er merkte, daß die einander jagenden Ereignisse der letzten Tage ihn betäubt und von der Einsicht abgelenkt hatten, daß er sich in eine Sackgasse manövrierte.

Geplant war, bis nach Neu-Jericho hinaufzugelangen, in eine der exklusivsten und abgeschottetsten Oberstädte. Hier gab es eine Art psychiatrischen Kindergarten für Leute eines gewissen Niveaus. Hinter der Fassade, die ihm den Anstrich eines orientalischen Klosters gab, steckte in Wirklichkeit ein Gefängnis. Paloma, die Nichte Alsos, wurde laut Gregorio an diesem Ort festgehalten. Das Medium hatte ihre Anwesenheit dort und auch ihre Furcht gespürt. Die scharfe Bewachung mußte überlistet, das Mädchen befreit und dann zu Farolff gebracht werden, der sich in der Zwischenzeit in einem Hotel der Megalops-Mediterranea aufhalten sollte. Der Anwalt würde sie dann zu einem Justizbeamten des Gerichtshofes bringen, einem Richter, den Farolff gut kannte und für aufrichtig hielt. Dort würde sie eine eidesstattliche Erklärung abgeben. Der Plan sah folgendermaßen aus: Er sollte in der *Siedlung des Inneren Friedens*, dem vermeintlichen Ashram, in dem Alsos Nichte laut Gregorio eingesperrt war, vorstellig werden und so tun, als hätte er Iskra und Terry im Auftrag ihrer jeweiligen Eltern dort abzuliefern. Die Mädchen sollten Töchter aus gutem Haus spielen, die durch schlechte Gesellschaft vom rechten Weg abgekommen waren und nun Umerziehungsmaßnahmen nötig hatten. Terrys Aufgabe war, den geeigneten Weg zum Aufstieg sowie die Mitarbeit der Freunde zu organisieren. Zu dem Zweck hatten die Mädchen Degrado an diesen ungesunden Ort geschleift und waren zum Dorf der Sucher gegangen.

Wenn er jetzt darüber nachdachte, wurde Degrado klar, wie verrückt der Plan war. Auf welchem Weg sollten sie es schaffen, in die *Siedlung* einzudringen? Und vor allem, wie sollten sie es anstellen - vorausgesetzt, daß sie hineingelangten -, mit dem Mädchen zu fliehen? Einzig die drastischen Methoden der Rubraf und vergleichbarer Organisationen waren in der Lage, derartige Hindernisse zu überwinden. Zu einem solchen Unternehmen brauchte man die Freunde, die die Mädchen gerade aufsuchten. In eine Aktion mit Feuerwerk und Großalarm in der ganzen Megalops, mit entfesselten Fernsehreportern und einer Hetzjagd durch die Polizei verwickelt zu werden ... bedeutete den staatsbürgerlichen Exitus, vorausgesetzt, man kam mit heiler Haut davon. Sie würden ihm nicht nur die Lizenz entziehen, sondern ihn ins Zuchthaus stecken und den Schlüssel wegwerfen, nachdem sie ihm die Staatsbürgerschaft aberkannt hatten. Die Megalops war eine Mutter, die mit vielen ungezogenen Kindern Nachsicht übte, außer mit dieser Sorte von Rotznasen: Da langte sie kräftig zu.

Schritt für Schritt, seit die Geschichte angefangen

hatte, zwangen ihn zuerst der alte Walter Also und dann Iskra und Terry, über einen Abgrund zu balancieren. Er dagegen war so weit gereist, um einen Job zu erledigen, nur das war seine Absicht, dafür hatte Also ihn bezahlt. Dabei hatte er von einer ungeheuer schmutzigen Sache erfahren. Nun gut, jetzt wußte er es in allen Einzelheiten: In der Megalops gab es, neben all den sonstigen Schweinereien, die schon das Faß bis zum Rand füllten, auch Leute, die Kinder einfingen und ... Aber war es seine Aufgabe, sich auf den Richterstuhl zu setzen? Ausgerechnet er sollte sich darum bemühen, jene Persönlichkeit in einen Prozeß zu verwickeln, deren Namen der Anwalt nicht einmal laut auszusprechen wagte? Bisher hatte er es in seinem Beruf immer geschafft, zwischen den Zahnkränzen verschiedener Räderwerke hindurchzuschlüpfen, ohne sich übermäßig weh zu tun. Zudem betrat er die Bühne ja nur, um die Technik des Spiels verständlich und weniger rätselhaft zu machen; seine Auftraggeber erwarteten meist nur eine Art Führung, Anweisungen für die elementarsten Anwendungen oder ein paar billige Tricks. Hin und wieder passierte es, daß er die richtige Methode erkannte, um das Rad in die geeignete Stellung zu bringen, und dann gewann sein Klient die Runde. Aber meistens hatte er zu erklären, daß die Maschinerie unerreichbar, viel zu verrostet oder zu scharfkantig war, als daß man sie mit bloßer Hand hätte stoppen können.

Das war es, was er im vorliegenden Fall hätte tun müssen, sofort, von dem Tag an, als er die bedrohliche Gegenwart der AIAV gewittert hatte: den Fall niederlegen, dem Alten sagen, wenn er das Hasardspiel versuchen wollte, solle er nur vortreten, was allerdings ihn, Degrado, betreffe, so lege er keinen Wert darauf, sich die Hand abhacken zu lassen.

Degrado stand auf, klopfte sich den Sand von der Hose und versetzte dem widerlichen Plastikgeschwür einen Fußtritt. Seine Geduld war erschöpft: Er mußte seiner Begleitung adieu sagen, besser noch, sich heimlich verdrücken, alles hinschmeißen und wieder den Weg zu seinem verkommenen alten Hotel einschlagen. An Bord eines der Lastkähne, die langsam den Fluß hinauffuhren, würde er Megalops-Afrika erreichen. Ihm war genug Geld geblieben, um einen Flug nach Megalops-Mediterranea zu bezahlen.

Iskra und ihre fanatische Freundin würden allein weitermachen, wenn sie den Mumm dazu hatten. Er würde sie in Handschellen in irgendeinem Fernsehmagazin wiederfinden, darauf wettete er ... Iskra würde mit ihrer breiten Schnute eine Grimasse in die Kamera schneiden, das paßte zu ihr. Ausnahmsweise einmal angezogen, wenn auch mit dem hellblauen Häftlingskittel, vielleicht ein bißchen zerzaust und mit ein paar Blutergüssen, denn es war zu erwarten, daß man sie nach der Gefangennahme ein wenig mißhandeln würde.

»Leg mir keine Ketten an.« Und was für welche sie ihr anlegen würden! Degrado ließ mit einem Fußtritt den Sand auffliegen.

»Also dann, fahren wir zur Hölle!« sagte er laut in den Wind, der ihm um die Ohren pfiff.

Der Wagen der AIAV, schwarz und funkelnd wie ein edler Lackschuh, stand hinter Röhricht versteckt.

Degrado verlor keine Zeit mit langem Nachdenken. Sie saßen alle drei in der Falle, die Mädchen hatte man vielleicht schon im Schlaf überrascht. Als er dagegen die Leiter hochstieg in der Annahme, die Hütte leer vorzufinden, hörte er die beiden lachen und angeregt miteinander plaudern. Und da waren sie wirklich alle beide, kicherten fröhlich, während sie Kleider anprobierten und einander wie kleine Mädchen anzogen. Terry drapierte einen langen Rock über Iskras Körper, der noch schlammverspritzt war. Der Rock war aus jenem durchsichtigen und luftigen indischen Baumwollstoff, der unter jungen, freizügigen Mädchen immer noch in Mode war. Und Iskra setzte gleichzeitig der Freundin ein von Goldmünzen glänzendes Krönchen auf das gelockte Haar.

»Da steht ein Wagen der AIAV«, keuchte Degrado, »gleich da unten. Laßt uns schnell abhauen, vielleicht schaffen wir es noch!«

Terry würdigte ihn nur eines flüchtigen Blickes und fuhr fort, die Stoffbahnen über Iskras Beinen zurechtzulegen.

»Das wissen wir«, sagte sie.

»Es sind Terrys Freunde«, fügte Iskra hinzu. »Der Wagen ist für uns, wir werden abgeholt, sie warten auf uns.«

»Dieses Turbinenauto ist für uns?« fragte Degrado.

»Du bist nicht mehr nötig ...« Terry schien die Gedanken des Insistente gelesen zu haben. »Wir haben alles, was wir brauchen. Ein Auto, gefälschte Papiere, alles ... Auch die Kraft von Männern: zwei richtige Kerle in der Uniform von AIAV-Agenten.«

»Wer sich hier sein Honorar verdienen muß, das bin ich«, sagte Degrado trocken.

In Sichtweite des Röhrichts hörten sie das Fauchen der Heckraketen, die gerade gezündet wurden. Iskra, leicht behindert durch ihren Rock, stützte sich beim Gehen auf den Arm des Insistente.

»Barnabas und Jonathan sind ein bißchen komisch.« Sie deutete auf das Auto, das schon startbereit vibrierte. »Achte nicht darauf. Sie sind *Messianer*. Sie reden sonderbar daher und haben vor nichts Angst, weil sie überzeugt sind, daß das Ende der Welt vor der Tür steht. Eine Frage von Monaten, höchstens ein Jahr, wenn es nach ihnen ginge. Aber sie haben was auf dem Kasten, du wirst sehen.«

Degrado nickte zustimmend, ohne die Augen von ihren Beinen zu wenden, die durch den dünnen Stoff schimmerten.

Der lange Rock stand ihr ausgezeichnet.

Ende 4.4955.

17
Der Tank

Sie waren seit vierundzwanzig Stunden unterwegs. Am Vormittag des zweiten Tages war der Insistente dran mit Fahren. Noch ein halber Tag trennte sie vom Grenzposten, denn die zerstückelten Straßen, die sich streckenweise in der Wüste verloren, zwangen sie zu einem Schneckentempo. Sie tasteten sich durch eine vom Krieg verunstaltete Landschaft vorwärts. Langsam näherten sie sich dem Kanal, den sie durch einen Unterwassertunnel passieren würden.

Degrado sah perfekt aus in seiner Offiziersuniform der AIAV. Weniger überzeugend die beiden Messianer mit ihren zu langen Haaren und den runden Nickelbrillen mit flaschengrünen Gläsern.

Vor einem *Ferien-Friedhof* genannten Punkt stießen sie auf eine Kreuzung, und Degrado hielt an, um einen Sucher nach dem Weg zu fragen. Iskra und Terry waren eingeschlafen, die beiden Messianer absolvierten ihre Morgenmeditation, und manchmal beugten sie sich vor, um die aufgehende Sonne zu betrachten.

Der Insistente stieg aus dem Wagen und blickte über den Rand des Abgrunds. Er wußte, daß sich im Meer der Autowracks da unten einige Sucher ihre Hütte gebaut hatten, aber von hier oben konnte man keine Menschenseele erkennen.

Noch höher über dem *Friedhof* hingen die Stummel der eingestürzten Viadukte. Früher hatte sich da oben der Knotenpunkt der vier Autobahnen befunden, die von der flußaufwärts gelegenen Megalops hinunter zu den Ferienzentren an der Küste führten. Bis zu dem Tag, an dem die Rubraf, die aktivste unter den Organisationen der Stadtguerilla, das elektronische Hirn der Traffic-Control sabotiert hatte: Sie hatten freie Fahrt in alle Richtungen und eine irrsinnige Geschwindigkeit programmiert. Als die vier Blechlawinen wie Herden wildgewordener Rammböcke ineinanderkrachten, gaben die Stützpfeiler des Autobahnkreuzes nach, und eine ganze Nacht hindurch waren Ströme von Urlaubern aufeinandergeregnet. Der dichte schwarze Qualm brennender Reifen hatte einen Monat lang über der Stelle gehangen. In der Zwischenzeit versuchten die Rettungsmannschaften, die Toten und Verletzten zu bergen, aber nach den ersten Pestfällen zäunten die Behörden das Gebiet ein und überließen es seinem Schicksal. Dies war der Anfang vom Ende für die heiteren Städte der Riviera gewesen.

Degrado stieg den Abhang hinunter und drang auf gut Glück in den *Friedhof* vor. Die Autokarosserien trugen noch die Spuren der verunglückten Ferien. In einer sah Degrado einen blauen Seidenfetzen, der an weißen Knochen klebte, in einer anderen eine Schädeldecke, die zwischen den Resten eines Kopfhörers klemmte. Ein Stück weiter fand er endlich den Zufluchtsort eines Suchers. Er war wie eine Höhle in einen Turm rußigen Schrotts gegraben, und im Halbdunkel erkannte man einige Küchenutensilien, daneben ein erloschenes Herdfeuer, eine Gummimatratze und in einer Ecke, auf einer zerschlissenen Decke, einen kleinen schwarzen Hund. Degrado stieß einen Ruf aus, aber nur der Hund gab Antwort, indem er knurrend aufstand und auf ihn zu sprang. Er hielt es für sinnlos weiterzusuchen, er würde sich nur verirren in dieser Stille, die einem Schauer über den Rücken jagte. Eine ganze Weile mußte er auf Feldwegen herumirren, die im Nichts endeten, bevor er wieder ins Freie kam, und er fand nicht an derselben Stelle heraus, an der er hineingegangen war.

Das Auto stand ziemlich weit entfernt, aber trotz der Entfernung und eines leichten Dunstschleiers sah Degrado sofort, daß sich etwas drumherum bewegte: Ein dunkler Buckel strich an den Wagentüren entlang, zu langsam für einen Hund. Der Insistente krabbelte auf allen vieren den steilen Abhang hoch, bis er Genaueres erkennen konnte; unter den Rädern des Turbinenautos kauerte ein Sucher, der lautlos herumhantierte. Degrado zog die Pistole, ließ die Trommel herausklappen und überprüfte ihren Inhalt: Alles schien in Ordnung, die Zündhülsen waren intakt und glänzten. Er hob den Arm so weit wie möglich und drückte auf den Abzug; es ertönte ein Knall, der sofort von der Stille verschluckt wurde. Er schoß noch einmal, aber der Sucher schraubte weiter unter dem Auto herum, als ob er überhaupt nichts gehört hätte. Unten dagegen begann sich etwas zu bewegen. Ein paar Alte waren am Fuß des Abhangs erschienen, und vier von ihnen kletterten, mit wer weiß welchen Absichten, zu ihm hinauf. Als sie sahen, daß die Pistole sich senkte, machten sie kehrt, wobei sie beim Abstieg das Gleichgewicht zu halten versuchten, aber alle vier stürzten, rutschten und rollten hinunter, einer blieb sogar in den Überresten eines Stacheldrahtzaunes hängen. Dann verschwand er mit den anderen wieder zwischen dem Schrott.

Der Insistente erreichte das Auto, unter dem ein Paar Füße hervorragten, sie waren nackt und starrten vor Dreck, die Zehennägel lang und gebogen wie Krallen. Degrado überwand seinen Ekel, packte die Füße und begann zu ziehen. Unter dem Auto rutschte ein Greis mit wächsernem, ausgemergeltem Gesicht hervor. Er hatte die Augen geschlossen, die Arme hingen schlaff am Körper, und als einziges Lebenszeichen zitterten seine Augenlider zwischen schweißnassen Haarsträhnen.

»Schluß mit der Komödie, steh auf«, sagte Degrado.

Der Alte schlug die Augen auf.

»Tu mir nicht weh«, sagte er. »Ich bin ein Sucher.«

»Eben, und was hast du gesucht, mit dem Schraubenschlüssel, der da unten liegt?«

Der Alte streckte sich und griff nach dem Werkzeug, das er zitternd aufhob.

»Passen Sie bloß auf«, sagte er, »hier in der Umgebung sind meine Gefährten!«

»Wer weiß, wo die um diese Uhrzeit sind!« gab Degrado zurück.

Dann zeigte er auf die Weggabelung: »In welcher Richtung geht's zur Grenze?«

»Der nächste Übergang ist der *Tank*, weniger als eine Tagesreise mit diesem Auto. Ihr müßt rechts abbiegen.«

»Ich warne dich«, sagte Degrado. »Wenn das nicht stimmt, komme ich zurück, und du kannst sicher sein, daß ich dich wiederfinde.«

Er machte einen Schritt auf den Alten zu und schlug ihm mit der Handkante auf den Arm, so daß er den Schlüssel fallen ließ, dann packte er ihn und verdrehte ihm das Handgelenk.

»Denk noch einmal darüber nach: in welche Richtung?«.

Der Alte wimmerte: »Laß mich los, ich habe die Wahrheit gesagt!«

Der Insistente lockerte den Griff. »Renn so schnell, wie du kannst«, sagte er, »und bete, daß du keinen Schaden angerichtet hast.«

Die beiden Messianer im Wagen betrachteten noch

immer die inzwischen hoch stehende Sonne, als ob sie nichts bemerkt hätten. Iskra und Terry schliefen nach wie vor.

Degrado ließ die Heckraketen an und setzte die Reise fort.

Als sie zum *Tank* kamen, war es schon seit geraumer Zeit dunkel, aber im Scheinwerferlicht war der Markt in vollem Gang.

Der große Hangar, von haushohen Gewölben überspannt, die das Obergeschoß trugen, war voller Menschen, und die Aufzüge waren mit Händlern besetzt, die ihre Tageseinkäufe hinauf zur Grenze brachten. Man mußte sich anstellen.

Degrado ließ den Wagen in der Warteschlange und stieg aus, um sich ein bißchen die Beine zu vertreten.

Ein kleiner Menschenauflauf hörte einem Händler zu, der aus einer Kabine aus kugelsicherem Glas sprach; sein Mund klebte an einem Miniaturmikrofon. Während alle anderen wie in einer Kathedrale herumbrüllten, strengte er, dem der klassische Anzug des arrivierten Profis ein makelloses Äußeres verlieh, seine Stimmbänder nicht an.

»Wenn ihr eine Wahl getroffen habt«, sagte er, »solltet ihr sie nicht in Frage stellen: denn was soll ein Experiment von einem Monat?« Er zwinkerte in Richtung der nahegelegen Box, wo ein älterer Anwerber kurzfristige Verträge feilbot.

»Wenn ihr den Weg bis hierher gemacht habt«, fuhr er fort, »bedeutet das, ihr habt nachgedacht. Ja, unter euch sind welche, die seit langem überlegen. Wie oft seid ihr morgens aufgewacht und habt daran gedacht, zum *Tank* zu kommen? Wenn ihr diese Idee heute ausgeführt habt, ist das ein Zeichen dafür, daß ihr euch nicht mehr um das berühmte Morgen sorgen wollt. Vielleicht meinen einige von euch, man sollte sich nicht gleich festlegen, eine Probezeit wäre ratsam. Das ist falsch: Ihr würdet euch in einem Monat hier wiederfinden, mit denselben Zweifeln wie zuvor. Mein Mindestvertrag läuft über fünf Jahre, aber ich biete auch Verträge über zehn und fünfzehn Jahre an. Wer behauptet, fünf Jahre Sklaverei seien lang, der redet wider besseres Wissen oder hat nie mit mir zu tun gehabt. Es gibt Leute, die extra dafür bezahlt werden, daß sie über die Würde der ›freien Arbeit‹ salbadern, und ähnliches. Versucht dagegen einmal, das Wort ›Sicherheit‹ auszusprechen: Hört ihr, wieviel besser das klingt? Ihr vertraut euch mir an, und fünf Jahre lang müßt ihr euch um nichts kümmern: Anständige Unterkunft, saubere Luft fern der Unterstadt, garantierte Verpflegung, gesunde Vergnügungen und außerdem ein gewisses Kapital für die Zeit danach, mit einem Wertzuwachs von 25 Prozent in der Bank meiner Organisation. Wer schon mal ein Geschäft mit mir abgeschlossen hat, der weiß genau, daß meine Arbeiten sauber sind, geringe Anstrengung, maximale Automatisierung. Auf diesem Weg geht's aufwärts, Freunde, ihr verbessert euch ...«

»Die steht mir ins Gesicht geschrieben, deine saubere Arbeit, du Aas!«

In der vorwärtsdrängenden Menge zeigte ein Mann neben Degrado auf eine knotige Wucherung, die ihm vom Mundwinkel bis zum Ohr lief.

»In allen diesen Jahren hat er sich nicht verändert«, sagte er grimmig. »An die hundert Leute hat er mit seiner ›kreativen Beschäftigung‹ schon hereingelegt: Sie haben uns in eine Färbemittelfabrik gesteckt, wo der Krebs sich wie die Windpocken ausbreitet ... Hey, Halunke!« schrie er aus vollem Hals, um sich jenseits der Verglasung Gehör zu verschaffen. »Sag ihnen, wo du sie hinschickst, statt nur zu quatschen!«

Der Händler neigte mit Herablassung den Kopf, um besser hören zu können, und lächelte warmherzig. »Das würde ich tun, wenn ich könnte, mein Freund«, sagte er schmunzelnd. »Aber es verstößt gegen das Gesetz, wie du weißt. Wenn du vorher wissen willst, wohin du gehen wirst, laß dich hier rechts einstellen: In einem Monat steht es dir frei, wieder abzuhauen ...« er senkte die Stimme mit einem Augenzwinkern, »... und zum Zeitpunkt der Ausbezahlung zu merken, daß deine Firma pleite ist. Ich arbeite nicht für solche lausigen Bruchbuden, ich vertrete eine Holdinggesellschaft, ich arbeite für ein Imperium! Hört euch einmal um, Freunde, ich bin George Breféle, alle kennen mich in der Unterstadt.«

»Ja, ich kenne dich!« schrie der Mann. »Ich kenne dich besser als alle anderen! Fünf Jahre lang habe ich dich im Kopf gehabt! Die Zinsen hast du mir ausbezahlt, und wie: Mir ist das Gesicht um 25 Prozent gewachsen!«

Degrado wurde beiseite gestoßen, jemand arbeitete sich ohne viel Federlesens durch die Menge.

»Hey, Bagonghi, die Nummer wird langsam langweilig!«

Vor dem ehemaligen Leiharbeiter war ein funkensprühender Koloß aufgetaucht, er trug ein Stahlhemd, und eine Tätowierung auf seiner Stirn zeigte das »S« der lebenslangen Sklaven. Der helle Glanz eines Messers hatte bereits einen freien Raum um die beiden geschaffen. Degrado zögerte nicht, mit einem Satz warf er sich auf den Krebskranken und zerrte ihn zurück in die Menge, in der sich eine Gasse öffnete und sofort wieder schloß.

Inzwischen hatte der Händler das Fairplay aufgegeben und schrie: »Sie waren zu zweit, habt ihr gesehen? Es waren zwei Komplizen! Gebt nichts darauf, Freunde, das sind die Mittel der Konkurrenz. Also, wer möchte zuerst vortreten? Ich habe zwanzig Plätze in meinem Aufzug, für einen Aufstieg, der euer Schicksal verändern wird!«

Degrado schlich sich aus der Menge und rannte davon. Als er den Lichtkreis der Scheinwerfer verlassen hatte, drehte er sich um: Der Händler gestikulierte immer noch in seiner Kabine, aber der Platz davor war leer.

»Mögest du verdammt sein in alle Ewigkeit!« schrie einer der beiden Messianer Degrado entgegen, als er ihn wieder auftauchen sah. »Schnell, sonst verlieren wir unseren Platz!«

Das Turbinenauto war an der Reihe, und die Plattform des Lifts vibrierte bereits.

Degrado warf sich auf den Fahrersitz und zündete die Raketen mit maximaler Schubkraft. Mit einem Blitzstart gelang es ihm, das Auto über die Stufe zu setzen, die sich bereits zwischen Boden und Plattform gebildet hatte. Einen Augenblick später waren sie im Dunkeln, der Aufzug tauchte in den Schacht ein. Degrado kehrte den Turbinenschub um, bevor er gegen die Rückwand krachte. Geschafft. Er stellte die Gasversorgung ab.

Bei der Ankunft wurden sie von Grenzwachen umringt. Die Papiere erschienen dem Insistente als ziemlich gute Fälschungen, und außerdem zählte er auf die Abzeichen der AIAV, die auf die Wagentüren gemalt waren, wohl wissend, daß sie Respekt einflößten. Dennoch spürte er, während ein Offizier die Papiere überprüfte, wie ihm der Schweiß den Rücken hinunterlief.

»Und wer sind die?« Die beiden Mädchen auf dem Rücksitz taten so, als schliefen sie, aber ihre Füße schauten unter der Decke hervor.

»Ich bin nicht autorisiert, Erklärungen abzugeben«, sagte Degrado. Die beiden Messianer saßen steif und mit undurchdringlichen Mienen da, einer neben dem Insistente, der andere bei den Mädchen auf dem Rücksitz. Degrado sah, daß die Wachen mißtrauisch wurden und daß einer der Messianer seine rechte Hand in eine Uniformtasche schob.

»Ich verlange, die mitgeführten Personen zu untersuchen«, sagte der Offizier.

»Gesuch abgelehnt«, antwortete Degrado. »Und ich verlange absolute Diskretion. Sie haben nicht das Recht, irgendeinen von uns einem Verhör zu unterziehen.«

Der Offizier riß die Tür auf und zog mit einer schnellen Bewegung die Decke weg.

»Ich verstehe«, brummte er. »Noch zwei von der Sorte mit ihren Schutzpatronen. Ich wüßte, was ich mit diesen beiden Gängsterbräuten anstellen würde, statt sie in einem Turbinenauto herumzukutschieren. Die ballern herum, daß es eine Pracht ist, auch letzte Woche hat wieder einer meiner Beamten dran glauben müssen. Wenn wir sie endlich einmal geschnappt haben, taucht ihr von der AIAV auf und bringt sie zu einer Schlafkur.«

»Wenn Sie in diesem Ton fortfahren, sehe ich mich gezwungen, eine negative Eingabe über Sie zu machen«, sagte der Insistente.

Der Offizier legte die Hand ans Halfter.

»Ich weiß, daß ihr dazu fähig seid«, sagte er. »Ihr seid richtig linke Aasgeier, ihr von der AIAV!«

»Ich protestiere!« rief Degrado. »Und das ist ein förmlicher Ordnungsruf. Wenn Sie uns weiter beleidigen, werde ich Ihnen einen Verweis erteilen lassen!«

Der Offizier umklammerte den Pistolenknauf und warf einen Blick auf seine Beamten, die hinter den Scheinwerfern im Schatten standen; er schien über die richtige Entscheidung nachzudenken. Schließlich hob er den Kopf und machte eine knappe Geste mit der Hand. Die Schranke, die den Durchlaß zwischen den Gittern versperrte, begann sich zu heben.

Sie waren fast angekommen. Die Straße stieg spiralförmig durch einen Wald aus Wolkenkratzern, und oben, am Ende der letzten Windung, begann die Brücke, die sie auf einer langen Parabelbahn nach Neu-Jericho bringen würde. Eingangs der Brücke brach ein Gewitter los. Jetzt schwebten sie über einen riesigen hängenden Garten, und Iskra kostete durch einen Spalt des Seitenfensters den Geruch der feuchten Erde mit einem Gesichtsausdruck, als schnupperte sie an einem Luxusparfüm.

»Was schnüffelst du da? Worüber gerätst du in Verzückung?« attackierte sie plötzlich der größere der beiden Messianer. »Merkst du nicht, daß du Gift inhalierst? Sieh dich doch mal um, schau dir die Ungeheuer an, die dich umgeben ... Hast du nicht kapiert, daß dies Festungen sind? Daß sich hier oben alle Laster und Verruchtheiten der Erde versammelt haben?«

»Ich könnte es hier schon aushalten ... Nur kostet eine Miete hier tausend Eurodollar die Woche ...«

»Zittere, Babylon! In Kürze wird dein Schicksal besiegelt sein!« psalmodierte der andere Messianer. »Und die Herrscher der Erde werden heulen und wehklagen, daß sie sich der Wollust und dem schlaffen Dasein ergeben haben, wenn sie erst den Rauch der Feuersbrunst gewahr werden. Und es werden heulen und wehklagen seine lasterhaften Frauen! Bereut! Ruft den Namen des Herrn an!«

»Jetzt legen sie los«, seufzte Iskra.

»Sie könnten recht haben«, meinte Terry, »so wie es auf der Welt zugeht ...«

»Und hier wird der erste Blitz einschlagen«, setzte der Messianer wieder ein, »denn hier ruht das Haupt der verruchten Bestie!«

»Uff«, seufzte Iskra. »Die verderben mir die ganze schöne Aussicht. Ist dies nicht wirklich schön!«

»Du verstehst nicht, hinter die bunten Scheiben zu blicken«, warf Terry ihr vor. »Nach den schönen Worten dieser Architektenknechte hätten diese Megakonstruktionen zur Rückgewinnung von Ackerflächen beitragen sollen, zu optimalen Nutzung der klimatischen Bedingungen, zur Gewinnung reiner Luft und eines weiten Panoramas. In Wirklichkeit haben sie ihren Herren eine Akropolis gebaut. Früher oder später werden die armen Schweine in den vollgepferchten, unwirtlichen Stadtzentren aufmüpfig werden. Die Herren der Erde beweisen Voraussicht. Sie haben gleich begonnen, sich auf Sicherheitsabstand zu bringen. Dies sind Festungen, verstehst du, Vorposten eines strategischen Rückzugsgebiets. Und Jericho wird weiter oben neu entstehen ...«

»Haltet die Papiere bereit«, sagte Degrado nervös. »Am Ende der Brücke ist ein weiterer Kontrollpunkt.«

18
Das »Babel«

Das gigantische Dachgeschoß des ›Babel‹ mußte an klaren Tagen eine wunderbare Aussicht bieten, die vom Meer bis zu den Gletschern reichte. Aber niemand kam in diesen Genuß. Der Direktor war höflich, aber unbeugsam. »Ich bedaure«, sagte er, »wir wechseln gerade den Teppichboden aus.« Ein anderes Mal war es die Brandschutzanlage, die einer Inspektion bedurfte, oder es mußten die Festerrahmen überprüft werden, oder die Klimaanlage oder die Läufer im Flur ...

In Wahrheit war das zweihundertste Stockwerk des renommiertesten Hotels der Megalopolis die Privatresidenz des Besitzers, und das sollte niemand wissen, genausowenig wie man wissen sollte, wer der Besitzer war.

Seitdem sogar die Garderoben des Personals und die privatesten Separés als Abhörzentralen und Experimentierfelder für hyperraffinierte Videophone dienten, hatte sich in gewissen Kreisen das Gerücht verbreitet, das ›Babel‹ bringe Unglück. Denn bei einigen Suizidfällen hatte man die seelische Krise mit einem vorangegangenen Hotelbesuch in Zusammenhang gebracht. Dennoch war es für jeden, der Rang und Namen hatte, undenkbar, nicht im ›Bab‹ abzusteigen: Es wäre ein erstes Zeichen des Niedergangs gewesen, und jeder wußte, wie leicht man wieder abrutschte, nachdem man erst einmal den Fuß auf den Gipfel gesetzt hatte.

Im Dachgeschoß waren die Läden stets geschlossen, und es sah tatsächlich unbewohnt aus, aber hin und wieder bewegte sich da oben irgendeine Tür ein wenig in den Angeln und ließ einen mysteriösen Besucher ein, der mit dem Hubschrauber auf der Terrasse gelandet war. In einigen Fällen hatten die Gäste des darunterliegenden Stockwerks ein ziemliches Tohuwabohu gehört, gedämpfte Schreie und ein paar Schüsse, und am nächsten Tag war der Helikopter von der Terrasse Richtung Meer geflogen, mit einem Bündel an den Kufen.

Der Aufzug hielt im 199. Stockwerk. Herr Affilati drückte einen Schalter neben dem Alarmknopf, es blitzte mehrmals, dann öffnete sich ein Spalt in der Kabinenwand. Mit einem Schritt zur Seite stieg der Besucher in einen Lastenaufzug, der ihn ins Dachgeschoß brachte.

In dem Kämmerchen mit den grauen Wänden stand nur eine Liege, die etwas breiter war als üblich, ein Plastiktisch mit Metallbeinen, ein Klappstuhl und ein altmodischer Fernseher. Der Boden war übersät mit Zeitungen, Stapeln von Unterlagen und Kolkolk-Dosen, dem antialkoholischen Getränk, das Übergewichtigen empfohlen wurde. Signore Dei Vetri hatte sich seit einer Woche in diesem Loch eingeschlossen: Er protestierte auf diese Weise gegen die Widrigkeiten des Lebens.

»Berichte«, sagte er, ohne sich zu bewegen. Er lag rücklings auf dem Bett, das Laken bis über den Kopf gezogen.

»Worüber?« fragte Affilati gleichmütig.

»Im Moment interessiert mich nur eine einzige Sache, das weißt du ganz genau.«

Der Besucher zog eine Grimasse.

»Dieses Dreigroschengeschäft?«

»Mir geht es schon schlecht genug, auch ohne deinen Sarkasmus. Wie läuft es?«

»Wie immer: Sie diskutierten.«

»Die werden nie aufhören, diese Verfluchten. Jeder will seinen Senf dazugeben, auch wenn er nicht das geringste kapiert.«

»Sie regen sich jedenfalls ein bißchen auf.«

Signore Dei Vetri streckte den Kopf heraus und schaute seinen Mitarbeiter erschrocken an.

»Was heißt aufregen?« fragte er.

»Ein Herr Sowieso, einer von den gemäßigten Radikalen, sagt, es müsse ein Kriterium geben, ein Auswahlverfahren: Man müsse Listen aufstellen und in Waisenhäusern, Krankenhäusern und bei Familien in Ausnahmesituationen, natürlich vom fünften Niveau abwärts, mit der Selektion beginnen. Vielleicht hat er nicht ganz unrecht.«

»Einen Scheiß hat er! Wie heißt dieser Umstürzler?«

»Wenn du alle Gegner, die du, wie heißt es gleich, ›dialektisch überwunden‹ hast, in einer Tiefkühltruhe einfrieren würdest, hättest du einen Vorrat für zehn Jahre.«

»Das ist eine billige Gemeinheit. Du weißt, daß Erwachsene mich nicht interessieren.«

»Um es kurz zu machen, dieser gewisse Herr hat die Diskussion angeheizt. Und er hat es auch geschafft, einige auf seine Seite zu ziehen ... Warum sollte er unrecht haben?«

»Das liegt doch auf der Hand. Auf diese Weise hätte das Ganze den Charakter von Gewaltanwendung. Die Leute würden sich ein Bein ausreißen, um von den Listen ausgeschlossen zu werden. Es gäbe eine Welle mütterlicher und väterlicher Gefühle ohnegleichen, wir würden nichts anderes erreichen, als den fanatischen und legitimistischen Nervensägen den Weg zu ebnen. Warum versteht mich denn niemand? Wir müssen genauso vorgehen, wie Jonathan gesagt hat, ge-nau-so: freier Markt, keine Beschränkung, freies Angebot und freie Nachfrage. Die Verwaltung darf sich nicht einmischen. Sie sollen ein nettes Blankogesetz machen, ein paar Artikel, um alle Hindernisse aus dem Weg zu räumen, und Schluß. Die Regelung besagt, wer möchte, kann dies und jenes tun, es gehört zu seinen Rechten als Familienvorstand, auch in jenem Sinn zu entscheiden ... in bürokratischer Formulierung, versteht sich. Die Diskusson muß sich abkühlen, andernfalls werden wir nach und nach alle miteinander auf dem Hals haben, von der Internationalen Liga zum Schutz von Seekühen bis zu den Stammtischkomitees, alle mit der fixen Idee von Kontrolle und Organisation. Wie heißt nun dieser Klugscheißer?«

»Er ist berühmt. Er ist der, der letztes Jahr ...«

»Das hat keine Bedeutung, gib den Namen direkt an Salvatore weiter. Ich habe keine Zeit für ›Dialektik‹. Und jetzt geh, bitte, mir ist nicht nach Arbeit zumute. Mir geht es schlecht. Du hast den Auftrag, allen unseren Freunden zu sagen, daß ich sie untertänigst um Eile bitte und darum, die Sache zu beschleunigen. Genau so mußt du es sagen: daß ich sie untertänigst bitte, und daß ich mich erkenntlich zeigen werde.«

»Du läßt viel zu schnell den Mut sinken. Weiß du, du kommst mir ziemlich niedergeschlagen vor, du solltest etwas essen ...«

»Du bist ein Schuft.«

Signore Dei Vetri zog wieder das Laken über das Gesicht.

»Du bist ein nichtswürdiger Sadist«, sagte er.

»Unten sind der Chef des *Rcocozz* und dieser gewisse Hamm Bosco.« Affilati zog ein Gesicht, als ob er sich ekelte. »Sie wollen dich sehen.«

»Nein. Ich habe nicht vor, irgend jemanden zu sehen.«

»Sie warten seit drei Stunden im Vorzimmer. Dieser Hamm sagt, es sei wichtig.«

»Meinetwegen. Hamm soll hochkommen. Er allein. Sag dem Chef des *Rcocozz*, daß er gehen soll. Ich bin sehr schlecht gelaunt heute.«

Man hörte den Lastenaufzug kommen. Affilati ging auf die Wand zu und verschwand. Signore Dei Vetri stieß einen langgezogenen Klagelaut aus, dann zog er das Laken von den Augen und hob sie zum Monitor am Kopfende des Bettes. Dort erschien kurz darauf ein langes, mageres Gesicht, das geduldig ausharrte, die Augen gen Himmel gewandt. Dei Vetri warf das Laken fort, zupfte seinen kanariengelben Schlafanzug über dem Körper zurecht, richtete sich auf, kreuzte die Beine unter dem Bauch und drückte den Türöffner.

»Guten Abend«, sagte im Eintreten ein hagerer Mann in makelloser dunkler Kleidung. »Ich bin gekommen, um zu hören, ob es Befehle für mich gibt.«

»Die Mühe hättest du dir sparen können.« Der Signore blies die Backen auf. »Nein. Keine Befehle. Setz dich. Mach's dir bequem.«

»Ich danke Ihnen«, sagte Hamm ein bißchen kühl, während er sich auf den einzigen Stuhl setzte.

»Nun, warum hast du darauf bestanden, mich zu sehen? Was willst du?«

Hamm betrachtete seufzend seine Hände.

»Uns reißen alle Verbindungen ab«, sagte er. »Es ist eine Tragödie. Wenn das noch einen Monat so weitergeht, wird der Markt sich vollkommen verlagert haben.«

»So lange wird es nicht dauern. Das garantiere ich dir.«

»Das sagten Sie auch vor einem Monat ... Andernorts wartet man nicht auf Gesetze, das ist denen wurscht, die machen weiter wie bisher.«

»Denen fehlt es eben an Kultur ... Was gibt es da zu lächeln?«

»Nein ... Ich wollte sagen ...« Hamm schrak zusammen und wurde schlagartig ernst. »War es vorher nicht besser?«

»Nein.«

»Und trotzdem ... Das ganze Gerede ... Und das Buch von diesem Menschen ... wie heißt er gleich ...«

»Swift.«

»Genau, die Idee von diesem Swift ... Ist das nicht ein bißchen zu ... Will sagen, meiner Ansicht nach wird zuviel darüber geredet. Ich bin nur Geschäftsmann, damit wir uns richtig verstehen, aber es schien mir keine gute Idee, die Politik mit in die Sache hineinzuziehen.«

»Alles ist Politik.«

»Kann sein, ich behaupte nicht das Gegenteil. Ich bin ein Ignorant in diesen Dingen. Nur, mir scheint, daß die Diskretion, mit der früher ... Sie steigerte den Reiz, glaube ich. Es gibt Dinge, die den Leuten Vergnügen bereiten, weil sie verboten sind ... Wenn sie dagegen legal werden, oder vielleicht sogar schicklich, werden sie am Ende langweilig. Ich fürchte, daß unsere Kunden, Gesetz hin oder her, sich weiterhin andernorts bedienen werden ...«

»Immer feste drauf mit diesem ›andernorts‹! An anderen Orten haben sie nicht unsere Erfahrung! Denk nur an einen Künstler wie Fritz ...«

»Eben. Genau darüber wollte ich mit Ihnen sprechen: Fritz ist das größte Problem.«

»Inwiefern?«

»Haben Sie ihn in der letzten Zeit gesehen?«

»Ich habe keinen Grund, ihn zu sehen. Jedenfalls nicht im Moment. Nicht bis die Dinge den richtigen Reifegrad erreicht haben. Ich weiß, daß er sich hier im ›Babel‹ aufhält, gehegt und gepflegt, eine Made im Speck, und in Sicherheit.«

»Hmmm ... Fritz hat sich sehr verändert, wissen Sie? Und ich glaube, daß es von der Untätigkeit kommt. Er ist so teilnahmslos geworden. Er fühlt sich nicht mehr als Künstler. Eine furchtbare Depression hat ihn befallen ... Wissen Sie, daß er davon spricht, aufzuhören? Er sagt, er habe es über, habe das Gespür verloren. Hören Sie sich das an: Neulich kam im Gespräch heraus, daß er sich nicht mehr an das Rezept der Fidji-Soße erinnert.«

»Das ist nicht wahr«, Dei Vetri runzelte die Brauen. »Das hat er gesagt, um dich in die Irre zu führen. Die Fidji ist zufällig sein As im Ärmel. Er hat niemandem die geheimen Zutaten verraten wollen. Nicht einmal mir.«

»Nein, sehen Sie, meiner Meinung nach war er aufrichtig. Ich versuchte ihn so ein bißchen auszuhorchen. In meiner Branche versucht man immer, ein wenig mehr zu wissen als die anderen. Ich sagte ihm: ›Da du sowieso die Kunst aufgeben willst, kannst du mir auch sagen, wie man die Soße macht.‹ Da hat er ein trauriges Gesicht gezogen. Er schaute verwirrt drein, als ob er wirklich vergebens versuchte, sich zu erinnern. ›Ich weiß sie nicht mehr‹, hat er gesagt. Wir sollten was tun. Ich habe folgendes gedacht: Man müßte ihm eine Gelegenheit geben. Ein schönes Fest unter Freunden, einige wenige Personen, alle absolut wasserdicht, alle diskret. Vielleicht im *Rcocozz*, das man für den Anlaß wieder herrichtet. Der Chef wäre einverstanden, besser gesagt, er kann es kaum erwarten. Eine Reise in die Vergangenheit, die Fritz wieder an den Herd brächte. Und hören Sie: Gerade gestern habe ich ein sehr anständiges Ehepaar empfangen. Ziemlich arm, das ist klar, eine sehr große Familie. Sie haben vier, das jüngste wenige Monate alt, und die anderen Schlag auf Schlag, jedes Jahr ein neues. Sie sind zu mir gekommen, da sie von meiner früheren Tätigkeit wußten.«

»Wieso ›früheren‹?«

»Habe ich ›früheren‹ gesagt? Ich bitte um Entschuldigung. Andererseits sind mittlerweile viele Monate vergangen. Jedenfalls, ich sprach von dieser netten Familie. Der Mann und die Frau sind aufs innigste verbunden, wirklich ein schönes Paar, und außerdem blutjung. Sie sind nicht aus der Unterstadt, Leute vom fünften Niveau, ehrbar und, wie gesagt, sehr anständig. Auf die Idee, daß sie reden könnten, braucht man gar nicht erst zu kommen. Es wäre außerdem nicht in ihrem Interesse, denn sie haben eine irrsinnige Summe verlangt. Ich schäme mich, sie zu nennen, denn es handelt sich um Preistreiberei. Nun, für unsere wenigen handverlesenen Gäste wäre es mehr als genug. Und Fritz wäre fürs erste wieder im Rennen. Eine richtige Soiree zu seinen Ehren. Ich bin sicher, daß ihm das wieder ordentlich Auftrieb geben würde. Wir würden ihn bitten, das *Opferlamm von Samarkand* zuzubereiten.«

»Sei still!«

»Erinnern Sie sich noch, wie das brutzelte, wenn es auf dem Tischgrill serviert wurde?«

»Ich habe dich um Mäßigung gebeten, Hamm!«

»Hören Sie, Signore!« Hamm erlaubte sich, eine Hand auszustrecken, um einen Zipfel des kanariengelben Pyjamas zu berühren. »Ich spreche nur zu Ihrem Besten. Denn ich habe Sie und auch Fritz beobachtet, und bin, *mutatis mutandis*, zu der Überzeugung gelangt, daß unser kleiner Zeitvertreib etwas Besonderes hat, daß er eine außergewöhnliche Faszination, einen Zauber ausübt, etwas, das einen im Innersten berührt und einen nicht von heute auf morgen wieder losläßt ... Und folglich, um auf uns zurückzukommen, erlauben Sie, daß ich insistiere: Während wir auf die Realisierung Ihres grandiosen Projekts warten, denken Sie nicht, daß dieser Vorschlag eine

Art Verschnaufpause schaffen würde?« Hamm kramte in seinen Taschen. »Das besagte Ehepaar hat mir einige Fotos dagelassen. Sehen Sie mal, was für ein Prachtkerl von einem ...«

»Halt!« schrie Dei Vetri und zog sich wieder das Laken über die Augen. »Steck sofort das Zeug weg!«

»Hören Sie mir lieber zu, Signore«, fuhr Hamm fort. »Nehmen Sie es mir nicht übel, wenn ich Ihnen bedauerliche Tatsachen ins Gedächtnis rufe. Die Megalops wird von einer nie dagewesenen Selbstmordwelle heimgesucht, und fast alle Verblichenen, das erinnere ich genau, waren Stammgäste des *Rcocozz*. Der Oberkommissar für die Unterdrückung von Naturkost, zum Beispiel. Wissen Sie noch, was für ein fröhlicher, geselliger Mensch er war? Wie soll man den Anfall von Depression, der ihn zu der tragischen Tat getrieben hat, nicht auf die Schließung unseres kleinen Lokals zurückführen? Um es offen zu sagen: Wie soll man nicht an akute Entzugserscheinungen denken? Und wenn das Gesetz nun doch nicht verabschiedet werden sollte?«

Signore Dei Vetri erhob sich vom Bett und riß das Fenster auf. Er deutete auf einen Wolkenfetzen, der von rechts nach links durch das rechteckige Stück Himmel wanderte.

»Du meinst womöglich«, sagte er lächelnd, »daß es mich, wenn ich nicht auf deinen Vorschlag mit dem intimen Fest eingehen sollte, ebenfalls zu einem Sprung dahinunter treiben könnte, häh?«

»Gehen Sie da weg, Signore«, sagte Hamm. »Sie machen mir angst.«

Dei Vetri warf das Fenster zu.

»Von wem wirst du bezahlt, Hamm?« fragte er.

»Wie meinen Sie?«

»Du Heuchler.« Der Signore zeigte die Zähne und

streckte sich wieder träge aus. »Wer dich bezahlt, habe ich gefragt. Einer, der schon jahrelang mit mir zusammenarbeitet und so tut, als würde er an die Selbstmordwelle glauben ... Die anständige und, ach, so diskrete Familie, wie? Du Gauner!«

»Einen Augenblick, ich ...« Hamms Gesicht war verzerrt und leichenblaß.

»Geh!« Der Signore drückte auf den Schalter, und eine Wand öffnete sich. »Hau ab, du dreckiger Verräter, raus hier!«

Hamm wich zurück und verschwand verängstigt in der Öffnung. Der Signore griff zum Videophon.

»Hamm«, sagte er, »kommt jetzt runter. Laßt ihn nicht raus aus dem ›Babel‹. Und schickt mir Fritz herauf.«

Als Fritz Le Bret das Zimmer betrat, empfing der Signore ihn mit dem etwas verlegenen Lächeln eines Hoteldirektors, der sich gegenüber einem hochgestellten Gast in der Schuld fühlt, weil ihm ein minderwertiges Zimmer zugewiesen wurde.

»Wie fühlen Sie sich bei uns, teurer Freund?«

Fritz zuckte mit den Achseln.

»Ein Gefängnis ist so gut wie das andere«, antwortete er.

Dei Vetri runzelte die Stirn.

»Wenn sich irgendwer erlauben sollte, Ihnen nicht mit dem nötigen Respekt zu begegnen ...«

»Darum geht es nicht.«

»Ich verstehe Sie gut, wissen Sie? Die Untätigkeit muß für einen Künstler Ihres Niveaus belastend sein. Aber es wird nicht lange dauern, dafür garantiere ich.«

Fritz zuckte wieder mit den Achseln.

»Sie haben kein Vertrauen in mich«, fuhr Dei Vetri fort. »Alles, was ich getan habe, geschieht zu Ihrem Besten. Ich kann nicht zulassen, daß Sie in Gefahr geraten.

Sie werden von niemandem mehr verfolgt werden, und niemand wird je einen Grund haben, die Kunst anzufechten, die Sie mit soviel Talent ausüben. Aber wir hatten eine Pause nötig. Wenn uns kein Fehler unterläuft, wird das Gesetz verabschiedet werden, und Sie können mit vollem Einsatz wieder Ihrem Gewerbe nachgehen, mit aller Unterstützung und vor allem mit der Ungezwungenheit, die die öffentliche Zustimmung verleiht. Sie werden berühmt sein, berühmt in der ganzen Megalops. Ach, was sage ich? Ihr Name wird sich über die ganze Welt verbreiten.«

»Darauf lege ich keinen Wert.«

»Sie sind zu scheu, zu bescheiden für einen Künstler ... Ihr *Opferlamm von Samarkand* wird so bekannt werden wie das Wiener Schnitzel, oder wie die Crêpes Susette oder der Pfau Kaiser Karls ... Das *Lamm à la Samarkand* ...«

Dei Vetri schloß halb die Augen und ließ sich in die Kissen sinken.

»Ich will gar nicht daran denken ...«, fuhr er fort. »Ich habe Sie wegen eines Projekts herbemüht: Ich dachte, Sie könnten in der Zwischenzeit, um nicht die Hände in den Schoß zu legen, Ihr Talent auf theoretischem Gebiet nutzen. Ich hätte da so ein Traktätchen im Sinn, ein kleines Buch, unter Ihrem Namen natürlich, bei dem ich aber ein wenig mitarbeiten würde ... rein amateurmäßig, versteht sich. Was sagen Sie dazu?«

»Ein Buch?« gähnte Fritz. »Was für ein Buch?«

»Nun, nicht einfach ein Kochbuch, etwas Raffinierteres.«

Der Signore blickte verträumt zur Decke.

»Und auch mit mehr Tiefgang«, sagte er. »Vielleicht mit einer historischen Einführung. Wissen Sie, was ich meine? In der Art: ›Von den Ursprüngen bis heute ...‹

oder: ›Von der Barbarei zur Zivilisation‹. Warum schütteln Sie den Kopf?«

Fritz fuhr sich mit der Hand über die schweren Lider.

»Nichts, nichts«, sagte er. »Aber ich glaube nicht, daß ich Ihnen dabei nützlich sein kann ...«

»Warum? Wer, wenn nicht Sie ...? Natürlich müßten wir ein paar Tricks verraten. Die Fidji-Soße zum Beispiel.«

»Die widert mich an«, sagte Fritz.

»Wie? Was? Was widert Sie an?« schrie Signore Dei Vetri.

»Die Soße, und auch das *Samarkand*. Die widern mich an.«

»Das *Samarkand* widert ... Aber Fritz! Machen Sie Witze? Das *Samarcand* ist die Sache, die ... von allen ... am meisten Begeisterung ... Seit einigen Monaten ernähre ich mich nur noch von Tapioka, damit ich mir nicht den Gaumen verderbe. Wissen Sie, daß ich davon träume? Und daß ich von Ihnen träume? Wie Sie in der Küchentür erscheinen, das Tablett in Händen, wie Sie es auf den Tischgrill stellen. Und ich, wie ich die Schöpfkelle in die Sauciere tauche, in der die Fidji rötlich schimmert. Ich benetze das Samarkand, Zentimeter um Zentimeter, ganz langsam, und während die kochende Komposition zischt und dampft, lasse ich die Soße gut einziehen, lasse sie ganz eindringen. Ich streiche auch die Soße vom Serviertablett zusammen und träufle sie darüber. Ich muß langsam machen ... wehe, wenn man es zu hastig macht! Unterdessen, während sich durch die Verbindung der heißen Zutaten das Aroma entfaltet ... Hey, auf den Farbton achten! Vom ursprünglichen Weiß, wie es nach achtundvierzig Stunden aus der Marinade kommt, geht es allmählich in Rosa über, dann in leuchtendes Rot und wird schließlich goldbraun ... Und dies ist der Augenblick, in dem Sie, ja Sie, Fritz ... Sie haben bisher neben mir gestanden, mein allerliebster Freund, und jetzt reichen Sie mir das schärfste aller Messer ...«

»Nein!« schrie Fritz. »Was für ein Alptraum!«

Mit überraschender Behendigkeit sprang Signore Dei Vetri in seiner Bettstatt auf die Füße. Unter seinem Gewicht schwankend, sank er fast bis zu den Waden in die Matratze ein. Er drehte sich zweimal mit erhobenen Fäusten um die eigene Achse, dann beugte er sich nach vorn, um Fritz direkt ins Gesicht zu brüllen:

»Ich bin von Verrätern umgeben! Leute, dich ich bezahle, damit sie mir den Dolch in den Rücken stoßen! Geben Sie mir das Messer, Fritz! Gib mir das Messer, bevor das *Samarkand* kalt wird!«

Fritz wich zurück.

»Das Messer? Welches Messer?« fragte er.

»Verfluchter Verräter. Das Messer ... das Messer! Schnell!«

Dei Vetri fiel der Länge nach auf das Bett, vergrub sein Gesicht im Kissen und begann zu weinen.

»Laß du mich nicht auch im Stich, Fritz«, schluchzte er, »ich bin ein armer, einsamer, alter Mann. Man läßt mich sterben, man will mich langsam umbringen, ich habe nichts als Feinde ...«

Er begann sich herumzuwälzen und von Tränen erstickte Wortfetzen auszustoßen.

Im Wanddurchlaß erschien eine große Frau, die muskulös wie ein Möbelpacker, aber wie eine Krankenschwester gekleidet war. Sie bahnte sich ihren Weg, indem sie Fritz mit der Schulter beiseite schob.

»Das war ja nicht anders zu erwarten.« In ihrer Hand hielt sie einsatzbereit eine Spritze. »Er darf den Blick nicht immer vom Videomonitor abwenden. Inzwischen hat er einen Anfall pro Tag. Es ist beschämend, einen

Mann seines Schlages in so einem Zustand zu sehen. Wenn die sich nicht sputen, um die Sache endlich unter Dach und Fach zu bringen ...«

Sie legte sich auf den Patienten, um seine Zuckungen zu bändigen, und stieß ihm die Spritze in den Oberarm. Dann umklammerte sie seinen Brustkorb und kippte ihn mit einem Ruck auf die Seite, noch ein Ruck, und er lag auf dem Rücken.

Das erschütterte und tränenverschmierte Gesicht des Signore Dei Vetri begann sich wieder aufzuheitern.

Ende 5.1.

19
Die Siedlung des inneren Friedens

»Bevor ich hierherkam, langweilten sich alle zu Tode«, sagte die Direktorin. »Draußen gab es früher einen Saustall von einem Garten: Kirschbäume, Teiche, Bambushaine ... Die Gäste hockten im Laub herum und betrieben Nabelschau. Jeden Tag Analyse-Gruppensitzungen, transzendentale Meditation, Zen-Philosophie und Bogenschießen. Alle Mann waren nur da, um sich auf das große Nichts zu konzentrieren ...«

Sie zog eine große Zigarre aus ihrer Aluminiumröhre und zündete sie an, wobei sie die Beine über die Armlehne des Sessels warf. Unter dem kurzen und speckigen Morgenrock quollen dicke Beine hervor, die füllige Brust schwappte über.

»Ich komme aus einer anderen Schule«, sagte sie. »Mir gefällt der alte lasterhafte Okzident, beim Geruch von frischer Luft kommt mir dagegen das Essen hoch ...«

Sie gähnte und streckte sich.

»Also«, fuhr sie fort, »ließ ich dieses *Jugendstil*-Hotel hier heraufbringen ... Vor langer Zeit hatte es einmal zur Attrappe eines deutschen Städtchens an der Elbmündung gehört; dann stellten sie es in ein blödsinniges Freilichtmuseum, gemeinsam mit Bauernhäusern und einem Bahnhof aus dem 20. Jahrhundert. Dort habe ich es zum ersten Mal gesehen. Ich sah es, dachte ein bißchen nach, und beschloß dann, es an einen Kran zu hängen ... und hier ist es, mit all seinen Stuckzimmern, Spiegeln, Teppichen, den Majolika-Toiletten und undichten

Kloschüsseln. Das einzige Grünzeug, das man hier in der Gegend sieht, sind Zimmerpalmen, aber zum Glück werden ihre Blätter schon gelb, weil niemand ans Gießen denkt. Von den alten Betreibern habe ich nur den Namen übernommen: *Siedlung des inneren Friedens.* Man kann den Frieden auf viele Arten finden. Ich bin für die Spieltherapie: Hier bei uns wird jeden Abend getanzt und gesungen, wir haben ein hübsches kleines Orchester, ein reines Frauenensemble ...«

Sie betrachtete Iskra aufmerksam.

»Meine Süße«, sagte sie, »spielst du irgendein Instrument? Nein? Schade. Hier drinnen jedenfalls wirst du keine Zeit haben, an diese häßlichen Sachen zu denken, die ihr Jugendlichen so treibt.«

Sie blies eine Rauchwolke in die Richtung des Insistente und der Messianer.

»Hier brauchen wir keine Polizisten, und wir verzichten nur zu gerne auf sie. Ihr wißt selbst, daß ihr Nervensägen seid. Deshalb tut mir den Gefallen und geht, sobald die vorgesehene Frist um ist. Ein Tag zur Eingewöhnung der Mädchen ist wirklich mehr als genug. Und denkt daran, daß ich auf eure Negativberichte pfeife. Noch eine Kleinigkeit: Ich bin jetzt seit zwei Jahren hier, und es ist noch nie jemand abgehauen. Ihr werdet bemerkt haben, daß man hier nicht hinauskommt, die Sicherheitsvorkehrungen sind absolut perfekt. Ich weiß nicht, ob du das verstanden hast, mein Herz, es ist einfach sinnlos, den Versuch zu machen. Wir vergeuden nur alle miteinander unsere Zeit. Und es ist völlig unnütz, den ganzen Tag Rotz und Wasser zu heulen. Deshalb: Kopf hoch und versucht, euch ein bißchen zurechtzumachen. Vor allem ihr beiden«, sie warf den beiden Messianern ein säuerliches Lächeln zu, »in dieser Aufmachung seht ihr aus wie zwei Makrelen, die man gerade aus der Dose gefischt hat. Gut, ich bin jetzt müde. Giovanni wird euch die Zimmer zeigen.«

Die jungen Männer an ihrer Seite, die beide eine Ledermontur mit Nieten und eine gelb-rosa Haarmähne trugen, hoben sie mitsamt dem Sessel hoch und brachten sie aus dem Zimmer. Giovanni, der auf einem Sofa dösend gewartet hatte, erhob sich in seinem schwarzweiß gestreiften Jackett, kratzte sich in der weiten Hose und begleitete die Gruppe eine quietschende verstaubte Holztreppe hinauf. Das Zimmer, das für Iskra bestimmt war, schien seit Jahrhunderten verlassen. Die Badewanne stand direkt am Bett, dazwischen war nichts als ein geblümter Kattun-Paravent. Auf dem Wannenboden saß ein gelber Gecko, der, vom Licht aufgeschreckt, auf den Wannenrand hüpfte und mit einem dumpfen Schlag auf den Fußboden fiel.

Die Direktorin füllte mit ihrer Leibesmasse eine Mosaiknische am Ende des Saales. Hinter ihr, auf einem dreibeinigen Tischchen, balgte sich ein nacktes Bronzemädchen spielerisch mit einem Porzellanjaguar. Das Fest schleppte sich mit Walzern und Mazurken dahin, und die wenigen tanzenden Paare schienen im Stehen zu schlafen. Sobald sich die Augen an das Halbdunkel gewöhnt hatten, konnte man in den Ecken des Saales das eigentlich Interessante sehen; zugleich mußte man allerdings darauf achten, wohin man die Füße setzte, zwischen all den Beinen, Bäuchen, verstreuten Kleidungsstücken, Gläsern, Aschenbechern und Pfützen verschütteter Getränke.

Nachdem Degrado eine Runde im Saal gedreht hatte, ließ er sich mit einer Flasche Weißwein in einen ramponierten Polstersessel fallen. Iskra war verschwunden. Ebenso die Messianer und Terry.

»Jetzt alle in die Mitte!«

Von ihren üblichen Begleitern gestützt, erhob sich die Direktorin in ihrer Nische und reckte das Kinn in einer Art Rednerpose vor. Der Lärm des Festes verebbte.

»Laßt mal für einen Augenblick das Geklimper sein«, sagte die Chefin. »Unterbrecht das Musikstück, nur für einen Moment, wie gesagt. Wir haben jetzt unsere kleine gemeinsame Sitzung. Kinder, kommt bitte näher. Wo sind die Neuen?«

Aus dem Schatten trat eine weiße Gestalt. In einem langen Kleid, einer Art Nachthemd, stolperte Iskra vor die Direktorin. Es sah aus, als ob jemand sie gestoßen hätte.

»Nun, meine Süße, komm hierher zu mir. Mach schön ›sitz!‹ hier unten, wie ein Hündchen, so ist's brav. Na gut, na gut, na gut, keine Hymne heute abend. Aber die musikalische Einleitung brauchen wir. Auf Mädels: ein bißchen Tätärätätää!«

Während das Orchester einen kleinen Marsch intonierte, flegelte sich eine Horde von Jungen und Mädchen in die Mitte des Saales. Alle waren dürftig gekleidet und so verstruwwelt und verschwitzt, als kämen sie gerade aus einem Dampfbad.

»Also, sage ich«, begann die fette Matrone, wobei sie versuchte, sich auf die Fußspitzen zu stellen, »wer ist es, der euch lieb hat?«

»Unsere Direktorin«, riefen alle zusammen, während das Orchester leise wieder einsetzte.

»Und wer ist es, der sich in dieser großen weiten Welt um euch alle kümmert? Vielleicht eure Mami?«

»Nein!« antwortete der Chor. »Raus vor die Tür mit der Mami!«

»Euer Papi?«

»Raus vor die Tür mit dem Papi!«

»Brüder, Onkel, Neffen, Cousins, die Freundin der

Mami, die Geliebte vom Papi, das Kindermädchen, wer ist es, der sich um euch kümmert?«

Der Chor skandierte: »Niemand, niemand! Raus-alle-miteinander! Raus-einer-nach-dem-andern!«

»Wer ist es dann aber, der euch ernährt, meine kleinen Lieblinge? Wer gibt euch den Brei, damit ihr auf den Beinen bleibt?«

»Die Megalops«, sagten vier oder fünf.

Mit einem Wink ließ die Direktorin das Orchester verstummen und wartete einige Sekunden, wobei sie sich zwei Finger auf die Augenlider legte.

»Das geht so aber nicht«, sagte sie mit bedrohlicher Stimme. »Ich will ein bißchen Spannung knistern hören, nicht wahr, meine Kinder? Wenn nicht, lasse ich euch der Reihe nach über das Ladegerät marschieren. Es ist jetzt schon wieder ein hübscher kleiner Monat vergangen, seit der letzten Behandlung. Oder irre ich mich? Also wer ist es, der sich um euch kümmert, der euch das Futter gibt, ein Dach über dem Kopf, die Daunen und Federn wie den Vögeln des Himmels?«

»Die Megalops«, schmetterte ein bemerkenswert geschlossener Chor.

»Und wer liebt euch?«

»Die Megalops.«

»Die Megalops, und wer noch?«

»Die Direktorin.«

Es folgten einige Stücke für Chor und Orchester. Dann dankten die Jugendlichen der Megalopolis und der Direktorin, die sie vor allem Übel bewahrte. Anschließend schlichen sie in die verschiedenen Winkel zurück. Die Musikerinnen intonierten einen jazzigen Blues, der süß und melancholisch war, und die Direktorin fiel schnaubend wie ein nasser Sack in den Schatten der Nische zurück, wo die beiden Männer in Leder wieder begannen, an den zerrissenen Spitzen ihres Negligés herumzunesteln.

Degrado hatte die hypnotisierende Wirkung der Musik und des rhythmischen Flackerns einiger Schwarzlicht-Spots abgeschüttelt, indem er die Augen für einen Moment schloß. Er wollte auf der Hut sein. Dann hatten sich die Gerüche, von denen die Luft gesättigt war, in seinem Kopf eingenistet wie in einem verstopften Kamin, und er war in tiefen Schlaf gesunken.

Er erwachte, als die bunten Fensterscheiben sich schon grau zu färben begannen. Er war wie betäubt. Seine Arme und Hände, die auf den Lehnen des zerschlissenen Polstersessels lagen, fühlten sich an wie von einer Watteschicht bedeckt. Er schaffte es nicht, die Gegenstände in seiner Umgebung scharf zu sehen. Alles erschien ihm wie durch ein Glas, das die Dinge verzerrte, indem es sie in Schwingung versetzte. In dem Salon hielt sich noch immer der animalische Geruch der verschwitzten Gruppe, die ihn des Nachts bevölkert hatte. Aber der Raum schien leer und still. Das ganze abgewohnte Hotel wirkte öde und verlassen. Die Vorhalle war ebenso leer wie der monumentale quietschende Treppenaufgang zwischen Erdgeschoß und erstem Stock. Auch in dem langen langen Korridor, von dem rund dreißig Zimmern abgingen, war niemand. Sie waren durchnumeriert von »101« bis »130«. Das Zimmer, das man Iskra zugewiesen hatte, befand sich im Obergeschoß. Auch der Flur, auf den die Räume des zweiten Stocks gingen, war still und verlassen. Degrado probierte verschiedene Klinken aus: an Iskras Zimmer, dann an der Tür, durch die Terry verschwunden war, sowie an den Nachbartüren. Laut Anweisung der Direktorin sollten die Messianer und er selbst im Gästehaus übernachten, das auf der anderen Seite jener Allee lag, die durch den hängenden Garten führte. Die Messianer waren nach dem Abendessen, noch bevor das Fest begonnen hatte, verschwunden, und Terry mit ihnen. Iskra in ihrem lächerlichen Internatshemdchen hatte die hemmunglosen Gelüste der Direktorin befriedigt, jetzt war auch sie verschwunden.

Alle Türen waren verschlossen, überall Stille, abgesehen vom fast unhörbaren Summen der Klimaanlage. Der dicke, verstaubte Läufer dämpfte seine Schritte. Degrado befiel allmählich eine bizarre Panik: Es war als ob er im Schlaf (der einige Stunden gedauert haben mußte, denn inzwischen dämmerte der Morgen) als einziger in eine andere Zeit versetzt worden wäre, in der das *Jugendstil*-Hotel auf Gäste wartete und er als einsamer Reisender früher als alle anderen eingetroffen war.

Die Sonne war noch verborgen hinter den höchsten Gebäuden der Megalops, die aus Nebelbänken emporragten. Aber das Tageslicht drang schon durch ein kleines vergittertes Fenster und wetteiferte mit dem künstlichen Schein der Wandleuchter. Durch eine halb geöffnete Tür drang ein schwacher Luftzug. Degrado gelangte in einen weiteren, vollkommen finsteren Flur. Er tastete sich bis zum Ende vor, wo er die engen Maschen eines Drahtkäfigs berührte. Aus der Tiefe hörte man ein Keuchen und Klappern, als ob die Schritte einer übergewichtigen Frau die Treppenstufen erschütterten. Ein stärker werdendes Licht warf das Quadratmuster des Gitters an eine Wand und ließ die Seile und den Schacht eines Aufzugs erkennen. Degrado drückte die Ruftaste, woraufhin die Kabine ganz langsam emporstieg und mit einem tickenden Stampfen stoppte. Er trat ein und bemerkte, daß der zweite Stock zwar nach oben die letzte Station des Lifts war, es aber unter dem Erdgeschoß noch drei Knöpfe tiefer ging.

Der Insistente drückte auf den untersten. Mit einem Ruck setzte sich der Aufzug in Bewegung. Die Abwärtsfahrt schien endlos, von dem Ticken und dem asthmatischen Keuchen begleitet.

Unten angekommen blieb die Gittertür des Aufzugschachtes verschlossen. Degrado versuchte vergeblich, sie zu öffnen. Er drückte nacheinander alle Tasten der oberen Stockwerke, aber die Kabine rührte sich nicht. Für einen Moment war Degrado von Platzangst wie gelähmt und unfähig, eine Entscheidung zu treffen, dann trat er zurück, bis er mit dem Rücken am Spiegel der gegenüberliegenden Wand stand, und feuerte mit der 44er Magnum auf das Schloß. Der harte Aufprall ließ die Kabine erzittern, und der Querschläger schlug in den Spiegel ein.

Degrado fand sich in einer Halle wieder, deren Wände von weißen Öfchen gesäumt waren. Blumenmotive, Schnörkel und Mäanderbänder zierten die Friese ringsherum, die zum Teil abgebröckelt und verrußt waren und Feuchtigkeit ausschwitzten. Eine nackte Glühbirne an der Decke verbreitete dämmriges Licht und verstärkte die beklemmende Atmosphäre.

Degrado rutschte in einem Rinnsal aus, das sich über den Boden schlängelte. Aus dem nächsten Zimmer war ein Tröpfeln zu hören. Wasser lief aus einem Hahn über einen Marmortisch. In der Mitte des nackten Raums hing eine Deckenlampe. Degrado betätigte den Schalter und wurde vom Glanz des Marmors und der Einrichtung geblendet. Es waren große weiße Quader, die wie Tiefkühltruhen aussahen. Degrado fröstelte; nun erst nahm er die Eiseskälte wahr, die in diesem Keller herrschte. An den Tischrändern verliefen Rinnen, in denen Reste einer dunkelbraunen Flüssigkeit trockneten. Neben dem Tisch stand ein Rollwagen, auf dem Metallgefäße und chirurgische Instrumente wild durcheinander lagen: Skalpelle verschiedener Größe und andere Schneidewerkzeuge, einige so groß wie Küchenmesser.

Durch eine gepolsterte Tür gelangte Degrado ins nächste Zimmer. Dort sah aus wie im Wickelraum eines Flughafens: Die Wände waren in Pastellfarben gestrichen, die lebhaft, aber unangenehm wirkten, da sie wahllos und unpassend zusammengestellt waren. Auf dem Boden verstreut lag Spielzeug, fast ausschließlich große Plüschtiere, die alle ähnliche Ausmaße und dieselben Glasaugen hatten, als ob man sie en gros gekauft hätte. Einige Videogame-Monitore, die an den Wänden angebracht waren, reflektierten das Licht aus dem Nebenraum. Das Zimmer schien seit Monaten unberührt.

Durch eine halboffene Tür schaute Degrado in den nächsten Raum, in dem kleine Stockbetten an den Wänden standen. Dann gewahrte er auf dem glänzenden Linoleum den Lichtreflex einer pfeilschnellen Bewegung in seine Richtung. Er warf sich zurück und ging hinter einer Säule in Deckung, während der Napalmstrahl wie eine leuchtende Seifenblase platzte und den Türausschnitt füllte. In der sich auflösenden Rauchschwade sah Degado Terry schreiten, die mit beiden Händen die Waffe hielt.

Terry hörte sich unbeeindruckt Degrados Vorwürfe an, der zur Verdeutlichung der brenzligen Situation auf das verkohlte Revers seiner Offiziersuniform zeigte. Laut Terry war allein er an dem Zwischenfall schuld. Sollte es möglich sein, daß er noch immer nicht kapiert hatte, wo sie sich befanden? Und warum hatte er sich überhaupt kopfüber in ein Zimmer nach dem anderen gestürzt? Außerdem hätten die Messianer und sie beschlossen, Degrado seinem Schicksal zu überlassen; er war ihnen und ihren Plänen nur im Wege. Die Messianer hatten über die Belüftungsanlage ein Betäubungsgas in alle Räume geleitet; daher schlief das ganze Hotel, die Direktorin eingeschlossen, und es erwartete sie kein angenehmes Erwachen. Er konnte von Glück sagen, daß er wieder auf die Beine gekommen war. Ob er den Operationstisch gesehen habe? Und die Spielsachen? Den Wickelraum? Was glaubte er, wozu dieser Keller diene? Sie sei über eine Dienstbotentreppe hier heruntergelangt, die halbzerfallen war und seit Jahren unbenutzt schien.

»Wo ist Iskra?« fragte Degrado.

»In ihrem Zimmer«, antwortete Terry. »Sie ist auch in Trance gefallen, aber wir haben sie aufgeweckt. Und wir haben eine Überraschung für dich. Während du geschlafen hast, haben wir gearbeitet.«

Der Insistente fand Iskra in ihrem Zimmer im zweiten Stock. Sie saß in der Badewanne und versuchte wach zu werden, aber sie war blaß und noch immer im Halbschlaf. Auf dem Bett lag ein Mädchen mit erschöpften Zügen und dunklen Augenringen. Sie trug den schwarzen Überrock, den weißen Kragen und die Schürze der Hotelbediensteten; aus ihrer Schürzentasche schaute ein Blechäffchen mit roter Mütze hervor.

Obwohl sie gealtert schien und einen leeren Blick hatte, erkannte Degrado in ihr sofort die Nichte Alsos wieder.

»Deine Klientin.« Terry zeigte Degrado die Frau. »Das ist Paloma«, sagte sie, »die Nichte des Bürgermeisters. Die Messianer haben sie gefunden. Sie lebt seit einigen Monaten hier, nachdem sie die Spur ihrer Tochter bis hierher verfolgt und es geschafft hatte, als Zimmermädchen eingestellt zu werden.«

Auch Paloma hatte den Keller gesehen, erzählte Terry,

den Baby-Raum und alles andere. *Die Siedlung des inneren Friedens* war eine Zentrale der Organisation: In den oberen Stockwerken wahrte sie den Schein einer Umerziehungsklinik mit Spieltherapie und den beschaulichen Orgien der Direktorin; aber in den Kellern wurde alles Nötige für die kleinen gastronomischen Feste präpariert und konserviert. Bei Palomas Ankunft hatte man die unterirdischen Anlagen schon stillgelegt, doch die Spuren der Kinder waren unverkennbar. Seit einigen Tagen hatte dann erneut eine gewisse Betriebsamkeit eingesetzt. Der Aufzug, der in den Keller führte, war wieder aktiviert worden, und man hatte Paloma zusammen mit den anderen Dienstmädchen beauftragt, den Boden des verfluchten Kellers zu wischen. Die arme Paloma hatte es tun müssen und dabei gerade gestern das Äffchen aus Blech gefunden. Seitdem war sie wie betäubt, sie schien das Gedächtnis verloren zu haben; die Messianer hatten sie weinend auf dem Bett eines Dienstbotenzimmers gefunden, das Spielzeug in den Händen.

Nie wieder würde es einen Laut von sich geben: Dem Äffchen war nur eines der beiden Becken zwischen den Armen geblieben. Aber es war Beas letztes Spielzeug gewesen. Und Bea war Palomas Tochter.

Es war ein Beweismittel und sobald Paloma sich erholt hätte, würde sie aussagen können. Terry hatte außerdem den Keller, das Spielzimmer und den Schlafsaal fotografiert. Jetzt konnte man die ganze Gourmet-Bande vor den Gerichtshof bringen. Aber für die widerlichen Helfershelfer, die dieses alptraumhafte Hotel führten, hatten die Messianer eine schnellere Lösung im Sinn.

Jonathan und Barnabas, die beiden Messianer, waren staubbedeckt, als sie ins Zimmer traten. Sie legten vorsichtig zwei Koffer aufs Bett und öffneten sie.

»Du wirst ihnen den gerechten Lohn ausbezahlen«, sagte Jonathan, während er mit dem Finger den Zeiger einer Zeitschaltuhr verschob.

»Die Lämmer vergiften den Bach, an dem sich die Wölfe laben«, sagte der andere. Er legte an einem Gehäuse, das in dem anderen Koffer lag, einen Schalter um. »Das zweite Kommando ist eingestellt. Wir haben fünf Minuten.«

Im zweiten Koffer begann eine rote Anzeige zu blinken. Barnabas warf einen Blick auf die Uhr.

»Vier Minuten und 52 Sekunden«, sagte er.

»Ihr seid verrückt«, schrie Terry. »Das werden wir nicht schaffen, in so kurzer Zeit.«

Sie packte Iskra am Arm und zog sie aus der Wanne.

»Das ist sogar zu lange«, sagte Jonathan noch lauter. »In weniger als drei Minuten läßt die Hypnosewirkung des Gases nach. Es ist besser, wenn wir abhauen, Terry.«

Terry streichelte Iskras nasse Wange.

»Verduftet auch ihr so schnell wie möglich«, sagte sie. »Das Turbinenauto steht unten im Hof. Wir machen uns durch den Keller davon. Viel Glück. Wir sehen uns wieder, wenn Farolff kommt.«

Im Handumdrehen waren alle drei verschwunden. Man hörte ihre gedämpften Schritte auf dem Teppich im Korridor.

»Hey«, sagte Iskra. »Terry! ...«

Paloma preßte das Spielzeug an die Brust und schaute verständnislos.

»Schnell«, sagte der Insistente. »Die haben das Hotel vermint!«

Er packte Paloma und zog sie hoch, dann schob er die klatschnasse Iskra an der Schulter vorwärts. Sie verließen das Zimmer, in dem die Geräte in ihren Koffern jetzt um die Wette piepsten und das Lämpchen immer schneller blinkte.

Am Fuß der Treppe erwartete sie die Direktorin, flankiert von den beiden jungen Hengsten. Ihr Gesicht leuchtete grün hinter dem Lampenschirm der Rezeption, und in der Faust hielt sie eine Laserpistole.

»Bleibt, wo ihr seid«, befahl sie.

Dann fuchtelte sie mit der Pistole Iskras Richtung.

»Du und die andere«, sagte sie, »wie heißt sie gleich ... Paloma, kommt her zu mir! Und Sie, Herr Offizier, nehmen Sie die Hände hoch, und zwar gut sichtbar. Es passieren viele sonderbare Dinge in diesem Hotel, seitdem euer Kommitee hier eingetroffen ist. Es wird Zeit, daß wir ein bißchen miteinander plaudern.«

In diesem Moment schoß eine gelbe Stichflamme unter der Treppe hervor. Es gab einen Knall, die grüne Lampe flog von der Empfangstheke, und die Zimmerschlüssel sprangen wie Heuschrecken vom Brett an der Hintertür. Die Lichter gingen aus. Ein Sekundenbruchteil Dunkelheit und Stille, dann fauchte von der Treppe ein donnernder Feuerschwall herunter, diesmal war er rot. Schon hörte man die Flammen knistern.

Degrado wurde von einem gut plazierten rechten Haken gegen das Treppengeländer geworfen, konnte sich aber auf den Beinen halten. Die zweite Explosion schleuderte ihn die Treppe hinunter. Als er wieder aufstand, sah er Iskra; sie hatte sich in einen brennenden Vorhang verheddert und versuchte, sich zu befreien. Paloma lag am Fuß der Treppe, ihr Kleid war zerfetzt und qualmte.

Der Insistente lud sich die Nichte des Bürgermeisters auf die Schultern und setzte über den massigen Körper der niedergestreckten Direktorin hinweg. Blut rieselte zwischen ihren weit aufgerissenen Augen hinunter bis ins Dekolleté. Sie hetzten durch die zersplitterte Glastür hinaus.

Ein Klagelaut hatte die Stille unterbrochen, und jetzt drangen aus dem ganzen Hotel Verwünschungen und verzweifelte Hilferufe. Eine schwarze Rauchwolke trieb durch den Hof: Sie mußten das Turbinenauto regelrecht ertasten. Auf dem Platz vor dem Hotel, an der Auffahrt zur Brücke, die die Schlucht überquerte, war eine Schießerei im Gange. Auf der einen Seite Terry und die beiden Messianer, die hinter der Brüstung Stellung bezogen hatten, auf der anderen Seite vier Kerle mit langer Mähne und nietenbeschlagener Lederkleidung. Sie kämpften mit Napalmwaffen, und auf beiden Seiten loderten gelbe Stichflammen auf.

Degrado stieß Paloma auf den Rücksitz und fuhr schon los, während Iskra sich neben ihn warf. Um sie herum herrschte ein heilloses Durcheinander fliehender Schatten. Einige Male sprang das Turbinenauto über qualmende Hindernisse, dann rauschte es schnurstracks in Richtung Brücke. Degrado beschleunigte mit der maximalen Schubkraft der Heckraketen, mit einer Hand hielt er die Magnum schußbereit aus dem Fenster, um auf die Wachen zu feuern. Plötzlich erkannte er Terry, die mit brennenden Haaren jenseits der Brüstung im Nichts verschwand. Ein Feuerstrahl traf die Windschutzscheibe. Hinter der Brücke jagte Degrado, obwohl er fast blind war vom Rauch, das Auto mit Vollgas über die Umgehungsstraße von Neu-Jericho.

Iskra krümmte sich auf dem Sitz zusammen.

»Mir ist kalt«, sagte sie.

»Bist du verletzt?« fragte Degrado.

»Keine Ahnung, ich glaube nicht.« Iskra drehte sich nach der jungen Frau um.

»Auch Paloma«, sagte sie, »scheint unversehrt zu sein.

Wir haben ganz schön Schwein gehabt. Ich hatte dir doch gesagt, daß sie etwas auf dem Kasten haben.«

»Die sind irre«, sagte Degrado.

Iskra kicherte.

»Terry und die Messianer«, sagte sie, »sind seit Jahren Anhänger der Rubraf. Terry hielt sich bei den Vaganten nur auf, um eine günstige Gelegenheit abzuwarten. Jetzt hat sie sie gehabt. Schau mal zurück.«

Degrado linste in den Rückspiegel: Der zweite Stock der *Siedlung des inneres Friedens* krachte in einem Funkenregen auf das Untergeschoß. Man hörte eine Reihe von Explosionen. Dann verschwand das Inferno hinter einer Kurve.

»Terry ist durchgekommen«, sagte Iskra. »Das spüre ich.«

Degrado dachte an die brennenden Locken, die er jenseits der Brücke gesehen hatte, sagte aber nichts.

»Los«, fuhr Iskra fort, »gib Gas, der Wind steht günstig.«

»Und wie günstig«, brummte der Insistente. »Unter dem Hintern habe ich ein Turbinenauto der AIAV, das man auf hundert Kilometer als gestohlen erkennt, meine Papiere sind gefälscht, ich habe eine Feuersbrunst zurückgelassen, und in Kürze werde ich sämtliche Polizeieinheiten der Megalops auf dem Hals haben, weil alle die Verantwortlichen des jüngsten Rubraf-Attentats jagen. Und zu guter Letzt bin ich mit zwei Mädchen unterwegs, von denen das eine halbverrückt, das andere splitternackt ist. Wenigstens regnet es nicht.«

Der Offizier der Stadtpolizei drehte wieder und wieder die Ausweise in seinen Händen, zwei Beamte gaben ihm Deckung, die Maschinenpistole im Anschlag. Im ersten Moment hatten der Briefkopf und die Unterschriften ihn beeindruckt, aber nachdem er alles genau durchgelesen hatte, war er skeptisch geworden.

»Wo sind die beiden anderen?« fragte er. »Wie aus den mir zur Ansicht vorgelegten Papieren hervorgeht«, sprach er in das Mikrophon, das an seiner Jacke steckte, wobei er den offiziellen Jargon der Polizeidienste ohne Sonderaufgaben verwendete, »müßten die Insassen des Autos Zadar 15, Verwendungszweck Sondereinsätze, auf der Durchfahrt in das Hochgebiet, achter Abschnitt, Viertel der Telekomunikationen und Informationsdienste, zu fünft sein, genaugenommen ein Offizier, zwei Beamte und zwei weibliche Umerziehungsfälle unter strenger Bewachung. Dagegen wird einzig die Präsenz zweier Individuen von offensichtlich weiblichem Geschlecht, ohne die vorschriftsmäßige Kleidung der Umerziehungsfälle, sowie eines vorgeblichen Offiziers der AIAV am Steuer des oben genannten Fahrzeugs konstatiert. Nachdem nämlich letzterer, auf Ersuch des Diensthabenden, die Verdunkelungselemente von den hinteren Seitenfenstern genommen hatte, konnte festgestellt werden, daß die Sitze im hinteren Bereich der Fahrgastzelle von einer einzigen Person besetzt sind. Aus diesem Grund ergeht die Frage: ›Wo sind die beiden anderen?‹«

»Auf eigene Faust unterwegs«, sagte Degrado. »Ich habe sie zu einem anderen Einsatz beordert. Beachten Sie das *nota bene* auf dem Passierschein: Dort steht E. M. D., ›Einsatz Maximaler Dringlichkeit‹. Indem Sie uns hier festhalten, handeln Sie sich folglich eine Menge Unannehmlichkeiten ein.«

»Bericht wird fortgesetzt«, fing der Offizier wieder an. »Der Befragte antwortet: ›Auf eigene Faust unterwegs‹ und verweist auf etwaige Unannehmlichkeiten, die der Diensthabende sich durch das Blockieren des Fahrzeugs zuziehen könnte. Es wird ihm mitgeteilt, daß zwei Umerziehungsfälle, die sich in überwachender Zwangsbegleitung eines einzigen Beamten befinden, welcher die Doppelfunktion von Begleiter und Wagenführer ausübt, eine Verletztung des Artikels 26 des Gesetzes 410 für die Institute zur Umerziehung und Resozialisierung gefährlicher Personen darstellt. Darüber hinaus erscheint eine der beiden oben Genannten unbekleidet. Ich fordere daher die Wageninsassen auf, mir die Personaldokumentation auszuhändigen, bestehend in individuellen Elektronikkarten zur radio-televisiven Identifizierung bei der Zentralstation – Abteilung ›Persönliche Identitäten‹.«

»Wieso haben Sie das nicht gleich gesagt!«, rief Degrado aus. Mit der Linken gab er vor, in der Tasche zu suchen, und mit der Rechten drückte er eine Taste am Armaturenbrett. Die schwere Fahrertür schnellte auf, der Offizier stolperte nach hinten und fiel auf den MP-Lauf eines Beamten. Dieser sprang zur Seite und eröffnete das Feuer, aber der Wagen hatte bereits die Absperrung umgeworfen und raste mit Vollgas davon, während die Kugeln aus der Maschinenpistole auf die gepanzerte Karosserie hagelten.

»Nur die Ruhe«, sagte der Insistente zu Iskra, die sich geduckt hatte. »Die müßten besser ausgerüstet werden. Diese Dinger machen nicht einmal einen Kratzer in den Lack.« Genau in diesem Augenblick explodierte ein Geschoß aus einem Granatwerfer neben dem Auto, gelber Rauch stieg auf. Der Wagen kam ins Schleudern und schlug zweimal gegen die Leitplanke.

»Man sollte niemals die Verwaltung unterschätzen«, sagte der Insistente, als er das Fahrzeug wieder unter Kontrolle hatte.

Als er die Spirale in die Unterstadt hinabfuhr, schaltete er das Radio ein.

Auf der Notruffrequenz plauderte der Telefonist mit

einem Kollegen. »Wenn sie jedesmal, wenn er vom Platz fliegt, dem Schiedsrichter die Schuld geben«, sagte er, »ist es doch sonnenklar, daß sie ihn nicht richtig einschätzen. Den Trainer trifft die Schuld, denn er ist keiner der Spieler, die man an der kurzen Leine halten kann. Er muß sein Leben leben können, und wenn sie ihn unter der Woche soviel bumsen ließen, wie er möchte, würde er am Wochende nicht so nervös auf dem Platz auflaufen. Es ist wie mit den Pferden ...«

»Irgend jemand versucht anzurufen«, bemerkte sein Kollege.

»Laß es ihn weiter versuchen«, sagte der Telefonist. »In drei Monaten werde ich pensioniert. Im Spiel gegen die Titanic ...«

Eine Reihe von Pfiffen übertönte die Stimme.

»Hör mal«, sagte der andere. »Räum die Frequenz. Das mag bei dir anders sein, aber wenn sie mich erwischen, wie ich im Dienst herumschwadroniere, und noch dazu auf der Notfallfrequenz ... Verstanden und Ende. Bis bald.«

Die bekannte Stimme des Polizeioffiziers ließ sie zusammenzucken. Er schien direkt hinter dem Sitz zu stehen. Sein Tonfall war dramatisch, klang nach Großereignis.

»Melde Durchbruch durch Polizeisperre, zweiter Sektor, achte Abteilung, Einfahrt nach Neu-Jericho an der Kreuzung mit Staatsstraße 20. Es handelt sich um einen Wagen vom Typ Zadar 15, vermutlich getarnt als zur Abteilung Inneres-Absolute Vertraulichkeit gehörig, gepanzert und mit getönten Scheiben, fährt ohne Geschwindigkeitslimit, Farbe: metallic braun. Anzahl der Insassen: drei, verantwortlich für folgende Straftatbestände: Widerstand gegen die Staatsgewalt, Beamtenbeleidigung, Benutzung gefälschter Ausweispapiere, Sachschaden ...

Es folgen Personenbeschreibungen. Fahrer: Geschlecht männlich, Alter circa 40, Statur auf Grund der Sitzposition schwer einzuschätzen, Haarfarbe: dunkelblond, Hakennase, ebenmäßiger Mund, keine dialektale Färbung. Es handelt sich um sehr entschlossene Person, höchste Gefährlichkeitsstufe, vermutlich bewaffnet. Passagiere von offenkundig weiblichem Geschlecht: Erste Passagierin, anziehendes Äußeres, schulterlange Haare, blond, mit Stich ins Rötliche, Augenfarbe: graugrün, Statur auf Grund der Sitzposition schwer einzuschätzen, ebenmäßige Gesichtszüge, kleine bläulich-rote Narbe im Kinnbereich; zweite Passagierin hat braune Haare, mit Stich ins Rötliche, lange Locken, Mitteilung weiterer Körpermerkmale unmöglich, da schlafend, mit verhülltem Gesicht. Fahrer trägt Uniform der AIAV, auffallend verschmutzt; erste Passagierin trägt ... keine Kleidung, zweite Passagierin: dunkles Kleid. Ich wiederhole: höchste Gefährlichkeitsstufe. Wahrscheinlich besteht Verbindung zum Brand in *Siedlung des inneren Friedens*. Fahrtrichtung Staatsstraße 20 in die Unterstadt. Unsere motorisierte Patrouille hat Verfolgung aufgenommen, allerdings weit zurück auf Grund hoher Motorleistung des verdächtigen Fahrzeugs.«

»Danke für das anziehende Äußere«, sagte Iskra. »Förmlich, aber nett.«

»Setz dich bitte auf den Rücksitz«, sagte der Insistente, »und deck dich mit irgend etwas zu.«

»Jetzt stecken wir aber wirklich in der Scheiße!« sagte Iskra.

Man erkannte die ersten Hütten der Unterstadt.

»So ein weiter Weg, um wieder am Ausgangspunkt anzukommen«, sagte der Insistente zu sich.

20
Die Ratten

Die Ratten rannten in Kolonnen die Gleise entlang; sie hatten schwarzes Fell, waren aber wegen der braunen Flecken am Rücken leicht mit den Langschwellen zu verwechseln. Seitdem das Netz der alten Eisenbahn unter den Bauten der Oberstadt begraben worden war, lag es verlassen im Untergrund, und an Stelle der Triebwagen und Waggons verkehrten dort jetzt Tausende von Ratten in Einerreihen; sie warteten geduldig an Haltepunkten und waren auch in der Vorwärtsbewegung diszipliniert. Sie liefen alle in Richtung Unterstadt, und ein paar kräftigere Tiere flitzten vor und zurück, um den Strom der anderen zu überwachen.

Das Haus von Degrados Freund war einmal ein Stellwerk gewesen. Es thronte über einer Kreuzung von Weichen und hatte früher wie ein Sprungturm ausgesehen; jetzt dagegen ähnelte es mit seinen bis auf die Armierung abgebröckelten Stützen einer Spinne, die so viele Augen besaß, wie das Haus Fenster in seinem zylindrischen Körper hatte.

Als Degrado von oben hinabblickte, schwindelte ihm: Es sah aus, als bewegten sich statt der Nagetiere die Gleise. Er war todmüde; bevor sie das Turbinenauto losgeworden waren, war er 24 Stunden am Stück durch das Labyrinth der Unterstadt gefahren. In tiefster Nacht waren sie schließlich angekommen und er hatte sich fast augenblicklich auf eine Pritsche geworfen und war eingeschlafen.

Sein Freund war sehr alt. Früher, als es noch echtes Theater gegeben hatte, war er viele Jahre als Requisiteur tätig gewesen. Seitdem sich auf den Bühnen der Megalops die Lasersimulationen bewegten, die realer als die Wirklichkeit aussahen, war seine Beschäftigung etwas für mittellose Vagabunden und auch ein bißchen lächerlich geworden. Seit langem lebte er davon, daß er Leute unterbrachte, die sich verstecken mußten, und kein Versteck war günstiger als seine Plattform, so verloren wie sie war, inmitten der weitläufigen Gleisfläche, und hochgelegen wie ein Aussichtspunkt über einem kilometerweiten Panorama.

Als Degrado aufwachte wurde ihm mitgeteilt, daß er einen ganzen Tag geschlafen hatte.

»Mit dem Alten sind wir inzwischen im Kriegszustand«, sagte Iskra sofort. »Er hat sich in eine Abstellkammer eingeschlossen und will nicht mehr rauskommen. Es fing damit an, daß er mir eine Szene gemacht hat, weil ich in eine Flaschenscherbe geascht hatte: Ihm zufolge war es eine Kostbarkeit von irgendeinem berühmten Gegenstand. Hier kann man sich nicht umdrehen, ohne auf irgendein Kleinod aus Pappkarton oder verrostetem Blech zu treten. Dann hat der Alte Paloma einem hochnotpeinlichen Verhör unterzogen. Er wollte alles über den Plunder wissen, der in der Siedlung war, von den Glühbirnen über die Wasserhähne bis zum Morgenrock der Direktorin ... Und sie hat, um das Gespräch abzuwürgen, einfach gesagt, es sei sinnlos, alles aufzuzählen, da wir das Hotel angesteckt hätten und inzwischen alles in Schutt und Asche liege. Daraufhin hat er uns verflucht und sich im Abstellraum eingeschlossen. Er ist so wütend, daß er uns womöglich sogar anzeigt.«

»Das wird er nicht tun«, sagte der Insistente. »Er ist immer loyal gewesen. Aber ihr hättet ihn nicht beleidigen dürfen. Er ist ein Sammler: Alles, was an die Vergangenheit erinnert, ist für ihn wertvoll. Ich baue auf den Alten, um wieder hochzukommen. Er weiß, wie man in die Oberstadt gelangt, ohne die Grenzposten zu passieren.«

Paloma kam ein weiteres Mal ins Rutschen. Iskra versuchte sie zu stützen, aber auch sie war machtlos gegen den glitschigen Schlamm. Am Ende fielen sie beide in die Dreckbrühe, die den Boden bedeckte.

»Wenn ich mir überlege, daß du diesem alten Spinner die Pistole gelassen hast!« brummte Iskra beim Aufstehen. Sie faßte die andere unter den Achseln und lehnte sie wie einen Sack gegen die Wand.

»Wir müssen eine Pause machen«, fügte sie hinzu. »Paloma kann nicht mehr. Da haben wir ein tolles Geschäft gemacht: als Gegenleistung für dieses Ding, von dessen Erlös wir Monate hätten leben können, hat er uns in diese Kloake geschickt.«

Degrado suchte mit der Taschenlampe nach einem Fleck zum Hinsetzen, aber überall war es gleich naß und schmierig. Er bemerkte, daß weiter vorne das Gefälle zunahm. In der Zwischenzeit war das Quieken der Ratten so laut geworden, daß es fast das Rauschen des Wassers übertönte.

»Was machen die denn da?« fragte Iskra, wobei sie auf einen Zug von Ratten deutete, die langsamer voranschritten. »Es sieht aus, als seien sie auf dem Weg zu einer Beerdigung.«

Die Nager zögerten, mit emporgereckten Köpfen und zitternden Barthaaren. Sie schienen in Alarmbereitschaft zu sein.

Plötzlich fielen von oben zuckende Schatten an den Wänden herunter. Degrado hob die Taschenlampe: Links und rechts über ihren Köpfen waren Eingänge zu Nebenkanälen, aus denen nun Horden von grauen Ratten hervor in die Tiefe stürzten und die dunkleren angriffen. Im Abwasserkanal wimmelte es bereits von Tierkörpern, die miteinander kämpften und den Schlamm aufpeitschten. Degrado entglitt die Taschenlampe. Er ließ sich auf die Knie fallen und tastete am Boden herum, um sie wiederzufinden, aber ein schmerzhafter Biß brachte ihn schnell davon ab. Paloma und Iskra schrien nun abwechselnd in der totalen Finsternis: Die eine aus Angst, die andere, um sie zum Schweigen zu bringen.

»Wollt ihr wohl still sein!«, brüllte Degrado seinerseits. »Wir warten, bis sich das Getümmel gelegt hat, und dann werde ich zusehen, daß ich die Lampe wiederfinde.« Er schob die beiden Mädchen an die Wand und richtete sich auf die Warterei ein. Um sie herum wurde jedoch das Quieken der Ratten nicht leiser, sondern zusehens lauter.

Degrado war schon drauf und dran, einen weiteren Biß zu riskieren, als in der Finsternis des Kanals ein schwaches Licht auftauchte. Es wurde immer stärker, und in etwa dreißig Metern Entfernung erkannte man den Schein einer Lampe, der sich hartnäckig auf und ab bewegte, als wollte er sie zum Näherkommen auffordern.

»Los«, sagte Degrado, »kommt hinter mir her.«

An der Mündung eines Nebenkanals wartete ein Junge, eine Fackel in der erhobenen Faust. Seine nackten Beine waren kotverkrustet, und ein schwarzer Pelzmantel hüllte ihn ein. Als die drei vor ihm standen, pfiff er und klopfte Degrado mit einem langen Rohrstock auf die Brust.

»Der General möchte euch sehen«, sagte er, »folgt mir.«

Er führte sie durch den Seitenkanal, bis zu einer hohen und geräumigen Höhle. Rund um die Wand lief ein zementierter Balkon, zu dem eine Eisenleiter führte. Auf einem Gerüst in der Mitte der Höhle erhob sich zwischen zwei löchrigen Tonnen, aus denen gelbe, qualmende Flammen züngelten, ein leuchtend rotes Zelt. Ein Steg aus Bohlen und Seilen verband den Balkon mit dem Hochsitz.

Dort angekommen, sprang der Junge mit einem Satz hinauf und bedeutete ihnen wieder, ihm zu folgen. Der Anblick unter ihren Füßen war beeindruckend: Der Boden brodelte von grauen Ratten wie ein kochender See. Einen Schritt nach dem anderen, einander auf den schwankenden Brettern gegenseitig festhaltend, erreichten Degrado und die Mädchen den Hochsitz. Der Junge war schon hinter dem Vorhang verschwunden.

Sie fanden ihn im Inneren neben einem riesigen, spindeldürren Mann hockend, der ebenfalls mit einem braunen Pelz begleitet war und an einem weiß lackierten Pfosten lehnte. Hinter ihnen, im Hintergrund des Zeltes, gingen rund ein Dutzend silbergraue Ratten Fell auf und ab. Sie bewegten sich mit langsamen Schritten und zogen die Schwänze nach.

»Tretet vor«, sagte der Mann. »Nennt mich General. Ihr dürft euch setzen.«

Iskra und die Mandantin des Anwalts ließen sich ermattet fallen, Degrado blieb stehen.

»Meine Leutnants«, sagte der General und zeigte auf die Ratten hinter sich. »Sie sind beeindruckend, nicht wahr? Und doch hat niemand von euch ausreichend Respekt vor dem, was vor euren Füßen geschieht. Ihr seid so von euch eingenommen, daß ihr noch immer nicht kapiert habt, wer euch allen das Grab schaufelt.«

Er hatte mit verhaltener und zischender Stimme gesprochen. Jetzt senkte er sie noch weiter.

»Ich werde General bleiben, solange sie Krieg führen, aber ich bin bereits ihr Sklave. Könnt ihr euch vorstellen, was mit mir passieren würde, wenn ich zu fliehen versuchte? Nein, ihr habt nicht die geringste Vorstellung. Ihr wißt nicht, daß man seit Jahrhunderten einen erbitterten Krieg führt, folglich ahnt ihr nicht einmal, auf welcher Seite ihr euch befindet.

In nicht allzu langer Zeit«, fuhr er fort, »wird nur noch eins für euch armselige Würstchen zählen: auf der richtigen Seite zu stehen, das heißt auf Seiten der Grauen oder der Schwarzen, je nachdem, wer am Ende siegen wird.«

Er machte eine kurze Pause und sprach dann in einem anderen Tonfall weiter: »Ich brauche einige Informationen, antwortet mir möglichst genau. Woher kommt ihr? Ihr versucht, heimlich in die Oberstadt zu gelangen, soviel ist klar ...«

»Wir kommen aus dem Gebiet der alten Eisenbahn«, sagte Degrado.

»Sind Schwarze in der Gegend?«

»Schwarze Ratten? Ja, massenweise: sie laufen die Gleise entlang.«

Der General kam in Bewegung.

»Da haben wir's, so dringen sie also in die Unterstadt ein!« rief er aus. »Deshalb haben sie es geschafft, dieses Gebiet einzunehmen! Ich habe einen Job für euch. Kommt ein bißchen näher.«

Er entrollte eine Zeichnung auf dem Fußboden.

»Das ist das Abwassersystem. Wir befinden uns hier, neben dem Hauptkanal. Geht man dort entlang, so kommt man zu den Leitungen des alten Aquädukts, das heute das Abwasser der Oberstädte sammelt. Man hat mir angezeigt, daß in diesem Gebiet ein Mann mit einem Rudel Hunde wohnt, die ihm wie Soldaten gehorchen, einige Hundertschaften wilder, perfekt abgerichteter Hunde. Ich muß mit diesem Mann sprechen. Wir müssen einen Brückenkopf bilden. Jenes Aquädukt ist die einzige Passage in die Oberstädte. Ihr müßt ihn überreden, zu mir zu kommen und mit mir zu sprechen. Ich will ihm einen Pakt vorschlagen. Er kann nicht weiter isoliert bleiben. Ihr müßt ihm sagen, daß er bisher nur überlebt hat, er und seine dämlichen Bestien, weil die schwarzen Ratten eine Heidenangst vor Hunden haben. Sie könnten sie zwar alle binnen einer Stunde in Stücke reißen und verschlingen, aber sie machen einen weiten Bogen um sie und zittern schon vor dem bloßen Geruch. Die Schwarzen, versteht ihr? Auch die Grauen haben die Hunde bisher gemieden, aber nicht aus Angst: Sie sind eiskalt, deshalb werden sie am Ende gewinnen. Ihr werdet ihm sagen, daß sie bisher verschont blieben, weil die Ratten eben dachten, daß ihnen die Hunde eines Tages nützlich sein könnten. Jetzt ist der Augenblick, sich ihrer zu bedienen. Die Grauen brauchen diesen Raum, deshalb soll das Hundeherrchen sich entscheiden, und zwar schnell: Entweder mit den Grauen oder gegen die Grauen.«

»Entschuldigen Sie, General«, fragte Iskra gähnend. »Wäre ein Bündnis mit Katzen nicht besser?«

»Katzen?« der General begann aus vollem Hals zu lachen. »Wie lange schon sieht man keine Katzen mehr in der Megalops? Die Grauen lassen keine Feinde zurück, und auch die anderen waren nicht zimperlich mit den Katzen. Vergessen Sie die Katzen, es gibt sie nicht mehr.«

»Nehmen Sie es uns nicht übel«, sagte Degrado. »Aber leider können wir Ihnen dabei nicht helfen: Da oben wartet eine dringende Angelegenheit auf uns, und wir sind schon spät dran. Verstehen Sie mich nicht falsch, wir haben weder etwas gegen Sie noch gegen die grauen Ratten, wir haben es nur eilig, nach oben zu kommen.«

»Ihr habt nicht begriffen, worum es geht«, sagte der General. »Ich habe euch einen Befehl gegeben. Wenn ich euch im Hauptkanal gelassen hätte, würden eure Knochen jetzt im Rinnstein treiben, blitzblank wie Reliquien. Ihr seid unverbesserliche Angeber: Ihr kommt nicht einmal auf die Idee, dem Zufall dafür zu danken, daß er euch bei dieser Gelegenheit gezeigt hat, woher der Wind weht ...«

Er schlug einen komplizenhaften Ton an.

»Widersprecht mir nicht«, sagte er leise. »Das ist sehr gefährlich. Sie sind es, die hier befehlen, sie bestimmen über Gut und Böse. Und glaubt nicht, dies sei das erste Mal: Die großen Pestepidemien der vergangenen Jahrhunderte, dachtet ihr, daß sie vom Schicksal entfesselt wurden?«

Der General schaute sich um und flüsterte: »Die Ratten haben sie ausgelöst, aus-frei-en-Stük-ken! Sie haben die Karten in Europa unzählige Male neu gemischt. Jetzt bereiten sie sich auf den endgültigen Schlag vor, und diesmal werden sie uns frontal angreifen, ohne Tricks, ohne sich hinter einem Bazillus zu verschanzen. Dies wird dann geschehen, wenn sie sich nicht mehr untereinander bekriegen: Die Sieger werden mit uns abrechnen, weil sie uns nicht meht brauchen, versteht ihr? Wir haben unsere Aufgabe erfüllt, indem wir ihnen die Welt zugerichtet haben ...«

Er zwinkerte in Richtung der silbergrauen Ratten, die immer noch hin und her liefen.

»Sie werden langsam nervös, seht ihr?« sagte er. »Lassen wir die Diskussionen. Ihr macht euch jetzt für den Abmarsch fertig. Ich werde euch den Jungen als Führer mitgeben. Aber kommt mit den Hunden und ihrem

Herrchen zurück, sonst kann ich für nichts garantieren ...«

»Wer soll verrückt sein?«, fragte der Junge. Aus seinen Packtaschen zog er undefinierbare, dunkle Stücke hervor, die er unter den anderen verteilte.

»Ich meinte: sonderbar«, korrigierte sich der Insistente. »Ein ausgefallener Mensch ...«

»Warum?«

»Laß gut sein und iß«, sagte Iskra zu Degrado.

»Was ist denn das für ein Zeug?« fragte Paloma.

»Schluck's runter, Prinzessin«, sagte Iskra kauend. »Ist ein bißchen salzig, aber nicht schlecht.«

»Scheint Fleisch zu sein, aber wovon?«

»Denk mal drüber nach«, feixte Iskra. Dann, zu dem Jungen gewandt: »Bringst du uns wirklich zu diesem Hundedresseur? Hör mal, was willst du dafür, daß du uns aus diesem Loch herausbringst? Du führst uns jetzt schon einen Tag lang im Kreis herum.«

Paloma würgte.

»Herr im Himmel!« sagte sie und spie aus. »Ich glaube, ich habe verstanden! Allmächtiger!«

Der Junge betrachtete sie erschüttert.

»Die werden von uns gezüchte, Signora«, sagte er. »Sie sind zwar schwarz, aber sehr sauber ...«

Die junge Frau begann zu weinen: »Bringt mich hier raus, ich bitte euch!«

»Versuchen wir nachzudenken«, sagte Degrado zu dem Jungen. »Im Gebiet des Aquädukts gibt es einen Durchgang, der direkt nach oben führt; über kurz oder lang werden wir ihn finden, also kannst du ihn uns auch gleich zeigen. Du verlierst nichts dabei, und wir sparen Zeit.«

»Der General hat mir den Befehl gegeben, euch zu dem Herrn der Hunde zu bringen.«

»Aber ja doch!« sagte Iskra. »Und beim nächsten Mal machen wir eine Dienstreise zu den Affen, dann zu den Pferden, dann zu den Schildkröten ...«

Paloma stöberte in dem Sack herum, den sie umhängen hatte.

»Schau mal«, sagte sie.

Mit der Fackel beleuchtete der Junge Paloma, die ihm das Blechäffchen vorführte. Sie drehte den Schlüssel, und das Püppchen begann, die Arme zu öffnen und zu schließen, vergeblich bemüht, das einzige, golden schimmernde Becken ertönen zu lassen.

»Man kann den Klang von einer Schelle alleine nicht hören«, sagte Paloma mit glänzenden Augen, »aber es ist trotzdem schön, oder? Ich schenke es dir, ich brauche es nicht mehr. Zeig uns den Weg, um hier herauszukommen.«

»Du kannst es nicht verschenken.« Degrado machte Anstalten, das Spielzeug an sich zu nehmen. »Das ist ein Beweisstück, Farolff wird es benötigen.«

Paloma schüttelte den Kopf. »Beweise ... Glaubst du immer noch an Beweise? Wenn sie genügen würden, wäre ich da, und ich hätte einiges zu erzählen. Aber die Beweise nützen nichts bei denen da oben, das müßtest du wissen. Geben wir es ihm, das ist besser.«

Paloma legte das Äffchen in die Hände des Jungen.

»Siehst du?« sagte sie. »Wenn es abgelaufen ist, mußt du nur den Schlüssel drehen, und es fängt sofort wieder an.«

Der Junge zögerte lange mit dem Spielzeug in Händen; er schüttelte den Kopf, als wollte er es lieber zurückgeben, aber am Ende packte er es und drückte es an seine Brust.

»Bravo!« sagte Iskra.

Der Junge nickte wieder.

»Dem General kannst du sagen, daß wir geflohen sind ...«

Paloma streichelte die Wange des Jungen. Der wies mit dem Kopf hinter sich: »Pssst! Schaut sie euch an!«

Die Ratten waren stehengeblieben und sammelten sich in der Finsternis des Hauptkanals, außerhalb des Lichtkegels der Fackel. Ihre starren Augen sprenkelten die Dunkelheit.

»Vorsicht!« sagte der Junge. »Wir dürfen keinen Laut von uns geben.«

Dann begann er schnell mit dem Rohrstock Linien in den Schlamm zu zeichnen: »Hier, und dann da lang, nach rechts, links, und dann wieder rechts: Von da an werdet ihr Zeichen finden. Folgt den Hinweisen auf den Kanal Nummer 34, das ist eine Riesenkloake von mehreren Kilometern Länge. Ihr werdet auf eine Treppe stoßen und dann auf eine 300 Meter lange Rutsche. Am Ende befindet sich eine Leiter und die Falltür, die an die Oberfläche führt.«

Er zündete die Reservefackel an und gab sie Degrado. Eine Gruppe silbriger Ratten näherte sich vorsichtig auf den Hinterbeinen, mit erregt zitternden Bärten. Der Junge hielt das Rohr vor sich hin, blies hinein und ließ zwei durchdringende Pfiffe ertönen. Die Ratten blieben stehen.

»Ich werde sie eine Weile aufhalten«, raunte der Junge, »aber beeilt euch. Ihr werdet sie bald auf den Fersen haben!«

»Das ist mir auch noch nie passiert«, keuchte Degrado, während sie zum Eingang eines engen Tunnels rannten, »daß ich einen hohen Stabsoffizier bestochen habe.«

21
Die Aufführung

Sie wurden von einer Reihe Fanfarenstöße geweckt.

Als sie aus dem letzten Kanal des ehemaligen Aquädukts hervorgekrochen waren, war es stockfinster gewesen, aber Degrado hatte die Stelle trotzdem wiedererkannt: Es war der riesige zentrale Platz des dritten Niveaus, »Am Museum« genannt und wie ein Krater von den Türmen der Oberstadt umschlossen. Mit letzter Kraft hatten sie sich zu einer der großen blauen Röhren geschleppt, welche die Obergeschosse des Ausstellungspalastes trugen. Dort hatten sie sich auf dem Boden ausgestreckt und waren sofort eingeschlafen.

Neben einem Schild spielten jetzt zwei Mädchen Trompete, und junge Leute, die bereits ihre Theaterkostüme trugen, bauten das Bühnenbild auf. Sie breiteten einen grauen Teppich auf dem Pflaster aus, stellten einen Schemel und einen Korbsessel in die Mitte, und schließlich spannten sie ein rotes Tuch als Hintergrund zwischen zwei Stangen. Auf dem Schild stand:

DER BESUCH –
KOMÖDIE MIT ECHTEN SCHAUSPIELERN.

Der Platz belebte sich mit Straßenhändlern und Gauklern. Wenige Schritte von den Theaterleuten entfernt, versuchte ein Hypnotiseur in einem roten Mantel, umringt von einer skeptischen Menschenmenge, eine Frau, die über zwei Stuhllehnen lag, zum Schweben zu bringen.

Neben Degrado und den beiden Mädchen hatte sich ein Grüppchen an den blauen Zylinder gesetzt, offenbar in der Absicht, sich das Stück anzusehen. Es waren junge Frauen und Männer, die fröhlich miteinander scherzten und ab und zu einen ironischen Seitenblick auf die drei Nachtgespenster warfen, die da auf dem Boden lagerten.

Nach einem letzten Trompetenstoß begann die Aufführung.

Ein Ehepaar (sie trug ein Hütchen mit Schleier und er einen Schnurrbart) kam auf dem Teppich nach vorne, wobei es große Scheu und Widerspenstigkeit mimte. Die Frau trug ein großes Bündel im Arm. Sie setzte sich auf den Schemel und hob mit einer schnellen Geste den Schal hoch, der das Bündel bedeckte. Es erschien ein Kleinkind aus Pappmaché mit beweglichem Kiefer.

»Oh, Mutti!« Die Puppe ließ den Mund auf und zu klappen, während die Schauspielerin ein weinerliches Stimmchen nachahmte: »Mir gefällt dieser Herr nicht! Er hat so lange Finger! Und er ist so weiß im Gesicht! Laß uns bitte weggehen.«

»Aber nein, der Herr ist freundlich, er ist wohlerzogen. Und auch die Kankenschwester ist sehr liebenswürdig. Du wirst sehen, es wird dir gut gehen bei ihnen. Du darfst dich nicht beklagen, das ist nicht schön.«

»Bring ihn zum Schweigen!« Der Schauspieler, der den Vater darstellte, hatte eine kräftige Stimme: »Er darf nicht weinen! Auf keinen Fall! Das ist verboten!«

Das Kind begann Rotz und Wasser zu heulen, und aus den Augenlöchern spritzten zwei Fontänen. Einige Zuschauer kicherten. Der Vater stampfte mit den Füßen auf und schwang die Arme wie ein großer Vogel: »Er muß aufhören! Auf der Stelle! Genug geheult! Genug geheult!«

Durch einen Spalt im Hintergrund der improvisierten

Bühne betraten ein vornehmer Herr und die Krankenschwester die Szene. Der Schauspieler, der den Herrn gab, trug eine weite blaue Schürze, die so dick ausgepolstert war, daß sein Leib unter dem kleinen und etwas kahlen Kopf gigantisch wirkte. Sein Gesicht war mit weißem Puder bedeckt, außerdem hatte er bläuliche Augenringe, riesige Brauen, und aus den Segelohren wuchsen struppige Haarbüschel. Auf seiner Schürze lief eine lange rote Lackspur vom Kragen bis hinunter zu den Knien. Er bewegte sich schwerfällig, auf die Schulter der Krankenschwester gestützt, die ihm ihrerseits den Arm um die Taille gelegt hatte. Schließlich ließ er sich schwer atmend in den Sessel fallen, während ihm die Schauspielerin, die ebenfalls einen besudelten weißen Kittel trug, Luft zufächelte. Das Geheul des Kindes hielt an, und der Herr fletschte die Zähne.

»Ich will nicht, daß er schreit,« brüllte er. »Ich kann das nicht hören! Ich verlange, daß er damit aufhört!«

»Regen Sie sich nicht auf, mein Lieber«, sagte die Krankenschwester. »Und ihr, wie könnt ihr es wagen, mit so einer Heulsuse vorstellig zu werden?«

Einer der Zuschauer, die um die Röhre saßen, ein eleganter junger Mann mit getönter Brille, erhob sich empört.

»Ich gehe«, sagte er laut. »Ich verstehe nicht, wer sich über so etwas amüsieren soll! Diese herumziehenden Schmierenkomödianten versuchen immer nur Ärger zu machen!«

»Warte doch«, sagte ein Mädchen. »Schauen wir mal, wie es ausgeht.«

»Nicht im Traum! Es ist sogar gefährlich, hierzubleiben.«

Kurze Zeit darauf waren sie alle, einer nach dem anderen verschwunden.

»Sieh ihn dir aus der Nähe an«, sagte gerade der Herr auf der Bühne, »meiner Meinung nach ist er ungeeignet.«

Der Vater des Kindes trat mit einer Verbeugung nach vorne.

»Gestatten Sie«, sagte er mit betrübter Stimme, »Sie können sich nicht vorstellen, welche Opfer wir gebracht haben! Und wie viele Auslagen! Seit Monaten füttern wir ihn genau so, wie uns gesagt wurde: wenig Fett, wenig Zucker, sehr viele Proteine und dann Vitamine, Aufbaupräparate ... wir sind wirklich ausgeblutet! Wir können ihn nicht wieder mitnehmen, das wäre unser Ruin! Verzeihen Sie die Unbescheidenheit, aber meiner Ansicht nach ist er hervorragend geeignet, in der ganzen Unterstadt gibt es keinen Geeigneteren als ihn ...«

Die Krankenschwester trat zu dem Kleinkind, betrachtete es, hob es hoch, um sein Gewicht zu schätzen, untersuchte Mund und Augen.

»Vielleicht geht es«, sagte sie, »wenn er nur aufhören würde zu brüllen ...«

»Heul nicht!« schnauzte der Vater.

»Aber er schreit!« brüllte der Herr noch lauter. »Habt ihr ihn so für uns präpariert?«

Degrado saß wie auf glühenden Kohlen. Er sah sich um. Steif wie ein Stock und aschfahl im Gesicht verfolgte Paloma neben ihm mit starren, weit aufgerissenen Augen das Geschehen. Um sie herum waren nur noch drei oder vier Personen, der Rest des Platzes war verlassen. Aber in einiger Entfernung standen ein paar Leute, die zu ihnen herübersahen, darunter der bebrillte junge Mann neben einem anderen mit weißem Helm.

»Ja, es könnte vielleicht gehen«, sagte die Krankenschwester. »Ich habe schon Besseres gesehen, aber körperlich ist er in Ordnung.«

»Also, dann bring ihn hinüber«, sagte der Herr.

»Mach schnell! Und sag Fritz, daß ich absolute Stille wünsche, ich will nicht einen Mucks hören!«

Degrado sah, wie sich der Bursche mit der dunklen Brille und der Mann mit dem weißen Helm dem Ensemble näherten. Der mit dem Helm trug das Abzeichen der Sicherheitsabteilung auf seinem Anzug. Der Bebrillte redete mit zusammengezogenen Brauen auf ihn ein, wobei er auf die Theaterszene deutete. Dann hob der Beamte die behandschuhte Hand und unterbrach die Aufführung. Einer der Schauspieler ging auf den Beamten zu und begann, leise mit ihm zu verhandeln.

»Ich will davon nichts wissen«, donnerte plötzlich die aufgebrachte Stimme des Beamten. »Ihr vergreift euch an einem Gesetz! Das ist illegale Satire!«

Der Beamte nahm seine Pfeife in den Mund und ließ drei langgezogene Pfiffe hören. Der Einsatzwagen, der um den Platz patrouillierte, kam sofort herbei und bremste mit quietschenden Reifen. Fünf Beamte stiegen aus. Im Handumdrehen waren die Kulissen in den Bus geladen. Die Schauspieler protestierten, eines der Mädchen ziemlich heftig, die anderen eher schüchtern.

»Wie hat der mit dem Helm gesagt?« fragte Degadro zu Iskra gewandt.

»Er hat gesagt es sei ›illegal‹.«

Iskra bückte sich, um die Puppe aus Pappmaché aufzuheben, die die Beamten verloren hatten, als sie die Requisiten kreuz und quer in den Kleinbus geschoben hatten. Paloma weinte. Iskra ging zu einem Mülleimer und warf die Puppe hinein.

Farolffs Gesicht nahm den kompletten Monitor des Videophons ein. Aus einer öffentlichen Telefonzelle hatte Degrado ihn in dem Hotel angerufen, in dem er, wie vereinbart, abgestiegen war. Farolff war akkurat rasiert und trug eine teure Krawatte sowie einen eleganten Anzug.

»Ich kehre nach Pesteville zurück«, sagte der Anwalt. »Das Gesetz ist vorgestern verabschiedet worden. Es war die erste Nachricht, die ich bei meiner Ankunft hier oben gehört habe. Am Grenzübergang der Unterstadt stand ich einen halben Tag in der Schlange. Da wartete ein endloser Zug von Ehepaaren mit Kindern. Man muß nur ein Kind unter vier Jahren haben, um einen Passierschein in die Megalops zu bekommen. Ich haue schnell ab. Der zuständige Herr springt nicht sehr fair mit Verlierern um. Und wir haben das Rennen verloren. Ich rate euch, ebenfalls von der Bildfläche zu verschwinden, bevor es zu spät ist.«

Sie wurden verfolgt, daran gab es keinen Zweifel. Degrado verschaffte sich Gewißheit, indem er alle üblichen Tricks anwandte, um mögliche Beschatter abzuhängen und machte sich gar nicht erst die Mühe, die Verfolger genau zu orten. Nachdem sie eine Viertelstunde ziellos herumgelaufen waren, kehrten sie auf den Museumsplatz zurück, um sich unter die Menge zu mischen.

Sie fuhren mit der Rolltreppe in die Ausstellungsräume. In der obersten Etage des Museums, wo sich die meisten Leute drängten, betraten sie schnell eine der Glaskabinen, die die Besucher durch die Ausstellung trugen (die jüngste Maßnahme gegen Vandalismus); aber kurz bevor sich die Automatiktür schloß, schoben sich auch drei der vier Straßenschauspieler hinein. Sie wirkten verängstigt und trugen immer noch die Theaterkostüme.

Die Kabine setzte sich in Bewegung. Aus einem schwach beleuchteten Korridor tauchte sie in das grelle Licht der ersten Scheinwerfer ein. Sie glitt über die

Gleise und begann um eine große Marmorskulptur zu kreisen, die glatt und rund wie ein Euter und an einer Stelle leicht eingedellt war.

Der Schauspieler in der Rolle des Vaters riß sich mit verzerrtem Gesicht den Schnurrbart von der Oberlippe.

»Teresa haben sie jetzt schon festgenommen«, sagte die Krankenschwester. »Ich habe ihr gleich gesagt, daß Protest nichts bringt und gefährlich ist.«

»Was war das für ein Stück, das ihr auf dem Platz gespielt habt?«

»Hören Sie«, der kostümierte Mann war gerade dabei, sich abzuschminken und rieb sich energisch über das Gesicht, um den weißen Puder zu entfernen. »Wenn sich der Deckel dieser Konservendose öffnet, werden wir eine andere Visage haben. Und wir hoffen, daß wir unerkannt davonkommen. Was das Stück angeht, ich weiß nicht, ob Sie dafür oder dagegen sind, aber wir werden es aus dem Programm streichen. Es ist zu gefährlich, mit diesem Thema Spott zu treiben.«

»Die Idee war folgende«, sagte die Krankenschwester, die ebenfalls damit beschäftigt war, sich abzuschminken, ein bißchen freundlicher. »Seit einiger Zeit sprachen alle über Kinder. Man diskutierte im Fernsehen und in den Zeitungen über sie, und das Gerede war voll von Statistiken, Diagrammen, literarischen Zitaten, Theorien und so weiter. Also haben wir gedacht, ... eigentlich ... war es seine Idee«, sie zeigte lächelnd auf den Mann, »... er kam auf die Idee zu zeigen, wie die Sache sich wirklich verhält, ich meine im konkreten Fall.«

»Ja, so in etwa«, fügte der Kollege hinzu. »Es war als Provokation gedacht: Wir wollten klarmachen, daß die Sache auf der Erde passiert und nicht auf dem Mars. Deshalb haben wir krasse Mittel angewandt, wir ließen zum Beispiel Blut aus dem Hintergrund über die Bühne fließen. Am Anfang lief die Sache, wir hatten eine Menge Publikum. Dann allerdings, als vor ein paar Tagen das Gesetz in Kraft trat, haben die Zuschauer uns ziemlich im Regen stehen lassen. Und seit gestern mischen sich gewisse finstere Fratzen unters Publikum. Leute, die nach Aas stinken. Ich hätte nicht gedacht, daß uns die Organisation des Signore Dei Vetri auf die Pelle rücken würde. Wer sind wir schon? Straßenkomödianten. Wir zählen nicht wir wollen bloß die Leute unterhalten ...«

»Ach, das hättest du nicht gedacht? Du wußtest wirklich nicht, wie dieser Typ mit Widersachern umspringt? Auf welcher Ebene auch immer?«

Die Kabine glitt auf der Außenbahn eines sehr weitläufigen quadratischen Saales dahin. An den Wänden standen weiße Statuen von Männern und Frauen in verschiedenen Posen und Szenen: am Tisch eines heruntergekommenen Wirtshauses sitzend, aufrecht vor einem Spiegel, an einem Fenster vor nächtlichem Panorama mit Lichtermeer in der Ferne. In der Mitte des Saales stand auf einer Rampe ein uralter VW-Bus, an dem ein Sammelsurium wild zusammengewürfelter Gegenstände hing: ein Schlitten neben einer Taucherlampe, Plastikflaschen, die an Rasierer gebunden waren ...

Als die Kabine ihre Bahn beendete und den Bus fast streifte, flog die Heckklappe auf. Ein schwarzer Helm und der dünne Lauf eines Lasergewehrs erschienen.

Degrado packte Iskra an den Schultern und warf sich mit ihr in die hintere Ecke der Kabine. Ein blaugelber Blitz zuckte, dann verbreitete sich ein ekelhafter Geruch nach Chemikalien. Degrado hielt Iskra unter sich fest und versuchte, keinen Muskel zu bewegen. Er hörte ein Quietschen und schwere Schritte, die näher kamen. In diesem Moment begann eine Sirene zu pfeifen, und sofort war das Museum in Aufruhr. Die Schritte entfernten sich rasch.

Degrado stand wieder auf. Er spürte ein Brennen an Hals und Gesicht. Mühsam erhob sich auch Iskra, faßte sich ins Gesicht und riß die Hände sofort wieder weg.

Die Glaskabine existierte nicht mehr. Es war nur ein bißchen faseriges Material übrig, das am Metallrahmen herunterlief. Auf einem Haufen lagen, wie zusammengeschweißt, die Körper der anderen vier, Palomas Gesicht war fast unkenntlich.

Am Saalende war hinter einem grauen Tuch eine Öffnung zu erkennen. Sie flohen in diese Richtung. Iskra rannte dabei gegen eine Leiter, auf der sich in Kletterpose eine weiße Statue befand. Sie krachte auf den Boden und zersprang.

Als sie kurz darauf im staubigen Magazin des Museums standen, sagte Iskra außer Atem:

»Für Paloma war es besser so.«

Mehrere Hektar Wald waren verbrannt. Lange bevor sie die *Sozialsiedlung* erreichten, trafen sie auf die schwarzen Baumskelette. In der Siedlung fanden sie nur verkohlte Zeltbahnen, geschmolzene Metallteile und Asche. Von dem Nußschalen-Haus war nur das Schiffsgerippe geblieben.

Crash, das Mädchen, das Degrado im Dorf getroffen hatte, und der Junge, der die Leibwache des Bürgermeisters spielte, liefen zwischen den Resten herum. Sie stocherten in der Asche, zogen alles Brauchbare hervor und luden es auf einen Karren, vor den ein Esel gespannt war.

»Als sie mit den Flammenwerfern kamen«, erzählte das Mädchen, »waren der Bürgermeister und alle anderen schon seit zwei Tagen fort. Sie sind nach Norden unterwegs, so weit nach Norden wie möglich, hat der Bürgermeister gesagt. Wir werden ihnen folgen, heute wir brechen auf ...«

Der Insistente betrachtete Iskra, und Crash fügte sofort hinzu: »Ich habe nichts dagegen! Wenn ihr wollt, könnt ihr mitkommen.« Sie wandte sich an den Jungen, der mit einem Nicken zustimmte.

Im Süden reichte die Megalopolis bis ans Meer, und dort stauten sich die wimmelnden Massen. Es hieß, daß es in Richtung Norden Berge gab, die unwirtlich, aber bewaldet waren, und hinter den Bergen sollten Wälder sein, ausgedehnte Hochebenen und weitere endlose Wälder, bis zur Eisgrenze.

Die Exzellenz saß am Kopfende des Tisches.

»Der wirtschaftliche Aspekt ist marginal.« Er lächelte scharfsinnig, wie immer, wenn er von ernsthaften Dingen sprach und die Wichtigkeit seiner Ausführungen herunterspielte. »Das Prinzip ist ein anderes und liegt auf einer höheren Ebene: der innersten Notwendigkeit des Gesetzes.«

Er lächelte wieder, als wollte er sich über sich selbst oder auch sein Gegenüber lustig machen.

»Der Notwendigkeit, sicher«, sagte Signore Dei Vetri, wobei er seine ausgetrockneten Lippen leckte und den hereinkommenden Diener förmlich mit Blicken verschlang. Auch die übrigen Gäste, insgesamt etwa zehn, wurden langsam ungeduldig.

»Nein, danke.« Die Exzellenz schob den Teller mit einer Fingerspitze zurück. »Ich bin Vegetarier.«

EIN BESCHEIDENER VORSCHLAG, UM ZU VERHINDERN, daß die Kinder der Armen Irlands ihren Eltern oder dem LANDE zur Last fallen, und um sicherzustellen, daß sie dem öffentlichen WOHLE dienen.

Von Herrn
JONATHAN SWIFT.

Erschienen bei Harding, Dublin,
im Jahre MDCCXXIX

1729

Wer durch diese große Stadt wandelt oder dieses Land bereist, dem bietet sich ein trauriges Schauspiel: Straßen, Gassen und Hauseingänge sind voll mit Bettelweibern, an deren Rockzipfeln drei, vier oder gar sechs zerlumpte Kinder hängen, welche jeden Passanten um Almosen angehen. Statt sich mit ehrlicher Arbeit ihr täglich Brot verdienen zu können, sind diese Mütter gezwungen, ihre ganze Zeit mit Vagabundieren zu verbringen, um eine Unterstützung für ihre kleinen Nachkommen zu erbetteln. Diese wiederum wachsen aus Arbeitsmangel zu Dieben heran oder verlassen ihr geliebtes Heimatland, um für den Thronprätendenten in Spanien zu kämpfen oder in Barbados ein Sklavendasein zu fristen.*

Ich denke, daß jedermann mit mir darin übereinstimmt, daß diese erschreckende Anzahl von Kindern, die man auf dem Arm, dem Rücken oder zwischen den Füßen der Mütter, und oft auch der Väter, sieht, in der augenblicklich beklagenswerten Lage des Königreiches einen zusätzlichen Grund tiefster Unzufriedenheit darstellt. Folglich würde jeder, der in der Lage wäre, eine ehrliche, einfache und nicht allzu kostspielige Lösung zu ersinnen, um aus diesen Kindern gesunde und nützliche Staatsbürger zu machen, dem öffentlichen Gemeinwohl

* In der Zeit, zu der Swift schrieb, ließen sich viele Iren als Söldner in der französischen oder spanischen Armee anwerben oder emigrierten, um der Armut zu entfliehen, nach Barbados. (Anm. d. ital. Hrsg.)

einen solchen Dienst erweisen, daß man ihm, als dem Retter der Nation, ein Standbild errichten müßte.

Aber ich bin weit entfernt davon, mich auf Maßnahmen für die Kinder notorischer Bettler zu beschränken; ich gehe viel weiter und schließe auch all jene Kinder eines gewissen Alters mit ein, deren Eltern ebenso unfähig sind, sie zu versorgen, wie die Bettler, die auf den Straßen um unsere Mildtätigkeit bitten.

Was mich angeht, so mußte ich, nachdem ich mich lange Jahre mit Gedanken zu diesem wichtigen Thema getragen und die verschiedenen Projekte anderer Planer abgewogen habe, stets feststellen, daß deren Kalküle grob fehlerhaft waren. Es ist richtig, daß ein Neugeborenes von seiner Erzeugerin mit deren Milch und geringer zusätzlicher Nahrung ein ganzes Kalenderjahr ernährt werden kann, und daß der Wert dieser Nahrung, welche die Mutter sich gewiß, und sei es nur in Form von Abfällen, auch durch ihre rechtmäßige Beschäftigung als Bettlerin verschaffen kann, meist zwei Shilling nicht übersteigt. Und daher ist mein Vorschlag gerade für die Einjährigen gedacht, die auf diese Weise nicht länger eine Last für Eltern oder Gemeinde darstellen, und auch für den Rest ihres Lebens nicht Kost und Kleidung verlangen, sondern ganz im Gegenteil dazu beitragen sollen, Tausende von Menschen zu ernähren und teilweise auch zu kleiden.

Mein Plan hätte einen weiteren, gleichermaßen großen Vorzug, denn er würde den freiwilligen Abtreibungen sowie der schauderhaften Praxis jener Mütter begegnen, die ihre eigenen Bastarde töten; eine leider allzu verbreitete Gepflogenheit unter uns, wobei die armen Kreaturen meines Erachtens eher aus Kostengründen denn aus Scham geopfert werden, ein Umstand, der selbst das unmenschlichste und barbarischste Herz zu Tränen und Mitleid rühren muß.

Da man die Anzahl der Seelen in Irland auf anderthalb Millionen schätzt, gehe ich davon aus, daß sich darunter etwa 200000 Paare befinden, bei denen die Frau gebärfähig ist, von dieser Zahl ziehe ich 30000 Ehepaare ab, die in der Lage sind, die eigenen Kinder zu ernähren, so sehr ich auch fürchte, daß es in der derzeitigen Notlage des Reiches kaum so viele sein können. Aber dies einmal angenommen, bleiben immer noch 170000 Erzeugerinnen. Von diesen ziehe ich weitere 50000 ab, indem ich Fehlgeburten und Kinder berücksichtige, die durch Krankheit oder Unfall im ersten Lebensjahr sterben. So bleiben schließlich nur 120000 Kinder übrig, die jährlich von armen Eltern geboren werden. Das Problem ist also folgendes: Wie ist es möglich, all diese Kinder großzuziehen und zu ernähren? Ein, wie ich bereits erwähnt habe, völlig unmögliches Unterfangen angesichts der aktuellen Wirtschaftslage und der bisher gemachten Vorschläge, denn wir können sie weder im Handwerk noch in der Landwirtschaft unterbringen; wir bauen keine Häuser (ich meine in diesem Land), und wir bearbeiten nicht einmal den Boden. Es ist eher selten, daß sie ihren Lebensunterhalt vor Erreichen des sechsten Lebensjahr durch Diebstähle bestreiten, es sei denn, sie hätten eine besondere Veranlagung, da sie doch, wie ich gestehen muß, die Grundlagen weit früher erlernen. Aber einstweilen darf man sie gerechterweise nur als Lehrlinge betrachten, wie mir höflicherweise ein Gentleman vom Fach in der Grafschaft Cavan erklärt hat; dieser versicherte, er habe nur einige wenige Meisterdiebe unter sechs Jahren kennengelernt, und dies in einem Gebiet des Reiches, das für die besondere Blüte dieses Gewerbes bekannt ist.

Unsere Kaufleute versichern mir, daß ein Kind unter zwölf Jahren keine profitable Ware abgibt, und selbst in jenem Alter brächten sie nicht mehr als drei Pfund, oder maximal drei Pfund und eine halbe Krone an der Börse, ein Kurs, der weder den Eltern noch dem Reich von Nutzen sein kann, da die Auslagen für Lumpen und Nahrung wohl mindestens das Vierfache betragen haben.

Deshalb möchte ich nun untertänigst meine Idee vorstellen, die, wie ich hoffe, nicht den mindestens Widerspruch hervorrufen wird.

In London wurde mir von einem mir bekannten amerikanischen Experten zugesichert, daß ein gesundes und wohlgenährtes Kleinkind im Alter von einem Jahr eine überaus köstliche, nahrhafte und gesunde Speise abgibt, sei es nun geschmort, gebraten, gebacken oder gekocht. Zudem hege ich nicht den geringsten Zweifel, daß es ebensowohl frikassiert oder haschiert aufgetragen werden könnte.

Ich schlage daher ergebenst vor, öffentlich in Betracht zu ziehen, daß von den bereits errechneten 120000 Kindern 20000 der Reproduktion vorbehalten seien, von denen nur der vierte Teil aus Knaben bestehen sollte, was bereits die Zahl übersteigt, die wir Schafen, Schwarzvieh oder Schweinen zugestehen. Als Grund hierfür gebe ich zu bedenken, daß diese Kinder selten Frucht der Ehe sind, ein Umstand, der von unserer einheimischen Bevölkerung nicht übermäßig berücksichtigt wird, weshalb ein einziges Männchen für vier Weibchen ausreichen dürfte. Die restlichen 100000 könnten bei Vollendung des ersten Lebensjahres den ranghohen und vermögenden Personen des gesamten Reiches zum Verkauf angeboten werden, wobei den Müttern stets geraten werden sollte, die Kinder im letzten Monat reichlich zu säugen, auf daß sie üppig und schmackhaft für eine gediegene Tafel werden. Ein Kind sollte für zwei Gänge eines

Essens unter Freunden genügen, und wenn die Familie keine Gäste hat, so gibt das Hinter- oder Schinkenstück ein vernünftiges Mahl ab; zudem wird es dann, mit Salz und Pfeffer gewürzt, am vierten Tag ein hervorragendes Siedfleisch liefern, vorzugsweise im Winter.

Ich habe eine Duchschnittskalkulation vorgenommen und dabei ein Neugeborenes auf fünf Kilo veranschlagt, ein Gewicht, welches sich innerhalb eines Kalenderjahres, bei normaler Ernährung, auf zwölf Kilo erhöhen dürfte.

Ich räume ein, daß diese Speise ein wenig kostspielig sein wird, aber eben gerade deshalb für die Wohlhabenden bestens geeignet; da diese bereits die Eltern verzehrt haben, stehen ihnen mit gutem Recht auch die Kinder zu.

Für das Fleisch der Kleinkinder wäre immer Hochsaison, wenn es auch im und um den März herum reichlicher vorhanden ist, denn wie uns ein äußerst tiefsinniger Autor, ein prominenter französischer Arzt, lehrt, ist Fisch eine sehr fruchtbare Diät, und in den römisch-katholischen Ländern werden circa neun Monate nach der Fastenzeit mehr Kinder geboren als zu jeder anderen Jahreszeit. Daraus folgt, daß die Märkte neun Monate nach der Fastenzeit ungewöhnlich gesättigt wären, denn in unserem Königreich beträgt das Verhältnis der papistischen Neugeborenen zum Rest mindestens drei zu eins. Überdies wird durch die Verminderung der Papisten unter uns ein angenehmer Nebeneffekt erzielt.

Ich habe bereits die Kosten zur Aufzucht eines Bettlerkindes (und in diese Kategorie schließe ich auch vier Fünftel der Landarbeiter, Tagelöhner und Bauern ein) auf circa zwei Shilling *per annum* berechnet, Lumpen eingeschlossen; und ich glaube, daß kein Gentleman sich am Preis von zehn Shilling für den Leib eines hübschen runden Kindes stoßen wird, das, wie erwähnt, für vier exzellente und nahrhafte Fleischgänge genügen würde, sei es, daß ein spezieller Freund oder nur die eigene Familie am Mahl teilnimmt. So würden die Edelleute lernen, ordentliche Gutsbesitzer zu sein und ihre Beliebtheit unter den Pächtern zu mehren. Die Mutter hätte einen Reingewinn von acht Shilling und könnte sich der Arbeit widmen, bis sie ein weiteres Kind gebärt.

Wer noch härter kalkulieren möchte (wie die heutigen Zeiten zugegebenermaßen verlangen), kann den Rumpf häuten; die kunstfertig behandelte Haut kann zu wunderschönen Damenhandschuhen oder zu feinen Sommerstiefeln für anspruchsvolle Gentlemen verarbeitet werden.

Was unsere Stadt Dublin betrifft, so könnten in den geeigneten Vierteln Schlachthäuser zu diesem Zweck errichtet werden, und wir können sicher sein, daß die Schlächter nicht fehlen werden, obgleich ich raten würde, lieber lebendige Kinder zu kaufen und sie frisch abgestochen zuzubereiten, so wie man es mit Spanferkeln handhabt.

Ein verdienstvoller Mann, ein wirklicher Patriot, dessen Tugenden ich aufs höchste schätze, beliebte kürzlich über dieses Thema zu parlieren und eine Vervollkommnung meines Planes vorzuschlagen. Er sagte, daß man, angesichts der zahlreichen Gentlemen, die sich derzeit in unserem Königreich der Hirschjagd verschrieben haben, die starke Nachfrage nach Wild durchaus mit den Leibern von Mägdlein und Knaben zwischen zwölf und vierzehn Jahren befriedigen könnte. Ein Großteil dieser Kinder stehe in allen Grafschaften des Reiches vor dem Hungertod, da Arbeit und Unterstützung fehlen; sie sollten daher von ihren Eltern, falls sie noch am Leben sind, oder anderen nahen Verwandten verkauft werden. Aber trotz allen Respekts für diesen hervorragenden Freund sowie für seine Verdienste um das Vaterland kann ich doch seine Ansicht nicht teilen. Denn was die Knaben dieser Altersgruppe angeht, so hat mir mein amerikanischer Bekannter aufgrund eigener einschlägiger Erfahrung versichert, daß ihr Fleisch generell so trocken und zäh sei, wie das unserer eigenen schulpflichtigen Kinder aufgrund der ständigen Leibesübungen; der Geschmack sei außerdem unangenehm, und eine Mästung nicht rentabel. Was schließlich die Mädchen angeht, so meine ich untertänigst, daß diese nur einen Verlust für den öffentlichen Haushalt darstellten, denn sie würden bald ihrerseits gebären. Es ist überdies nicht unwahrscheinlich, daß manch skrupulöser Mensch eine derartige Praxis anstößig finden könnte (wenngleich sehr zu Unrecht), indem er einen gewissen Hang zur Grausamkeit darin zu erkennen glaubt; und dieser Einwand, muß ich gestehen, ist für mich stets der größte Hinderungsgrund aller noch so gut gemeinten Vorschläge gewesen.

Doch um meinen Freund zu rechtfertigen, möchte ich anmerken, daß er diese Eingebung dem berühmten Psalmanazar verdankt, der von der Insel Formosa stammt und sich vor etwa dreißig Jahren in London niedergelassen hat. Dieser hatte in einem Gespräch erwähnt, daß in seinem Land die Körper von jungen Hingerichteten vom Scharfrichter als exquisite Delikatessen an hochrangige Persönlichkeiten verkauft werden. Und seinerzeit sei der Leib einer drallen Fünfzehnjährigen, die man gekreuzigt habe, weil sie den Kaiser habe vergiften wollen, für 400 Kronen an den Obersten Minister des Staates seiner kaiserlichen Majestät und andere hohe Hofmandarine verkauft worden, nachdem man ihn auf dem Schafott gevierteilt habe. Auch kann ich keinesfalls leugnen, daß durch die Einführung einer ähnlichen Praxis in dieser Stadt unser Königreich entlastet würde, in dem gewisse füllige Mädchen, obwohl ohne einen Heller in der Tasche, nie ohne Sänfte unterwegs sind und weder bei Empfängen noch im Theater je ohne einen fremdländischen Putz auftreten, den sie niemals bezahlen werden.

Viele Menschen pessimistischer Geisteshaltung sorgen sich ernsthaft angesichts der hohen Zahl von Armen, die mittlerweile betagt, invalid und gebrechlich sind, und man hielt es für wünschenswert, daß ich meine Überlegungen auch auf Maßnahmen richten möge, die der Nation eine derart jämmerliche Bürde abnähmen. Aber dies ist ein Problem, das mich nicht im geringsten bedrückt, denn es ist landläufig bekannt, daß diese Existenzen Tag für Tag dank des Hungers, der Kälte, in Schmutz und Ungeziefer wegsterben und verfaulen, und zwar mit einer vernünftigen Geschwindigkeit. Was die jüngeren Landarbeiter betrifft, so befinden sie sich inzwischen in derselben aussichtsreichen Lage. Sie bekommen keine Arbeit und werden folglich durch Unterernährung geschwächt, so daß sie, selbst wenn sie durch puren Zufall eine Anstellung finden sollten, nicht die Kraft hätten, diese auszuüben. Und somit sind sie selbst und das ganze Land auf einem guten Weg, um zukünftigem Übel zu entrinnen.

Ich bin zu weit abgeschweift und muß daher auf meinen Plan zurückkommen. Ich denke, daß die Vorteile dieses Vorschlags zahlreich und offenkundig sowie von höchster Wichtigkeit sind.

Zu allererst würde, wie bereits angedeutet, die Zahl der Papisten, von denen wir Jahr für Jahr überschwemmt werden, da sie die Fruchtbarsten der Nation und außerdem unsere gefährlichsten Feinde sind, beträchtlich sinken; sie bleiben nur aus dem Grund im Lande, um unsere Heimat dem Prätendenten auszuliefern, wobei sie die Abwesenheit so vieler guter Protestanten auszunutzen gedenken, die lieber ihr Land verlassen haben als gegen besseres Wissen und Gewissen den Zehnt an die bischöfliche Kurie zu zahlen.

Zweitens hätten so auch die ärmsten Pächter einen Wertgegenstand, der per Gesetz konfisziert oder zur Begleichung der Pachtschuld eingezogen werden könnte, da Korn und Vieh häufig längst beschlagnahmt und Bargeld fast unbekannt ist.

Drittens würde der Staatsschatz, da der Unterhalt von rund 100000 Kindern jenseits des zweiten Lebensjahres nicht unter zehn Shilling pro Kopf und Jahr veranschlagt werden kann, in den Genuß eines Zuwachses von 50000 Pfund *per annum* kommen, neben dem Zugewinn einer neuen Speise, die am Tisch aller hochrangigen und mit erlesenem Geschmack ausgestatteten Persönlichkeiten des Reiches eingeführt wird; und das Geld wird unter uns zirkulieren, da die Güter ausschließlich aus nationalen Rohstoffen und in heimischer Weiterverarbeitung gewonnen werden.

Viertens würden die gebärfreudigen Mütter durch den Verkauf der Kinder in den Genuß von acht Shilling pro Jahr kommen und von der Unterhaltslast nach dem ersten Lebensjahr befreit werden.

Fünftens würde diese Speise viele Leute in die Gaststätten führen, denn die Wirte werden sicher soviel Weitblick beweisen, daß sie sich die besten Rezepte zur vollkommenen Zubereitung beschaffen und folglich die vornehmen Gentlemen, die sich ihres erlesenen Geschmackes rühmen, als Stammkunden gewinnen würden. Ein guter Koch, der die Gäste an sich zu binden weiß, wird dies so teuer wie irgend möglich tun.

Sechstens würde dies einen großen Anreiz zur Eheschließung bedeuten, welche alle umsichtigen Nationen bisher mit finanziellen Hilfen, Steuern, Gesetzen und Strafen befördert haben. Die Fürsorge und Zärtlichkeit der Mütter gegen ihre Kinder würden zunehmen, wenn sie, statt einer Auslage, um ein sicheres lebenslanges Auskommen durch den Nachwuchs wüßten, für welches die öffentliche Hand mit alljährlichem Profit sorgen würde. Wir würden bald einem wahren Wettstreit zwischen den Ehefrauen beiwohnen, von denen eine jede das fetteste Kind zu Markte tragen wollte. Die Männer würden ihre Frauen in der Schwangerschaft liebevoller behandeln so wie sie jetzt die trächtigen Kühe oder Stuten pflegen, oder die Säue, die bald ferkeln werden; und sie würden es niemals wagen, sie zu schlagen oder zu treten (eine allzu häufige Gepflogenheit), da sie einen Abgang befürchten müßten.

Man könnte zahlreiche weitere Vorteile aufzählen. Zum Beispiel Tausende zusätzlicher Schlachtstücke für unseren Export an Pökelfleisch. Die Popularität des Schweinefleisches und die Fortschritte in der Kunst der Zubereitung von Speck, der bei uns so hoch im Kurs steht und, dem großen Schweineverzehr nach zu urteilen, allzu häufig auf unseren Tisch kommt, sind in keiner Weise mit Geschmack und Eleganz eines gemästeten einjährigen Kindes zu vergleichen, das als Ganzes geröstet bei einem Festmahl des Bürgermeisters oder einer öffentlichen Feier eine glänzende Figur abgibt. Aber da ich ein Liebhaber der Synthese bin, überspringe ich diese und weitere Details.

Angenommen, es gäbe neben den Familien, die das Kinderfleisch zu freudigen Anlässen wie Hochzeiten oder Kindstaufen essen, tausend weitere in dieser Stadt, die gewohnheitsmäßig Kinderfleisch verkonsumieren, so schätze ich den Jahresbedarf auf circa 20 000 Schlachtstücke in Dublin und auf 80 000 für das übrige Königreich (wo es vermutlich ein wenig preisgünstiger verkauft werden müßte).

Es kommt mir einfach kein Einwand gegen diesen Vorschlag in den Sinn, es sei denn, man führe den Bevölkerungsschwund an, der damit im ganzen Reich einhergehen könnte. Dies gebe ich gerne zu, da er gerade einer der Hauptgründe war, warum ich meinen Vorschlag der Weltöffentlichkeit unterbreite. Ich möchte dem Leser zu bedenken geben, daß meine Maßnahme nur für *dieses einzige Reich* Irland *und für kein anderes, das auf der Erde jemals existiert hat, existiert oder existieren wird,* gedacht ist. Deshalb spreche mir niemand von anderen Lösungen, *wie zum Beispiel der Besteuerung auswärts lebender Mitbürger mit fünf Shilling je Pfund; dem ausschließlichen Gebrauch im Inland produzierter Kleidungs- und Möbelstücke; der Boykottierung aller Materialien und Hilfsmittel, die ausländische Luxusgüter befördern; der Austreibung von Verschwendungssucht, Hoffahrt, Putzsucht, Bequemlichkeit und Spielleidenschaft bei unseren Damen; der Einführung eines Hangs zu Sparsamkeit, Umsicht und Mäßigung; der Vermittlung der Vaterlandsliebe, eines Zuges, in dem wir uns sogar von den* Lappländern *und den Einwohnern* Topinambus *unterscheiden; der Beilegung von Animositäten und Parteilichkeiten, die uns zu einem Betragen wie unter* Juden *bringen, welche einander umbrachten, wenn ihre Stadt vom Feind eingenommen wurde; der größeren Vorsicht, damit wir Land und Gewissen nicht verschleudern; der Unterweisung der Gutsbesitzer in Mildtätigkeit gegenüber ihren Pächtern; und schließlich der Einimpfung von Ehrlichkeit, Fleiß und Geschicklichkeit in unsere Händler, die sich sofort zusammenschlössen, um uns zu betrügen und in Preis, Menge und Qualität zu übervorteilen, wenn das Gesetz in Kraft träte, das nur den Handel mit heimischen Gütern erlaubt. Die Kaufleute könnten niemals dazu gebracht werden, aufrichtig zu handeln, auch wenn sie oft und nachdrücklich dazu aufgefordert werden.*

Ich wiederhole daher, daß mir niemand mit derartigen oder ähnlichen Vorschlägen kommen soll, solange er nicht einen Hoffnungsschimmer sieht, daß jemals ein beherzter und ehrlicher Versuch unternommen wird, sie in die Tat umzusetzen.

Was mich betrifft, so habe ich mich viele Jahre damit abgemüht, Ideen zu unterbreiten, die als eitle und nutzlose Phantastereien abgetan wurden, und da ich mittlerweile auf keinen Erfolg mehr hoffte, habe ich glücklicherweise diesen Vorschlag ersonnen, der keinesfalls neu ist, aber etwas Solides und Handfestes zur Folge hat, das kaum Mühe und kein Geld kostet, das voll und ganz in unseren Kompetenzbereich fällt und daher nicht Gefahr läuft, England zu brüskieren. Denn diese Warenqualität ist nicht für den Export geeignet, da das Fleisch von zu weicher Konsistenz ist, um langfristig unter Salz gelagert zu werden, *selbst wenn ich vielleicht den Namen einer Nation nennen könnte, die glücklich wäre, wenn sie unsere gesamte Bevölkerung auch ungesalzen verspeisen könnte.*

Letzten Endes bin ich nicht so unerschütterlich von meiner Meinung überzeugt, daß ich sie nicht zugunsten anderer Lösungen ändern könnte, falls diese von weisen Männern vorgebracht würden und ebenso aufrichtig, billig, simpel und effizient wären. Aber bevor meinem Vorschlag etwas Derartiges, vermeintlich Besseres, entgegengehalten wird, möchte ich den Autor bitten, sich zwei Punkte ins Bewußtsein zu rufen. Erstens: Wo will er, angesichts der aktuellen Lage, Nahrung und Kleidung für hunderttausend unnütze Mäuler und Bäuche hernehmen? Und zweitens: Da es, wenn man die Bettler zum Gros der Landarbeiter, Viehzüchter und Ackerbauern mit Frauen und Kindern, die letztlich allesamt Bettler sind, addiert, im ganzen Königreich etwa eine Million Kreaturen in Menschengestalt gibt, deren Unterhalt die Öffentlichkeit etwa zwei Millionen Pfund kosten würde, so bitte ich die heutigen Aufwiegler, denen mein Vorschlag nicht behagt und die vielleicht so kühn sein wollen, sich mit einer Replik hervorzuwagen, zuerst die Eltern dieser Sterblichen zu fragen, ob sie sich heute nicht glücklich schätzen würden, wenn sie im Alter von einem Jahr in der von mir vorgeschlagenen Weise als Speise verkauft worden wären. Auf diese Art hätten sie den Teufelskreis durchbrochen, den sie seitdem erduldet haben, und zwar aufgrund der Unterdrückung von Seiten der Gutsbesitzer, der Unmöglichkeit, ohne Geld und Gewerbe die Pacht zu bezahlen, ohne jede Unterstützung, ohne Dach über dem Kopf und Kleidung, um sich gegen die Unbill der Witterung zu schützen und mit der fast unausweichlichen Aussicht, diese oder schlimmere Notstände ihrer Nachkommenschaft zu vererben.

Ich erkläre in vollkommener Offenheit, daß ich nicht das geringste persönliche Interesse daran habe, diese notwendige Maßnahme zu lancieren, da ich keinen anderen Beweggrund kenne als *das Gemeinwohl in meinem Land, die Blüte unseres Handels, die Sorge um die Kindheit, die Hilfe gegenüber den Armen und ein wenig Amüsement für die Reichen*. Ich habe keine Kinder, die mir auch nur einen *Penny* einbringen könnten, da das jüngste neun Jahre zählt und meine Frau inzwischen das gebärfähige Alter überschritten hat.